BASTEI
LÜBBE
STARS

Robyn Russel

Obsessionen

Erotischer Roman

Aus dem Englischen von
Sandra Green

BASTEI
LÜBBE
STARS

BASTEI LÜBBE STARS
Band 77268

Vollständige Taschenbuchausgabe

Bastei Lübbe Stars in der Verlagsgruppe Lübbe

Titel der Originalausgabe: »Full Exposure«
Für die Originalausgabe:
© 2002 by Robyn Russel
Published by arrangement with Virgin Publishing Ltd.
All rights reserved
Dieses Werk wurde vermittelt durch die
Literarische Agentur Thomas Schlück GmbH, 30827 Garbsen
Für die deutschsprachige Ausgabe:
© 2004 by Verlagsgruppe Lübbe GmbH & Co. KG,
Bergisch Gladbach
Umschlaggestaltung: Kirstin Osenau
Titelbild: © DIGITALstock
Satz: QuadroMedienService, Bensberg
Druck und Verarbeitung: GGP Media GmbH, Pößneck
Printed in Germany, Juli 2008
ISBN 978-3-404-77268-1

Sie finden uns im Internet unter
www.luebbe.de
Bitte beachten Sie auch: www.lesejury.de

Für Russ, Gloria und Siena Bear

Inhalt

Prolog

Es war spät, Mitternacht vorbei, und der warme Wind des frühen Sommers blies sanft über die Valdichiana und zerzauste die Haare des großen schlanken Mannes auf der oberen Terrasse. Er lehnte sich über die Balustrade aus kunstgeschmiedetem Eisen, und die Brise wehte den Duft des Geißblatts in seine Nase. Der Duft, der ihn an seinen ersten Sommer in der Toskana erinnerte. Das war vor zehn Jahren gewesen.

Er genoss die Aura der Vielfalt, die ihn umgab, und dachte über die vergangene Dekade nach. Eine produktive Zeit für ihn. Es war ihm gelungen, seinen Besitz zu konsolidieren.

Aber jetzt war er beunruhigt. Eine unbekannte Größe war in seine fein abgestimmte Welt eingedrungen.

Irgendeine arrogante Schnepfe wollte Nachforschungen anstellen. Wer die Amerikaner auf seine Spur gebracht hatte, wusste er nicht, aber das würde er noch herausfinden. Und er würde dafür sorgen, dass die Schnüfflerin nicht lange bleiben würde.

Die Brise zupfte am Saum seines nicht geschlossenen Morgenmantels, der aufbauschte. Unter der Seide war er nackt, und als er daran dachte, wie er die neugierige Amerikanerin bestrafen würde, spürte er, wie sein Penis sich versteifte. Es würde ihm gefallen, sie mundtot zu machen, bevor sie die Chance hatte, irgendwelchen Unsinn anzustellen. Ein brutales Grinsen huschte über sein Gesicht, als er sich vorstellte, wie sein Opfer nackt auf einem Stuhl gefesselt saß, oder besser noch, nackt auf einem Bett ausgestreckt lag, Hände und Füße an die Bettpfosten festgebunden, die Schenkel weit gespreizt. Der Spaß konnte beginnen.

Diese Aussicht lenkte seine Gedanken auf näher liegende Freuden, die ihn an diesem Abend erwarteten.

Er strich über seinen Penis, der jetzt voll versteift im Mondlicht stand. Seine Haut zeigte keine weißen Stellen, er erhielt seine Bräune in den Stunden, die er nachmittags nackt auf der von außen nicht einsehbaren Terrasse lag.

Er hatte sein Haus sehr sorgsam ausgesucht. Es bot ihm das Beste beider Welten: Die Abgeschiedenheit und zugleich die Nähe zur Stadt, die hinter seinen Mauern lag. Er wohnte gern hier, hoch über dem gewöhnlichen Volk. Selbst in den frühen Morgenstunden schlenderten junge Leute durch die Straßen, gingen von einer Bar zur nächsten, jedenfalls zu denen, die am Wochenende geöffnet hatten.

Oft stand der Mann oben auf der Terrasse und schaute auf die, die es eilig hatten. Er schätzte, wenn er heute Abend in die Schatten der Allee blickte, die an seinem Haus entlang lief, würde er einige Pärchen entdecken, die sich an die Mauer drückten und vögelten. Hastig, heftig, liederlich. Aber auch so ungeheuer erregend. Sein aristo-kratisches Gesicht verzog sich zu einer Grimasse aus Lust und Verachtung.

Tagsüber arbeitete er in der Stadt. Manchmal amüsierte es ihn, sich unter die Massen zu mischen, einer von ihnen zu werden. Da unten traf er oft Frauen, die seine spontane Lust befrie-digten. Er fickte sie und labte sich an ihrer Be-wunderung.

Aber er lud den Pöbel nie in sein Haus ein. Seine Kollegen kannten sein Versteck nicht, es gehörte einer anonymen Gesellschaft, die er vor ein paar Jahren gegründet hatte. Nur einige wenige Leute, deren Stillschweigen er sich er-kauft hatte, durften sein Heiligtum betreten, das er ausschließlich für seine esoterischen Freuden ausgewählt hatte. Seine Gedanken wanderten, während er sich an schamlose Szenen erinnerte, denen er beigewohnt hatte.

Er rüdes ›Piep‹ seines Handys in der Mantel-tasche unterbrach die Stille der Nacht. Verärgert drückte er auf den Knopf und presste das Gerät ans Ohr. »*Pronto?*«

Er hörte einen Augenblick zu, dann sagte er mürrisch: »Ja, ich verstehe, ich verstehe sogar sehr gut. Aber du solltest wissen, dass man zu dieser Zeit nicht anruft.« Zornesfalten gruben sich in sein Gesicht, als er der Erklärung des Anrufers lauschte, dann rief er wütend: »Ja, ja, ich habe dir doch gesagt, wie du mit ihnen um-gehen musst und wie du dafür sorgen kannst, dass sie stumm bleiben.« Wieder eine Pause.

»Muss ich denn alles selber machen in diesem verdammten Geschäft? Warum bezahle ich dich denn, verdammt? Unsere Partner in Rom werden darüber nicht erfreut sein. Als hätte ich nicht schon genug Ärger ...« Er hörte wieder zu.

»Nein! Nein, ich kann nicht kommen. Ich erwarte Besucher. Wer? Das geht dich nichts an. Sieh zu, dass du die Sache in den Griff bekommst. Ich rufe dich morgen an. Du bist so lange dabei wie ich, du weißt, wie man solche Dinge erledigt. Ich erwarte als Nächstes deine Nachricht, dass alles in meinem Sinn geregelt ist. *Capisci?*«

Ohne sich zu verabschieden, klappte der Mann sein Handy zu.

Er trat von der Balustrade zurück und legte sich auf eine schmale Liege. Er schäumte vor Wut, atmete tief ein und sog den Duft des Lavendels und der Rosen ein, die in ihren Töpfen die Terrasse säumten. Allmählich wich der Zorn; die Düfte in seiner Umgebung besänftigten ihn.

Er langte in die Schublade eines kleines Tischs und nahm eine kubanische Zigarre aus einem silbernen Etui. Er schnitt das dünne Ende mit der kleinen Guillotine ab, die er für diesen Zweck in der Schublade aufbewahrte. Das aufflackernde Feuerzeug strahlte die Kontur seines Kinns an, als er die Flamme ans dicke Ende der gepressten Blätter hielt. Er sog den Tabakrauch tief ein und atmete ihn langsam aus, wodurch er der aromatischen Luft einen weiteren Duft hinzufügte.

Seit dem Telefongespräch war sein Penis abgeschlafft, aber jetzt kehrte seine streichelnde Hand zurück. Die vertraute Berührung spornte seine Gedanken an, wie er die Schnüfflerin zu Fall bringen könnte. Vielleicht sollte er sie an diesen Ort bringen. Die Mauern waren aus solidem Stein, die Fenster dreifach verglast. Niemand würde ihre Schreie hören, wenn er sie an Händen und Füßen fesselte. Bei dieser Vorstellung stand der Schaft und ragte aus dem Mantel ins Mondlicht, das die krausen Schamhaare in ein mattes Silber tauchte.

Ein leiser, aber durchdringender Pfiff tönte unten von der Straße. Dreimal. Ein Außenstehender würde sich nichts dabei gedacht haben, aber der Mann verstand die Pfiffe als persönliches Signal.

Er richtete sich auf, trat an die Balustrade und entblößte sich denen, die unten warteten. Er hatte diese Position mit Bedacht gewählt: Eine hohe Gestalt mit deftiger Erektion vor dem vollen Mond – wie ein Abbild des Gottes Priapus.

Er gab seinen Besuchern ein paar Minuten, von der Allee nach oben zu gelangen, dann drückte er auf den Knopf seiner Fernbedienung. Unten öffnete sich eine hohe Holztür, durch die seine Gäste das Haus betraten. Die Überwachungskameras nahmen die beiden Personen auf, als sie in den beleuchteten Flur gingen.

Auf dem Monitor war ein Teenagerpärchen zu sehen, das zur Holztreppe schritt und dabei Händchen hielt. Die Treppe führte direkt ins Schlafzimmer.

Der Mann wartete auf ihre Ankunft und öffnete die Schiebetür zur Terrasse. »Hallo, meine

Schönen«, murmelte er und zeigte ein freudloses Grinsen. Er ließ seinen Mantel auf den Boden fallen. »*Come state?*«

»*Molto bene, grazie, Signore*«, antworteten die jungen Leute fast gleichzeitig, dann zogen sie sich aus. Von früheren Besuchen wussten sie, wo sie ihre Kleider ablegen konnten.

Sie legten sich auf das Bett mit den schwarzen Seidenlaken, einander zugewandt. Der Junge streichelte seinen Penis, weil er wusste, dass der Gastgeber Wert darauf legte, dass sie bereit waren. Er reichte seiner Freundin die Flasche mit der Feuchtigkeitscreme und sah zu, wie sie die Creme in ihre Haut massierte, und als sie über ihre Scham rieb, schob sie ungeniert zwei Finger in ihre Öffnung. Sie lächelte den beiden Männern schüchtern zu und schürzte die Lippen, wie sie es bei Pornodarstellerinnen gesehen hatte.

Der Junge sah der Vorbereitung des Mädchens zu und spürte, wie er noch härter wurde. Er beugte sich über die Freundin, schob die Finger in die feuchte Vagina und fuhr dann zu dem kleinen harten Anus, schmierte ihn ein und drückte einen Finger gegen die runzlige Öffnung. Er hörte ein heiseres Keuchen, das Schmerz oder Lust bedeuten konnte.

Ihre Köpfe ruckten herum, als sie hörten, dass die Schlafzimmertür abgeschlossen wurde. Der Mann stand hoch über ihnen. Der Mann, der Macht über sie hatte. Sein Penis stand fast senkrecht, sechzehn Zentimeter harten Fleisches. In einer Hand hielt er einen verzierten Dildo, in der anderen einen Strick aus Seide.

»*Buona sera, i miei ragazzi*«, schnurrte er und genoss ihre sexuelle Bereitschaft, sich seiner Gier zu unterwerfen. Die blauen Flecken vom letzten Mal waren schon verblasst. »Sollen wir beginnen?«

Il Sesso alle Levata del Sole
(Sex bei Sonnenaufgang)

»Du solltest Bildhauer werden«, sagte die junge Frau, »so wie du meinen Körper erforschst.« Es war eine flippige Bemerkung, aber ihre Stimme verriet die Erregung.

Der schläfrige junge Mann neben ihr sagte nichts. Er kommunizierte nur mit seinen Händen, die gemächlich über die Konturen ihrer weiblichen Formen strichen, ihre kleinen festen Brüste umschlossen und auf den harten *picci* der Warzen verharrten, bevor sie die Ebenen des straffen Bauchs erforschten und vorwitzig in die Tiefe des dunkelroten Buschs eindrangen.

Die junge Rothaarige spreizte bereitwillig die Schenkel und gestattete den forschenden Fingern den Eingang zu ihrer nassen Kaverne.

Die ersten blassen Strahlen der Morgensonne fanden den Weg durch die schweren Holzläden auf den mit Terracotta gefliesten Boden und über die zerknautschten Bettlaken, wo sie die Bewegungen der Finger aus dem Schatten herausholten. Der Daumen kreiste über den kleinen Kern der Klitoris.

Kiki Lee studierte die Bewegungen der Hand zwischen ihren Schenkeln, als die Finger ihre Pussy kraulten. Immer auf der Suche nach neuen Motiven, um ihren Kunstprofessor zu schockieren, wünschte sie, eine Kamera neben sich zu haben, um diese erotische Komposition festzuhalten. Aber die Kamera lag im Nebenzimmer, und sie wollte die Lustwellen nicht unterbrechen, die über ihren Körper hinweg rollten.

Sie zwang sich dazu, ihren akademischen Ehrgeiz zurückzustellen, legte sich entspannt hin und genoss die Finger des Mannes. Sie schloss die Augen und nahm den würzigen Duft seines Rasierwassers wahr. Ihre Alltagsprobleme wichen aus ihrem Bewusstsein, als sie die Lust, die er ihr verschaffte, willkommen hieß.

Ein paar Augenblicke später war sie endlich ganz aufgewacht. Die Finger ihres Geliebten hörten auf, sie zu erforschen, und ruhten nun reglos in ihr. Mit einem unwilligen Knurren veränderte sie ihre Position, hob sich auf einen Ellenbogen und starrte irritiert auf ihren Partner, der eingeschlafen war. Wieder bewegte sie sich, und die Finger rutschten aus ihr heraus und hinterließen eine feuchte Spur auf dem Laken.

Kikis Blick fiel auf seinen halbsteifen Penis, der einladend auf seinem Schenkel ruhte. Das hübsche Gesicht rief ihr in Erinnerung, warum sie ihn aus der Menge in der Bar Sandy ausgesucht hatte. Sein schöner langer Schwanz war ein zusätzlicher Bonus gewesen. Schon in den Schatten vor der Bar hatte sie seine Hose geöffnet, um sich von seinen Maßen zu überzeugen, bevor sie ihn zu dem kleinen Haus schleppte, das sie sich mit einer anderen jungen Frau auf einem Hügel über der Stadt teilte.

Kiki versuchte, sich an den Namen des Jungen zu erinnern, aber er tauchte aus den Tiefen ihres Gedächtnisses noch nicht auf. Es war ein ausgelassener Abend in der Bar Sandy gewesen. Viel Wein, frivole Gespräche. Auf dem Nachttisch stand eine geöffnete Rotweinflasche vom nahen Weingut Rendola. Noch halb voll. Die Reste eines gemeinsam gerauchten Joints, zwei Brandflecken auf dem Holz des Nachttischs und kleine Häufchen Asche schufen ein unappetitliches Stillleben. Sie und ihr neuer Freund hatten den feinen Merlot direkt aus der Flasche getrunken. Kiki schauderte über ihr ungeschlachtes Benehmen.

Statt länger über die Ausschweifungen der Nacht zu grübeln, hielt sie ein Streichholz an den Joint und atmete tief ein. Marihuana machte sie immer scharf. Sie zog noch einen Hit aus dem Stummel, dann zerdrückte sie den Rest und griff nach dem Penis des jungen Mannes.

Ihre karminroten Fingernägel, kurz geschnitten wegen ihrer Arbeit im Studio, stimmten mit der Farbe seiner Eichel überein. Sie konnte nicht widerstehen, nahm die Spitze zwischen ihre Lippen und schmeckte ihre gemeinsamen Säfte der vergangenen Stunden des hektischen Sex. Kiki erinnerte sich an den Geschmack seines Samens – aber wie war sein Name?

Sie sah sich im Spiegel, als sie den namenlosen Schwanz lutschte. Ihre kurzen roten Haare, zerzaust von den nächtlichen Aktivitäten, umrahmten ein zierliches, blasses Gesicht mit hübschen dunkelgrünen Augen. Während sie über ihm hockte, pendelten ihre kleinen Brüste hin und her. Ihr silberner Nasenring glitzerte in der Morgensonne, als ihr Kopf auf und ab ging. Das war auch ein Foto, das für die Nachwelt festgehalten werden sollte, dachte sie.

Der Junge regte sich und gab ein zitterndes Grunzen von sich. Der Penis zuckte in Kikis Mund. Rasch nahm sie den Kopf zurück, aber es war schon zu spät; er schoss ab und füllte ihren Mund und ihr Gesicht.

»Bastardo«, knurrte sie und schlug ihm wütend auf den Schenkel. Sie war sauer, dass das Prickeln zwischen ihren Beinen nicht so gestillt werden konnte, wie sie es sich wünschte.

»Claudio!«, rief sie, als ihr plötzlich sein Name einfiel. »Du egoistischer Bastard!« Sie wischte ihr Gesicht sauber und fuhr mit den verschmierten Händen über die Lippen des jungen Mannes.

Ein Grinsen breitete sich auf dem Gesicht des Italieners aus, das erst erlosch, als Kiki ihn aus dem Bett warf.

»He«, rief er verärgert, krabbelte auf Händen und Knien über das dicke Schaffell, das als Bettvorleger diente und ein Geschenk von einem früheren Geliebten Kikis war.

»Raus, Claudio! *Via! Se ne vada!*«

»Warum die Eile, *la mi' amore?*« Obwohl seine Bartstoppeln sprossen, wirkte sein Gesichtsausdruck wie der eines unreifen kleinen Jungen.

»Ich muss arbeiten«, sagte sie, und wie aufs Stichwort rasselte der Wecker.

Der junge Mann zuckte bei dem unerwarteten Geräusch. Kiki sprang aus dem Bett und drückte auf einen Knopf, um den Wecker abzustellen. Sie war gestern Abend doch nicht zu betrunken gewesen – sie hatte daran gedacht, den Wecker zu stellen.

Claudio schmollte und sah die rothaarige Frau schmachtend an. Kiki streckte ihren Körper. Die Nippel auf den festen Brüsten reckten sich provozierend, als sie die Arme über den Kopf hob. Erwachende Lust leuchtete in Claudios Augen, als er die Nacktheit der jungen Frau aus seiner Position auf dem Bettvorleger bewunderte.

»Eines solltest du lernen, du Anfänger«, sagte Kiki, immer noch wütend. Ihr Italienisch klang durchsetzt von ihrem starken Akzent des amerikanischen Mittelwestens. »Gentlemen kommen nicht im Mund eines Mädchens, es sei denn, sie will es haben. Verstehst du?« Trotz ihrer Verärgerung blitzten die grünen Augen. »Wie auch immer, ich muss arbeiten, mein Junge.« Sie zeigte auf seine nackte Brust. »*Il lavoro*«, sagte sie. »Und du, Claudio, gehst nach Hause. *Vai a casa.*«

Er langte nach ihren Fußgelenken, aber Kiki entwischte ihm, sammelte die Kleider des jungen Mannes ein, die verstreut auf dem Boden lagen, und warf sie ihm vor die Brust. »Du kannst zu Hause duschen. Ich hab's eilig. Es war großartig. Bye.«

»Aber …« Claudio versuchte, trotz der hastigen Entlassung so etwas wie Würde zu bewahren.

»Ich rufe dich an«, sagte sie wie zum Trost.

»Wir können das mal wiederholen, nicht wahr, *la mia cara?*«, bettelte er. Er lag noch auf den Knien, hielt den Penis in einer Hand, die Kleider in der anderen.

»Ja, irgendwann mal«, antwortete Kiki lässig, »aber jetzt musst du gehen.« Sie half ihrem Nachtgefährten in die Kleider, dann schob sie ihn aus ihrem Schlafzimmer und durch die Haustür. »Wir sehen uns irgendwo in der Stadt.«

Kiki stand nackt in der Haustür und sah ihm nach, bis sie sicher war, dass er auch wirklich verschwand. Die kühle Morgenluft machte ihr eine Gänsehaut. Der Junge lief die Treppe hinunter und erreichte die Piazza. Dort schaute er sich noch einmal um.

Als ob sie seine Gedanken lesen könnte, rief Kiki ihm zu: »Du hast deinen Motorroller vor der Bar zurückgelassen. Keine Sorge, diesen Schrotthaufen klaut niemand.« Sie lächelte, um ihren Worten die Härte zu nehmen, dann schloss sie die Tür und wusste, dass sie nun wieder mit den Problemen des Arbeitsalltags konfrontiert war.

Kiki ging auf Zehenspitzen zum Zimmer ihrer Mitbewohnerin, Francesca Antinori. Vor der Tür blieb sie stehen und lauschte. Drinnen bewegte sich nichts. Sie öffnete leise die Tür. Francesca schlief tief, fest und allein. Ihr nackter Körper lag ausgestreckt auf dem Laken, als wartete sie auf ihren Traumgeliebten. Auf dem Bettrand lag ein Vibrator.

Von der Tür aus bewunderte die schlanke Rothaarige die sinnlichen Kurven und die vollen Brüste. Kiki schlich leise ins Zimmer, beugte sich über Francesca und strich mit den Lippen über einen Nippel. Ein wenig neidisch auf die Schönheit der Freundin ging sie ins Bad.

Nach Dusche und Frühstück fuhr sie sich mit einer Bürste durch die Haare, schwärzte die Augenlider, zog sich eine Radlerhose und ein Tanktop an, verzichtete auf den Büstenhalter und lief den Hügel hinunter zur kleinen unbemannten Bahnstation von Bucine. Der frühe Pendlerzug aus Florenz würde sie rechtzeitig zum Bahnhof von Arezzo bringen, wo sie den ersten Express aus Rom erwartete.

Kiki wollte unbedingt die Erste sein, die Dr. di'Bianchi begrüßte. Sie wollte der neuen Professorin aus Amerika die Wahrheit über das stecken, was am College vorging.

Der kurze Lokalzug, von vorn bis hinten mit Graffiti verziert, fuhr in den kleinen Bahnhof ein, als Kiki gerade die letzte Treppenstufe nahm. Außer Atem sprang sie hinein und warf hinter sich erleichtert die Tür ins Schloss.

Ihre Tasche quoll fast über von den Arbeiten der Kunststudenten im ersten Semester, die sie für Professor Stewart Temple-Clarke bearbeitet und benotet hatte. Er war der Direktor des *Il Collegio Toscana*, das von einem Konsortium von Universitäten in Boston unterhalten und gefördert wurde. Kiki arbeitete seit sechs Monaten als Temple-Clarkes Assistentin und war froh über die Bezahlung, denn dadurch konnte sie sich die Miete des kleinen Hauses in Bucine erst leisten.

Sie saß im leeren Abteil und dachte über ihre

Situation nach und über ihr Leben in Arezzo und Bucine. Der Sex war wunderbar; die italienischen Männer fuhren voll ab auf Kikis aggressive amerikanische Art. Die Toskana war ideal für sie. Arezzo, eine anheimelnde kleine Stadt, von den Touristen weitgehend in Ruhe gelassen, und Bucine mit dem kleinen Straßenmarkt, den guten Weinen und den frischen Produkten von den umliegenden Bauernhöfen war lebens- und liebenswert.

Während der Zug durch eine ganze Reihe von Tunneln ratterte, hatte Kiki kein Auge für die Schönheit der Landschaft. Sie grübelte über ihre eigenen Befürchtungen und Hoffnungen, machte ein finsteres Gesicht, wenn sie an die mittelmäßige Ausbildung dachte, die ihr hier geboten wurde – trotz ihres erregenden Lebensstils hielt sich Kiki für eine ernsthafte Studentin. Die Unzufriedenheit über die Qualität ihrer Fakultät hatte sich seit einem Monat in Wut gesteigert und dazu geführt, dass sie mehrere Studentendemonstrationen initiiert hatte, die es zu Schlagzeilen in den lokalen Zeitungen brachten.

Darüber war Temple-Clarke erbost gewesen, er hatte Kiki in sein Büro bestellt und sie gewarnt, sich nicht in Belange der Collegeführung einzumischen, wenn sie nicht der Schule verwiesen werden wollte. Seither hatte er ihr mehr und mehr Arbeit aufgebürdet, und so blieb ihr nur noch wenig Zeit für Proteste. Sie traute Temple-Clarke nicht über den Weg, aber sie hatte auch ein bisschen Angst vor ihm, was sie aber nie zugeben würde.

Kikis Gedanken kehrten in die Gegenwart zurück, als das Bahnhofsschild von Arezzo in ihr Blickfeld geriet. Der Zug ratterte in die letzte Kurve und hielt dann mit kreischenden Bremsen an. Kiki sprang ab und blickte zur großen Uhr. Der Zug aus Bucine hatte sich ein wenig verspätet, und so blieben ihr nur noch ein paar Sekunden, ehe der Eurocity aus Rom einfahren würde.

Sie musste die Treppe hinunter laufen, um zu Bahnsteig vier zu gelangen. Prustend erreichte sie den Bahnsteig genau in dem Moment, in dem der schnittige Eurocity fast geräuschlos einlief. Kiki war sofort von den aussteigenden Passagieren umgeben, die zu ihrem Arbeitsplatz in der Stadt hasteten.

Aber sie war darauf vorbereitet. Während sie nach einer Frau Ausschau hielt, die nach Akademikerin aussah, hielt sie ein Schild hoch, auf das sie ›La Dottoressa di' Bianchi‹ in dicken Lettern geschrieben hatte.

L' Esposizione
(Die Exhibition)

Während Kikis Zug durch die fruchtbaren Hügel des Valdarno fuhr, wachte ihre Mitbewohnerin Francesca Antinori gerade auf. Ein Chor aufgeschreckter Singvögel verriet ihr, dass einer der vielen Liebhaber der schönen Italienerin gerade die International Herald Tribune geliefert hatte.

Francesca lächelte, als sie die Zeitung draußen auf die Steinplatten unter ihrem Schlafzimmerfenster fallen hörte. Sie öffnete die Augen und streckte sich. Niemand sonst in der Stadt wurde morgens mit einer Zeitung beliefert.

Francesca las die Tribune gern, weil sie ihrem Englisch auf die Sprünge half. Die rotblonde Frau erhob sich nackt aus dem Bett und öffnete die Fenster ihres Zimmers, um die frische Morgenluft hereinzulassen. Sie schaute über den kleinen Platz und dann in die schmale Gasse, die ins Zentrum führte. Licht brannte in den Schlafzimmern und Küchen ihrer Nachbarn, die ihren Tag begannen. Über den Häusern hinweg konnte man die Hänge mit den Rebstöcken und die Olivenhaine sehen. Weil es am Wochenende geregnet hatte, glänzte die ganze Umgebung in einem grünen Schimmer.

Es war ihr durchaus bewusst, dass ihre Nacktheit durch die Fenster in dem Wohnhaus gegenüber gesehen werden konnte, aber das hielt sie nicht davon ab, sich über die Fensterbank zu lehnen und ihre vollen Brüste in die Hände zu nehmen. Sie streichelte sich, und ihre Nippel versteiften sich. Die junge Italienerin war sicher, dass jemand da drüben zuschaute, und dieses Wissen erregte sie. Sie liebte Nacktheit und wurde im *Collegio Toscana* oft als Nacktmodell eingesetzt. Oft konnte ihr Verlangen bei diesen nüchternen Sitzungen nicht befriedigt werden. Ihre frühmorgendliche Zurschaustellung vor dem offenen Fenster gehörte fast schon zum Ritual.

Die Zeitung lag nur ein paar Meter von ihr entfernt. Francesca öffnete die Tür und schritt unverfroren die Treppen hinunter. Sie blieb ein paar Sekunden stehen, ehe sie sich nach der Zeitung bückte, und genau in diesem Moment hörte sie die Glocke des jungen Milchmanns hinter sich. Sie drehte sich um und sah, wie sein Fahrrad auf die Piazza bog.

Sie winkte und rief: »*Buon giorno, Ambrogio!* Du bist heute früh dran.«

Der junge Mann stieg hart auf die Bremse. Die Milchflaschen klirrten auf dem kleinen Karren, den er hinter sich her zog. Wie gebannt starrte er auf die schöne nackte Frau, die im Morgenlicht allein an der Piazza stand.

Francesca traf keine Anstalten, ihre Blöße zu

bedecken. Sie genoss seinen Gesichtsausdruck und ging ein paar Schritte auf ihn zu, während er auf ihre großen hüpfenden Brüste starrte und sich über die trockenen Lippen leckte. Dann wanderte sein Blick nach unten zum V, das von ihren blassgoldenen krausen Schamhaaren gebildet wurde.

Sie stellte sich herausfordernd vor ihn hin. »Hast du auch Milch für mich?«

»*Si*, Signorina.« Der junge Mann stieg ab und holte eine Flasche vom Karren. Er ging seltsam gebückt auf Francesca zu, weil er seine Erektion verstecken wollte. »*Il vostro ... l ... l ... latte*, Signorina Antinori«, stammelte er. Er konnte seinen Blick nicht von ihrem Körper abwenden.

»*Grazie tante*, Ambrogio«, erwiderte sie und griff mit einer Hand nach der Flasche. »Es wird nicht mehr lange dauern, Ambrogio«, neckte sie ihn und weidete sich an der Verlegenheit des jungen Bauernsohns. Sie schaute auf den Penis unter dem dünnen Stoff seiner Hose und sagte: »Oh, ja. Dein Kleiner wird bald groß genug für mich sein.«

Sie drehte eine Pirouette vor ihm und schlenderte zurück ins Haus. Über die Schulter sagte sie noch: »Das ist genug für heute, *il mio ragazzo*« und winkte dem sprachlosen Teenager zu.

Nicht jeder in der kleinen Stadt wurde jeden Morgen mit Milch beliefert, aber das Haus, in dem die beiden Frauen wohnten, gehörte zu den bevorzugten Adressen für den Milchmann und den Getränkehändler, der später noch das Mineralwasser bringen würde. Und Francescas Liebe zur Freikörperkultur, in der Nachbarschaft immer betratscht, führte auch dazu, dass der Bauer selbst es sich nicht nehmen ließ, dreimal die Woche frische Sahne zu liefern.

Francesca trat wieder ins Haus und schloss die Haustür hinter sich. Ihre Nippel standen von der frischen Luft immer noch starr hervor. Sie spürte auch noch die Blicke des Bauernjungen auf ihrem Körper. Das war ja fast so gut wie Sex. Nun ja, aber nur fast.

Sie ging in die Küche auf der Rückseite des Hauses. Der Kaffee in der Kanne war noch heiß. Francesca stellte die Milch in den Kühlschrank und breitete die Zeitung auf dem Tisch aus. Bei einer Tasse Kaffee überflog sie die Schlagzeilen der *International Herald Tribune*.

Sie beeindruckte Kiki gern mit ihrem Wissen über das, was in der Welt geschah. Sie hatte zwar nicht die akademischen Diplome wie ihre Freundin, und einige Nachbarn betrachteten sie als die Stadthure, aber Francesca wusste, dass sie Grips hatte. Ungeschult, aber klug.

Die Erinnerung an Ambrogios Penis, hart wie ein Stemmeisen in seiner Hose, brachte ein Lächeln auf ihre Lippen. Er musste bald achtzehn sein, dachte sie.

Um diese Zeit hatte sie ihre Unschuld schon längst verloren. Ein älterer Mann hatte dafür gesorgt. Er hatte ihr auch beigebracht, wie man als junges Mädchen auf den Straßen von Florenz überlebte.

Sie überließ sich ihren sexuellen Erinnerungen, lehnte sich auf dem Stuhl zurück, teilte die

Schamhaare und spielte zärtlich mit sich. Zuerst führte sie einen Finger ein, dann nahm sie den zweiten hinzu. Sie war schon sehr nass. Francesca leckte ihre Finger ab und schob sie wieder zwischen die Schenkel.

Sie hörte ein leises Geräusch hinter sich, drehte sich um und sah Nico, einen Nachbarn, auf der Terrasse stehen, ein freches Grinsen im Gesicht.

»Oh«, sagte sie und gab vor, erschrocken zu sein. »Nico! Wo guckst du denn hin?« Sie zog ihre Hände zurück und presste die Schenkel zusammen, aber sie tat nichts, um ihre Blöße zu bedecken. Nico war schon einige Male unter fadenscheinigen Gründen auf der Terrasse aufgetaucht, immer in der Hoffnung, sie nackt zu sehen.

»Bist du wieder scharf, Nico?«, fragte sie. »Behandelt Berzitta dich nicht gut?« Francesca fiel auf, dass sich sein rechter Arm ständig bewegte, während Nico sie betrachtete. Die Hand selbst war nicht zu sehen, weil sie unterhalb der Fensterbank lag.

»Nico, spielst du mit dir?«, schalt sie mit vorgetäuschter Ernsthaftigkeit. »Das letzte Mal ist Berzitta sehr böse geworden.«

Berzitta, Nicos Freundin, ging knauserig mit ihrer sexuellen Gunst um. Francesca fand, es war nur fair, wenn sich der arme Mann woanders Erleichterung holte. Nico war kräftig gebaut, tief gebräunt von seiner Arbeit, Telefonkabel in der toskanischen Landschaft zu verlegen oder zu reparieren. Er mochte nicht der Gescheiteste sein, aber er galt als fleißiger Arbeiter, und er hatte die

Sympathie vieler Männer, weil die spröde Berzitta seine Freundin war.

»*Signorina Francesca, Le sta proprio molto bene!*«

Francesca lachte über sein Kompliment. Sie erhob sich und trat ihm gegenüber ans Fenster, die Hände provozierend auf den Hüften. Sie präsentierte ihre Nacktheit zur Freude ihres Besuchers. Sie lachte wieder, als er sagte, er wolle ins Haus kommen.

»Oh, Nico«, sagte sie. »Du bist ein Schelm! Du weißt, Berzitta will nicht, dass du andere Frauen besuchst.«

Aber die heißen Blicke des Mannes schienen sich in ihren Körper zu bohren. Die junge Italienerin spürte eine verlockende Wärme, die sich über ihre Haut legte, und ihre Erregung stieg um einige Grad. Vielleicht konnte der Telefonmann dafür sorgen, dass sie und Kiki eine zusätzliche Leitung für ihren Computer erhielten. Jedenfalls schneller, als wenn sie auf die Behörde warteten.

Sie hatte ihre Entscheidung getroffen, ging zur Küchentür und öffnete sie weit. Ein breites Lächeln auf dem Gesicht, winkte sie Nico herein. Als er ungläubig auf der Stelle verharrte, musste sie lachen.

»Komm schon, Nico. Berzitta wird es bestimmt nicht erfahren.«

Sie langte nach seinem Penis, der aus der Hose ragte, und zog ihn an seinem besten Stück durch die Türöffnung. »Komm herein, Nico.« Sie hielt ihn fest im Griff, schlang den anderen Arm um ihn und küsste ihn hart und lange. Unter dem dünnen T-Shirt spürte sie seinen muskulösen Körper.

Francesca rieb mit der Hand an seinem Schaft auf und ab und starrte bewundernd auf sein stattliches Exemplar. Dieses dumme Luder Berzitta wusste nicht, was ihr entging. Sie rieb weiter und zog die Vorhaut über den üppigen purpurnen Kopf, der feucht glänzte.

Unvermittelt fragte Francesca: »Willst du mit mir schlafen?«

Nico nickte eifrig.

»Wirst du mir auch einen Gefallen tun?«

Nico schluckte hart und fand seine Stimme wieder. »Was immer Sie wollen, Signorina. Alles.« Die Gier in seinen Augen war fast krankhaft. Der Penis zuckte in Francescas Hand.

»Also gut, Nico.« Sie strich mit der flachen Hand über seine Hoden und drückte sie sanft. Nico stöhnte und schloss die Augen.

«Wenn ich mit dir ins Bett gehe, Nico, wirst du uns dann die zusätzliche Telefonleitung legen? Damit wir den Computeranschluss haben? Sie haben uns gesagt, es dauert sechs Monate.« Francesca zog bei jedem Satz an seinem Penis und strich über die Unterseite, die bei ihm besonders empfindlich war.

»Signorina Francesca, wenn Sie mich ranlassen, dann verspreche ich, dass Sie die neue Leitung am Ende der Woche haben. Ich werde mich selbst drum kümmern. Soll ich sonst noch was für Sie tun?«

Francescas Lippen erstickten mögliche andere Versprechen. Sie küsste ihn und drang mit der

Zunge tief in seinen Mund ein. Er schmeckte nach Pfefferminzzahnpasta. »Ich lasse es dich wissen, Nico«, sagte sie und führte ihn ins Schlafzimmer.

Il Arrivo
(Die Ankunft)

Dr. di' Bianchi saß aufrecht auf ihrem Platz und betrachtete die Landschaft. Der Zug fuhr langsamer, und aus dem Fenster konnte sie die Festung der uralten Terracottastadt sehen, von einer mittelalterlichen Mauer umgeben. Arezzo. Endlich war sie da.

Die elegant gekleidete Amerikanerin schloss sich ihren Mitreisenden an, die sich darauf vorbereiteten, aus dem Zug zu steigen, sobald er im Bahnhof anhielt.

Ihre Reise von Rom bis Arezzo war ihr deshalb so schnell vorgekommen, weil sie die meiste Zeit geschlafen hatte. Jetzt war es acht Uhr, und sie befand sich bereits in Arezzo. Der Zug hielt im Bahnhof an.

Dr. di' Bianchi, obwohl blass vom langen Winter in Boston, war eine dunkelhaarige Frau, die in der toskanischen Umgebung wie eine Einheimische aussah. Sie erhob sich, knöpfte ihr graues Leinenkostüm zu und strich sich den Rock glatt. Sie überprüfte ihre Geldbörse, dann griff sie nach Koffer und Aktentasche.

Als sie aus dem Erste-Klasse-Abteil auf den vollen Bahnsteig trat, sah sie sich erst einmal um. Im Hintergrund entdeckte sie die mittelalterliche Stadtmauer, und sie selbst wurde von den frühen Pendlern umringt, die laut und hastig dem Ausgang zu strebten. Sie setzte ihren Koffer ab, schaute sich um und schürzte die Lippen. Wo war denn das Empfangskomitee? Die Menge löste sich schnell auf, und sie hielt Ausschau nach jemandem, der Ähnlichkeit mit Stewart Temple-Clarke hatte. Aber niemand entsprach dem Foto, das sie in Boston gesehen hatte.

Nun ja, dachte sie, sehr willkommen würde sie in Arezzo nicht sein. So sehr sie Italien auch liebte – die hoch aufgeschossene Professorin fragte sich, warum sie diesen Auftrag überhaupt angenommen hatte. Sie sollte den akademischen Standard und die finanzielle Situation am *Collegio Toscana* überprüfen. Der Auftrag konnte sich als harter Ritt ins Nichts erweisen. Viele Freunde würde sie bestimmt nicht gewinnen. Sie hielt es sogar für möglich, dass sie sich in eine schäbige akademische Intrige verstrickte.

Donatella schüttelte den Kopf über ihre negativen Gedanken und rief sich in Erinnerung, dass sie sich einen Namen machen konnte, wenn sie diesen Auftrag schnell und gut erfüllte. Dann würde sie sogar Kandidatin für die begehrte Position des stellvertretenden Dekans sein.

Der Bahnsteig leerte sich rasch, und nur eine zierliche junge Frau blieb zurück, als alle anderen den Ausgängen entgegen strebten. Donatella betrachtete mit ihren klaren grauen Augen die junge Frau näher. Verwirrung und Enttäuschung breiteten sich auf ihrem Gesicht aus.

Donatella erkannte ihren Namen auf dem Schild, das die junge Frau hoch hielt. Sie näherte sich ihr von der Seite und machte sich durch ein Hüsteln bemerkbar.

Die junge Frau ruckte herum, dann weiteten sich ihre Augen. Professorin di' Bianchi betrachtete ihr Empfangskomitee, das aus einer Person bestand, einer nach Punk und Kunst aussehenden jungen Frau, etwa zwanzig Pfund leichter und zehn Jahre jünger als sie.

Donatella musterte die junge Frau, die ein loses schwarzes Top und eine Radlerhose trug, dazu schwarze Socken und geschnürte Stiefel. Donatellas erster Eindruck war ablehnend. Der erste Augenschein identifizierte die junge Frau als Kunststudentin, eine Type, die Donatella sehr vertraut war und die sie nicht sehr mochte. Aber die meisten dieser Spezies waren nicht so attraktiv, dachte Donatella und versuchte, die Konturen der Brüste unter dem Top zu übersehen.

»D … Dott … Dottoressa … di … B … Bianchi?«, stammelte die junge Frau.

»Wen haben Sie denn erwartet, junge Frau?«, fragte sie voller Ironie. »Irgendein altes Weib?«

»Nein, eh …« Ein Lächeln. »Ja, eigentlich ja.«

»Und Sie sind das Empfangskomitee?«, fragte Donatella, insgeheim amüsiert.

»Ja. Eh … nein.«

»Was denn nun?«, fragte Donatella. »Nein oder ja? Wenn nein, warum sind Sie dann hier? Wenn ja, warum haben Sie nein gesagt?« Sie bemerkte den Wechsel der Emotionen auf dem Gesicht der Rothaarigen. Es war nie zu spät, den Studenten beizubringen, sich klar auszudrücken.

»N ... nein, *Dottoressa*«, stammelte die junge Frau und versuchte erfolglos, ihre Nervosität zu bekämpfen. »Es ist nur, dass ich jemanden anders erwartet habe. Eine ältere Frau ... und eine, die nicht so schön ist.«

Donatellas Augenbrauen hoben sich steil. Am liebsten hätte sie gesagt: Du könntest auch eine Schönheit sein ohne deine schäbigen Kleider und die lächerlichen Spikes deiner roten Haare. Aber sie sagte nichts. Trotz der Haare und dem übertriebenen Make-up der Augen war die junge Frau attraktiv und sexy.

»Ich bin vom *Collegio Toscana*«, fuhr die junge Frau fort, »aber ich bin nicht offiziell hier.«

Donatella fing den besorgten Blick auf und nahm sich vor, später darauf zurückzukommen. »Professor Temple-Clarke hat Sie also nicht geschickt?«, fragte sie, überrascht und verärgert über das ausbleibende Willkommen des Collegios.

»Der Direktor weiß nicht, dass ich hier bin.«

Abgesehen von ein paar Bahnarbeitern war der Bahnsteig jetzt leer. Mit hydraulischer Präzision schlossen die Türen, es ertönte ein schriller Pfiff, dann setzte sich der Zug fast geräuschlos in Bewegung. Die Beschleunigung löste Winde aus, die an den Haaren der beiden Frauen zupften.

»Und wer sind Sie?«, fragte Donatella. »Sie sind Amerikanerin, nicht wahr?«

»Ja, bin ich. Ich heiße Kiki Lee. Ich bin Studentin an der Fakultät für Fotografie. Sollen wir einen Kaffee trinken, dann kann ich Ihnen einiges erklären.« Sie atmete durch, faltete das Schild mit dem Namen der Professorin zusammen und steckte es in den Abfallkorb. »Kommen Sie, ich trage Ihren Koffer.«

Donatella schaffte ihren Koffer besser, als es die zierliche Kiki geschafft hätte, deshalb reichte sie ihr die Aktentasche und folgte ihrer neuen Bekannten eine Treppe hinunter und eine andere hinauf. Sie befanden sich jetzt in der Bahnhofshalle, in der Kiki ein Café ansteuerte. Kiki bestellte *due cappuccini* an der Theke und trug sie zu ihrem kleinen hohen Tisch.

»*Dottoressa* di' Bianchi, ich hatte gehofft, dass ich ein paar Worte privat mit Ihnen sprechen kann, bevor Sie im College sind«, begann Kiki.

Donatellas fein gezupfte Brauen trafen sich. »Aber Sie sind doch Studentin. Was können Sie mir sagen, was die Fakultät nicht weiß? Ist es etwas, was sonst niemand hören soll? Was geht eigentlich am College vor sich?«

Kiki blinzelte, als sie die dominierende brünette Frau ansah. »Oh, Mann«, murmelte sie. »Ich stelle mich verdammt ungeschickt an. Bitte, verzeihen Sie mir, *Dottoressa* di' Bianchi.«

Der starke Milchkaffee hob Donatellas Laune ein wenig, und sie entspannte die Schultern und setzte sich bequem hin. Sie rührte drei Löffel Zucker um. Obwohl sie immer noch streng blickte, schlich sich ein wenig Wärme in ihre Stimme. »Nun, Miss Lee, fangen Sie noch mal von vorn an und erzählen Sie mir, was los ist. Und erklären Sie mir, warum Sie ›inoffiziell‹ hier sind und warum ich nicht ganz normal empfangen werde.«

»Ich bin hier«, antwortete die Studentin, »weil niemand sonst kommt.«

Donatella sah, wie das Gesicht ihres Gegenübers lebhafter wurde. Die tiefgrünen Augen leuchteten. Jetzt beugte sich die junge Frau vor und sah Donatella in die Augen. »Ich will offen zu Ihnen sein, *Dottoressa* di' Bianchi. Ich mache mir große Sorgen um das College. Es wird nicht ordentlich geführt, das Gebäude wird nicht instand gehalten, die Leistungen in den meisten Fächern sind unterdurchschnittlich, und es gibt kein Geld für Materialien, Gastdozenten, Reisen oder sonst was. Ich habe mich an Professor Temple-Clarke gewandt, aber er hört weg, wenn ich ihm das Leid der Studenten klage. Bei den Lehrern ist es genauso, der Direktor hat sie alle in der Tasche.«

Donatella schwieg und merkte sich jedes Wort der neuen Informationen. Sie betrachtete ihr Gegenüber und revidierte ihre Meinung über die junge Frau. Sie war nicht die selbstverliebte verrückte Kunststudentin, sondern eine engagierte Frau mit viel Tiefe.

»Einige der älteren Studenten haben Demonstrationen organisiert und Petitionen unterschrieben, aber sie haben nichts bewirkt«, fuhr Kiki fort. »Der Direktor schmettert alles ab. Er spricht vom schmalen Budget und dass aus den Staaten nicht genug Geld fließt. Ich glaube ihm nicht. Das eigentliche Problem ist Temple-Clarke. Er ruiniert alles.« Kiki hielt inne und versuchte abzuschätzen, welche Wirkung ihre Worte bei Donatella erzielten.

Donatella schwieg weiter und fragte sich, ob Kiki die Quelle der detaillierten E-mail-Korrespondenz war, die ihre Vorgesetzten in Boston so sehr alarmiert hatte, dass sie so überstürzt nach Arezzo geschickt worden war. Wenn ja, dann war Kiki Lee ein wichtiger Bestandteil ihrer Untersuchung. Sie lächelte ihre neue Bekannte an. »Ich bin hier, Miss Lee, um diese Punkte zu untersuchen, darauf können Sie sich verlassen.«

Kiki sah erleichtert aus. »Da bin ich aber froh«, sagte sie. »Ich hoffe, Sie hören sich alles an, was ich zu erzählen habe.« Sie war jetzt nicht mehr so aufgeregt und beugte sich noch ein wenig weiter vor, wobei sie nicht bemerkte, dass ihr luftiges Top so weit auseinander klaffte, dass Donatella ihre Brüste sehen konnte.

Donatella zwang sich, der verführerischen Aussicht nicht nachzugeben, und hielt dem Blick der Studentin stand. Aber mit dem geübten Auge, das man sich erwirbt, wenn man sich jahrelang mit figürlichem Zeichnen beschäftigt, konnte der Professorin die ungezwungene Natürlichkeit der jungen Frau nicht entgehen, ganz abgesehen davon, dass Kiki sich nicht darum kümmerte, ob sie ihre Nippel zur Schau stellte oder nicht.

Donatella fragte sich, ob die Aura der Toskana, in der sie viele Male glückliche, schöne und erfolgreiche Zeiten als Studentin verbracht hatte, sie nach den ersten Stunden schon so in den Bann nahm und sie mit ihrem Zauber belegte.

Eine leichte Röte legte sich über ihr Gesicht, als sie an die vielen leidenschaftlichen Liebesaffären und sexuellen Begegnungen dachte, die sie damals hier erlebt hatte. Damals waren sie so ernst und wichtig gewesen, später erschienen die meisten angesichts ihrer so steilen akademischen Karriere in Boston eher albern und kindisch.

Während sie ihre Gedanken wandern ließ, spürte sie, wie ihre Sinne sich der Fülle der Atmosphäre öffneten. Die Blumen, der Kaffee, die alten Steine, die hupenden Motorroller und die Stille des kleinen Cafés. Sie kehrten alle wieder zurück, die Gefühle der Toskana. Ein Teil ihrer Gedanken setzten die Toskana mit ihrem sexuellen Erwachen gleich.

Vielleicht war es die Mattigkeit nach der Zeitumstellung, die sie sagen lassen wollte: Kiki, deine Brüste sind wie sahnige Milch und Aprikosen, und deine Nippel sehen aus wie reife Kirschen. Und sie wollte auch noch hinzufügen: Der Junge drüben in der Ecke hat einen Steifen, seit er dich gesehen hat.

Aber laut sagte Dr. di' Bianchi: »Ich will alles hören, was Sie mir zu sagen haben. Gibt es auch andere Studenten, die ich anhören sollte? Gibt es Professoren, die in der Lage sind, frei und offen über die Situation der Schule zu sprechen?«

Sie rührte wieder im Kaffee und senkte den Blick, um der jungen Frau Gelegenheit zu geben, ihre Gedanken zu sammeln. Und ihr Top zu richten.

Der junge Mann in der Ecke wurde zusehends unruhiger. Er konnte nicht aufhören, Kiki anzu-

starren. Und plötzlich schien er sie wiederzuer-
kennen.

Aber Kiki sah nichts. Sie war auf ihre
Gedanken konzentriert. »Es gibt einige Studen-
ten«, erwiderte sie, »und vielleicht auch ein
Mitglied der Lehrerschaft, ein oder sogar zwei.
Oh, verdammt. Himmel!«

L' Impressione Prima
(Erster Eindruck)

Donatella hob den Kopf, als sie Kikis Ausbruch und die Verärgerung in ihrer Stimme hörte. Fast hätte sie erwartet, Stewart Temple-Clarke auf einer Gewitterwolke herab schweben zu sehen. Aber sie sah nur den jungen Italiener, der sie schon beäugt hatte, als sie hereingekommen waren. Sie bemerkte, dass Kiki ihr Top hob und die Schultern gerade hielt, als wollte sie sich auf eine Konfrontation vorbereiten, aber jetzt waren ihre Brüste und die kleinen harten Nippel unter dem dünnen Stoff noch besser zu sehen.

Donatella hielt aufgeregt die Luft an. Sie rechnete damit, dass der junge Mann entschlossen war, die einladende Sanftheit von Kikis Brüsten anzufassen. Aber er legte seine Hand nur auf Kikis Schultern und sah Donatella an. »*Buon giorno, Signora. Il mio nome e Claudio Pozzi*«, sagte er, »*mi scusi, per favore*«, fügte er dann noch hinzu und wandte sich an Kiki.

Der Junge hatte Charme, aber Kiki Lee schien wütend zu sein und schüttelte seine besitzergreifende Hand ab. Sie redete leise in flüssigem

Italienisch mit ihm, aber man hörte, dass sie sauer war. Was Kiki ihm sagte, gefiel dem jungen Mann überhaupt nicht, er verstärkte den Druck seiner Hand auf ihrem Arm, aber Kiki wollte davon nichts wissen.

»Entschuldigen Sie mich, *Dottoressa* di' Bianchi«, sagte Kiki, verlegen und wütend über das Verhalten ihres Bekannten. Sie stand von ihrem Stuhl auf und erläuterte: »Claudio ist ein … ein Freund von mir. Wir haben nur eine Meinungsverschiedenheit. Geben Sie mir einen Augenblick, bitte? Ich bin sofort wieder bei Ihnen.«

»Natürlich«, sagte Donatella. Sie spürte ihre Müdigkeit und sah zu, wie das Pärchen in die Ecke nahe der Tür ging.

Dort entwickelte sich eine lebhafte Szene. Claudio gestikulierte wild, versuchte wieder, Kikis Arm festzuhalten und sie zu küssen. Sie wies ihn ab, doch er beharrte lautstark auf seinem Vorhaben und zog damit das Interesse der anderen Gäste und des Cafébesitzers auf sich.

Kiki wusste sich zu wehren. Sie überraschte ihn, als sie seine Finger heftig nach hinten dehnte, dann drehte sie ihm den Arm auf den Rücken, was Claudio zu einem Schmerzensschrei und einem Zornesausbruch verleitete. Kiki nutzte ihren Vorteil, stieß Claudio gegen die Cafétür, gab ihm einen Tritt ins Hinterteil und stieß ihn hinaus.

»*Vaffanculo, Claudio!*«, rief sie ihm nach. »Ich bin nicht dein Eigentum, verdammt, lass mich in Ruhe, hörst du!«

Er stand wieder vor ihr. »*Va' a farti fottere,* du

amerikanisches Biest! Das lasse ich mir von keiner Frau bieten!«, rief der abgewiesene Liebhaber und wollte Kiki an den Schultern packen. Sie entwich ihm, und er erwischte sie am Hals, und dabei zerriss ihr Top. Von einem Moment zum nachsten waren ihre Brüste entblößt.

»Oh, verdammt, du verfluchter Trottel!«, tobte Kiki. Mit einer Wut, die Claudio überraschte – und die aufmerksamen Zuschauer auch –, drehte sie eine Pirouette auf einem Bein und rammte den Stiefel gegen seinen Bauch.

Im ersten Moment war es ganz still im Café, während der gedemütigte Claudio sich mühsam vom Boden aufrappelte. Der Besitzer war sofort bei ihm und sorgte dafür, dass der gebeugt gehende Claudio sein Geschäft verließ, damit er nicht noch mehr Schaden anrichtete.

»Du Miststück!«, keuchte der abgewiesene Freier und näherte sich seinem Roller. »Das wirst du mir büßen.«

Kiki, nackt bis zu den Hüften, stellte sich in die Tür, die Arme über den Brüsten verschränkt. »Nicht sehr originell, Claudio«, spottete sie. »Ich werde immer mit dir fertig, vergiss das nicht.«

Donatella öffnete rasch den Koffer und fand ein Baumwollhemd. Sie ging zu Kiki und drückte ihr das Shirt in die Hände. »Hier, ziehen Sie das an.«

Kiki nickte dankbar und zog das Hemd über die nackten Brüste. Donatella trat zurück und betrachtete die neue Bekannte mit kritischen Augen. Ihr fielen die gut entwickelten Bizepes auf, worauf sie bisher nicht geachtet hatte. Dann sah sie die kräftigen Muskeln der Schenkel. Kiki war eine Frau, die etwas für ihren Körper tat, und an diesem Morgen hatte sich das bezahlt gemacht.

»Gehören solche Szenen zu Ihrem Alltag?«, fragte Donatella ernst. »Oder war das eine spezielle Schau für eine Gastprofessorin?«

Kiki errötete. »Verdammt, es tut mir Leid, *Dottoressa* di' Bianchi. Was müssen Sie nur von mir denken? Diesen Eindruck wollte ich Ihnen wirklich nicht vermitteln. Das war nur ein verkappter Macho, der mein Nein nicht verstehen wollte. Oh … und vielen Dank für Ihr T-Shirt.«

Donatella versagte sich ein Lächeln. »Miss Lee«, sagte sie brüsk, »ich schlage vor, Sie machen sich ein bisschen frisch, und dann bringen Sie mich zum College.«

Kiki nickte. Donatella sah ihr nach, als die zierliche Kampfsportlerin zur Toilette schritt. Alle Männer im Café blickten ihr ebenfalls nach. Die Professorin spürte intuitiv, wie sie auf die junge hübsche Frau ansprach, und empfand lang verschüttete Gefühle, die von Kikis ungehemmtem Umgang mit dem Sex und dem Leben im Allgemeinen ausgelöst wurden. Ihr mattes Gehirn rief ihr in Erinnerung, wann sie das letzte Mal Sex mit Henry Fogg gehabt hatte. Warum erregte sie die Erinnerung nicht? Lag es daran, dass der Sex so mittelmäßig gewesen war?

Sie erschrak fast, als Kiki Lee, frisch gekämmt und völlig gefasst an ihren Tisch trat. Donatella lächelte kurz. »Alles in Ordnung?«

Kiki nickte. »Ja. Und ich entschuldige mich noch einmal für diese Szene.«

Donatella fragte: »Ist er ein Studienfreund?«

Kiki lachte auf. »Claudio ein Student? Ha! Nein, wenn Claudio irgendwo geschult worden ist, dann auf der Schule für Egoisten.« Sie lachte verbittert. »Man vögelt einmal mit ihnen, und schon glauben sie, dich zu besitzen. Oh, entschuldigen Sie, *Dottoressa* di' Bianchi, ich wollte nicht …« Sie errötete wieder, aber Donatella winkte ab.

»Ihre Beziehungen sind Ihre Angelegenheit. Sie wollten mir von anderen Studenten und Professoren erzählen.«

»Ja«, sagte Kiki eifrig. »Ich werde Sie mit den Studenten bekannt machen. Was die Professoren angeht, nun, in Frage kommt Ian Ramsey. Ein Engländer, der die Keramikklasse hat und manchmal bei der Fotografie aushilft, obwohl das nicht sein Fach ist.«

»Ist das aber ein Spagat, von der Keramik zur Fotografie«, murmelte Donatella verwundert.

»Das ist typisch für unser College«, sagte Kiki. »Ich will nichts gegen Ian sagen, ich meine Professor Ramsey, er macht gute Arbeit, aber wir sollten mehr Dozenten haben, die Experten auf ihrem Gebiet sind. Sonst können die Studenten nicht die Erwartungen erfüllen, die man in sie setzt. Temple-Clarke sagt, es sei kein Geld da, um die Leute zu engagieren, die wir brauchen.«

Donatella wollte das nicht kommentieren. »Ich werde bald mit Professor Ramsey sprechen«, sagte sie. »Aber jetzt möchte ich gern zum College. Können Sie mich herumführen? Ich will Professor Temple-Clarke sehen und ihn fragen, warum er niemanden beauftragt hat, mich am Bahnhof abzuholen.«

Ihre rothaarige Führerin ging voraus und trug ihren Koffer ohne ersichtliche Mühe. »Zehn Minuten den Hügel hinauf, *Dottoressa* di' Bianchi. Sollen wir zu Fuß gehen?«

Donatella nickte, und die beiden Frauen gingen hügelaufwärts. Die Sonne stieg am Himmel. Es würde wieder ein heißer Tag werden, aber um neun Uhr war es noch angenehm kühl, als sie durch den Schatten der schmalen Straße gingen. Kiki bog auf den Marktplatz, der von Giorgio Vasaris *Loggia* beherrscht wurde, einem Gebäude mit vielen Rundbögen, das die nördliche Länge der Piazza einnahm.

»Wunderschön.« Donatella blieb stehen und bewunderte die großartige Fassade, dann folgte sie Kiki in eine Gasse, die zu einer sternförmig angelegten Festung der Medici führte. Mehrere *palazzi* waren an die alte Mauer gebaut, und vor einem Palast setzte Kiki den Koffer ab. Es war ein schmaler, vierstöckiger Palast, der über eine breite Steintreppe erreicht wurde.

»Da sind wir«, sagte Kiki grinsend. »Lasst alle Hoffnung fahren, alle, die ihr gerufen seid.« Dante, ein wenig abgewandelt. Aber Donatella lachte nicht. Sie sagte: »Bringen Sie mich zum Büro von Professor Temple-Clarke, bitte.« Dann fügte sie noch hinzu: »Können Sie mich danach auch durch den Rest des Colleges führen?«

»Ja, klar«, sagte Kiki und ging mit der Professorin in den zweiten Stock. In einem freundlichen Büro mit Blick auf den Innenhof saßen zwei

Sekretärinnen, die so taten, als hätten sie viel zu arbeiten, als Kiki und Donatella eintraten.

Donatella warf einen Blick durch die Fenster, sah den grünen Park und dahinter die mittelalterliche Stadtmauer. »*Buon giorno. Sono Dottoressa Donatella di' Bianchi. Sono venuta a vedere il professor* Temple-Clarke«, sagte sie in steifem, aber korrektem Italienisch.

Die beiden Frauen tauschten einen Blick, den Donatella nicht deuten konnte.

»*Mi dispiace, Dottoressa di' Bianchi*«, sagte eine der beiden, »*non è possible. Il professore è uscito.*«

»Er ist weg?« Die Professorin sah die Sekretärin entgeistert an. »Wieso? *Perché? Per quanto tempo? Per amor di Dio!*« Sie hob wütend die Hände.

»*Non so fino a quando*«, gab die Sekretärin zurück.

Donatella wandte sich irritiert an Kiki. »Ist das zu glauben? Er ist außer Haus. Aber er wusste doch genau, wann ich eintreffe!«

Kiki unterhielt sich mit den beiden Sekretärinnen und sprach in flüssigem Italienisch mit ihnen, dass Donatella zunächst nicht folgen konnte.

Nach ein paar Momenten zog Kiki die Professorin zur Seite. »Gina sagt, Temple-Clarke wäre vor einer halben Stunde weggegangen. Er hat nicht gesagt, wohin er geht und wann er zurück sein würde. Offenbar ist das gar nicht so ungewöhnlich. Gina hat in seinem Kalender gesehen, dass Sie heute eintreffen, aber mehr steht nicht da. Sie weiß auch nicht, wo Sie untergebracht werden sollen. Niemand hat ein Hotelzimmer für Sie gebucht.« Kiki sah sie verlegen an. »Es tut mir Leid, aber es ist typisch für das, was hier abläuft«, fügte sie verbittert hinzu.

Donatella wandte sich wieder an die Sekretärinnen und fragte nach einem Hotelzimmer. »*Puo dirmi Lei dov' è un albergo?*«

Die Mädchen hoben die Schulter. Die Sekretärin, die weiter weg von ihr saß, feilte sich die Nägel.

»Keine Sorge«, sagte Kiki, bevor Donatella wütend werden konnte. »Ich kenne ein kleines Hotel, in dem Sie wohnen können, bis alles geklärt ist. Sie können Ihr Gepäck in meinem Studio abstellen. Ich führe Sie durchs College und bringe Sie anschließend zum Hotel.«

Donatella war erleichtert, aber das wollte sie nicht zeigen. »Danke, Miss … Kiki. Das ist sehr freundlich von Ihnen.« Sie wandte sich wieder an Gina und bat um Papier und Kuli. Sie schrieb auf das Blatt: ›Bin eingetroffen. Werde um fünfzehn Uhr wieder im College sein.‹ Sie unterschrieb die Nachricht und reichte sie dem Mädchen.

Die Sekretärin nickte lustlos, und kopfschüttelnd ging Donatella hinaus. Kiki folgte ihr, nachdem sie ihr Bündel der benoteten Arbeiten auf dem Schreibtisch zurückgelassen hatte. »*Ciao, Gina, ciao, Sophia.*«

Donatella schritt hinter Kiki her, die ihr die Tür zu ihrem Studio aufschloss. Sobald sie hinter der geschlossenen Tür waren, hielt die Professorin sich nicht länger zurück. »Warum waren die beiden Sekretärinnen so freundlich zu Ihnen, während sie kaum bereit waren, mir die Tageszeit zu sagen?«

Kiki hob die Schultern. »Ich kenne sie seit über einem Jahr. Wir ... wir haben gemeinsame Freunde. Sie trauen mir. Sie kennen Sie nicht, und Temple-Clarke hat ihnen wahrscheinlich erzählt, dass Sie eine Hexe sind. Sie haben Angst vor ihm und wollen nichts tun, um ihn zu verärgern.«

Donatella dachte kurz darüber nach, wie intim Kiki und die beiden jungen Frauen sich kannten und wie weit es ging, wenn sie ›gemeinsame Freunde‹ hatten. »Nun gut«, sagte sie, »niemand hat behauptet, dies wäre ein Zuckerschlecken für mich.«

Sie sah sich in Kikis Studio um. Die hohen Fenster zeigten zum Norden des Parks. Die meisten Fotos standen mit dem Gesicht zu den Wänden. Als ob sie Gedanken lesen könnte, erklärte Kiki: »Ich will mich jedes Mal überraschen lassen, wenn ich das Studio betrete. Die meisten Ausstellungsstücke meiner fotografischen Drucke sind verfremdet, und wenn ich sie umdrehe, nachdem ich sie eine Weile nicht gesehen habe, wachsen mir oft neue Ideen zu. Ich will meine Fotos erst dann zeigen, wenn sie bereit sind.«

Donatella nickte und wandte sich einem kleinen Bündel von Fotos zu, das auf dem Tisch lag. »Darf ich sie mir mal ansehen?«

»Natürlich«, sagte Kiki. »Das ist Francesca, mit der ich mir ein Haus teile. Sie ist häufig als Modell im College beschäftigt. Sie werden sie bestimmt bald kennen lernen.«

Donatella nahm ein Bild in die Hand und sah eine fröhliche junge Frau in einer provozierenden Position. Die anderen Fotos waren ebenso provozierend.

»Sehr interessant«, murmelte Donatella und versuchte, ihre wachsende Erregung hinter einem Ausdruck der Missbilligung zu verbergen. »Aber das können keine typischen Posen für Aktzeichnen oder für die Aktfotografie sein.« Sie wies auf eine besonders erotische Aufnahme, in der Francesca die ruhende Pose von Giorgiones *Schlafende Venus* eingenommen hatte. Aber während der Maler der ausgehenden Renaissance die Hand der entspannten Frau in ihre Leiste gelegt hatte, zeigte Kikis Foto unverblümt, dass die nackte Francesca masturbierte.

Kiki war nicht aus der Ruhe zu bringen. »Natürlich nicht«, sagte sie und begegnete dem Tadel der älteren Frau mit Ironie. »Die Studenten würden sich nicht konzentrieren können, wenn Francesca richtig loslegt. Diese Aufnahmen sind für meine Klasse bei Ian Ramsey.«

Donatellas Augenbrauen hoben sich, aber sie wollte das Thema im Moment nicht weiter verfolgen. Beinahe-Pornographie im Klassenzimmer. Sie legte die Fotos wieder hin, die Gesichter nach unten. »Begeben wir uns auf die Tour durchs College«, sagte sie, um einen sachlichen Ton bemüht, aber es klang eher spröde. Als Kiki lächelte, fragte sich Donatella beunruhigt, ob ihr innerer Konflikt zwischen professionellem Verhalten und ihrem wieder erwachenden Interesse an Sex auf ihrem Gesicht ablesbar war.

Sie wollte ihre Sorgen ebenso zurückdrängen wie die Bilder der attraktiven Francesca, als sie Kiki die nächsten zwei Stunden durch das College folgte.

Der alte *palazzo* war seit seiner Erbauung im *Cinquecento* viele Male umgestaltet worden, und jetzt benötigte er dringend eine Renovierung. Der Putz fiel an vielen Stellen von den Wänden, und es gab nur ganz wenige Hinweise auf einen liebevollen Umgang mit der alten, gut erhaltenen Substanz. Das Gebäude war größer, als man von außen vermuten konnte.

Viele Zimmer lagen zum Park hin, den Donatella schon vom Vorzimmer des Direktors bewundert hatte. Als sie jetzt hinausschaute, sah sie, wie ein paar Leute auf dem Rasen Fußball spielten, darunter auch ein großer, gut aussehender Mann in einem schwarzweiß gestreiften Hemd, dessen Vorderseite mit einer Bierwerbung versehen war. Er rief Anweisungen, während er viele Bälle auf eine geschmeidige junge Frau schoss, die zwischen den Torpfosten durch die Luft flog. Nur wenige Bälle gingen an ihr vorbei.

»Das ist Ian Ramsey«, sagte Kiki, als sie sich neben Donatella stellte und dem Paar zusah. »Ich werde ihn Ihnen nachher vorstellen. Wir wollen ihn lieber nicht beim Training stören. Er und Jennifer« – sie deutete auf die athletische Torfrau – »nehmen ihr Training sehr ernst. Tag für Tag.«

Etwas in der Stimme der jungen Frau ließ Donatella zur Seite schauen, aber Kikis Gesicht verriet nichts. Donatella wechselte das Thema. »Gibt es auf dieser Seite des Gebäudes ein leeres

Zimmer?«, fragte sie. »Ich brauche ein Büro, und wenn Temple-Clarke mir schon kein Hotelzimmer gebucht hat, wird er mir auch kein Arbeitszimmer vorbereitet haben. Wenn es irgendwo ein leeres Zimmer gibt, ziehe ich ein und kann mich später mit ihm streiten.«

Kiki dachte eine Weile nach, dann nickte sie. »Ja«, sagte sie. »Nachdem der letzte Professor für Fotografie gegangen ist, steht sein Büro leer. Ian hatte ja schon sein eigenes Büro. Das leere Zimmer befindet sich weiter den Gang hinunter, und mein Studio liegt nur um die Ecke, das heißt, wir sind nah beieinander und aus Temple-Clarkes Reichweite. Er betritt diesen ältesten Teil des Gebäude ganz selten.« Kiki lächelte die Professorin strahlend an.

Donatella war nicht in Stimmung, um sich jetzt schon auf die eine oder andere Seite zu schlagen. Sie nickte nur.

Kikis Lächeln wurde schwächer, aber es schwand nicht ganz. Sie ging den Flur entlang und rief: »Bleiben Sie hier, ich hole schnell den Schlüssel und komme dann zurück.«

Donatella blickte wieder aus dem Fenster. Professor Ramsey hatte einen Arm um die Schultern seiner Torfrau gelegt, offenbar gratulierte er ihr zur guten Leistung. Donatellas Augen weiteten sich vor Entsetzen, als der Mann mit einer Hand über den Rücken und in die Shorts der jungen Frau fuhr. Er drückte ihre Backen.

Jennifer boxte den Mann daraufhin leicht gegen den Bauch, schaute sich kurz um und griff dann an seinen Penis, den sie durch die dünne schwarze Hose kurz drückte. Arm in Arm hastete das Paar vom Feld und verschwand aus Donatellas Blickfeld.

Kiki Lee kehrte einen Moment später zurück und hatte offenbar von dem sexuellen Geschehen da unten nichts mitbekommen. Donatella hatte stets missbilligt, dass Lehrer mit ihren Schülern ein Verhältnis haben, das galt auch für Universitäten. An der Charlestown University, an der sie dozierte, war das einer von wenigen Gründen zur fristlosen Entlassung von Professoren.

Sie wandte sich an ihre Begleiterin. »Sind Professor Ramsey und ... Jennifer ...?« Sie brach ab. Es war ihr unangenehm, die Frage zu formulieren.

Kiki hob fragend die Augenbrauen. »Sie wollen wissen, ob sie miteinander schlafen?«, fragte sie, dann weitete ein Grinsen ihre Mundwinkel. »Darauf können Sie wetten. Wenn Sie meine objektive Meinung hören wollen: Ian Ramsey und Jennifer Wrenn rammeln wie Kaninchen.«

Bevor Donatella etwas erwidern konnte, wandte sich Kiki um und schritt wieder den Flur entlang, diesmal in die andere Richtung. »Kommen Sie«, rief sie Donatella zu, »ich will Ihnen Ihr neues Büro zeigen. Ich glaube, es wird Ihnen gefallen. Von dort haben Sie auch einen schönen Blick über den Park, und wenn Sie Glück haben, können Sie Ian und Jennifer jeden Tag zusehen.«

Donatella entging nicht die bittersüße Färbung in der Stimme ihrer Begleiterin, aber sie ging darauf nicht ein. Ihre Aufgabe war es, die Missstände am College aufzudecken und sich nicht in Eifersüchteleien zu verstricken.

Sie betrat einen großen, hellen Raum durch die Tür, die Kiki aufgeschlossen hatte und unterdrückte einen Jubelschrei, als sie die Aussicht bewunderte. Sie konnte nicht nur auf den Park schauen, sondern hatte auch die alte Stadtmauer und die toskanischen Hügel im Auge.

Kiki verbeugte sich tief und machte eine allumfassende Handbewegung. »Willkommen in Ihrem neuen Zuhause, *Dottoressa* di' Bianchi. Ein Zimmer mit Aussicht«, fügte sie mit sanfter Ironie hinzu.

Testa alla Testa
(Kopf an Kopf)

Nach einem kurzen Essen mit der neuen Professorin in einem kleinen Café in Casaris großartiger *Loggia* entschuldigte sich Kiki mit einigen Dingen, die sie dringend zu erledigen hätte. »Ich schlage vor, dass Sie gegen vier Uhr in mein Studio kommen, dann bringe ich Sie ins Hotel«, sagte Kiki.

Donatella nickte und sah der jungen Studentin nach, die über die Piazza schritt und in einer der vielen schmalen Straßen verschwand. Es war fast schon Zeit für ihren Termin mit Temple-Clarke. Gestärkt durch ein Glas Chianti, fühlte sie sich gewappnet.

Schon auf der Treppe hörte sie die Stimmen der beiden Sekretärinnen, die von einem tiefen Bariton unterbrochen wurden. Sie blieb stehen, nahm einen tiefen Atemzug und rief sich in Erinnerung, dass sie den Amerikanischen Treuhändervorstand hinter sich wusste. Sie würde sich nicht von jemandem einschüchtern lassen, den sie noch nie gesehen hatte.

Ohne an die halb offen stehende Tür zu klopfen, schritt sie in das Vorzimmer. Gina und Sophia plauderten mit einem großen, elegant aussehenden Mann mit langen dunkelblonden Haaren und scharfkantigen Gesichtszügen. Er brach das Gespräch mit den beiden jungen Frauen ab und musterte Donatella abschätzend. Seine Augen blickten spöttisch, aber diesen Ausdruck kannte sie schon von seinem Foto, das sie in Boston gesehen hatte.

»Kann ich Ihnen helfen?«, fragte er, wobei sein Ton verriet, dass eine solche Hilfe tief unten auf seiner Prioritätenliste stand.

Donatella ging sofort auf ihr Ziel los. »Professor Temple-Clarke, ich bin sicher, Sie wissen, wer ich bin: Donatella di' Bianchi aus Boston. Und ich bin auch sicher, Sie wissen, warum ich hier bin.« Sie zwang sich zu einem Lächeln. »Ich bin froh, dass Sie dieses Treffen ermöglicht haben.« Sie wollte den Sarkasmus zurückhalten, aber eine Spur klang trotzdem durch.

Temple-Clarke erwiderte das Lächeln nicht, sein Kopf ruckte nur kurz herum. »Folgen Sie mir«, sagte er und trat in sein Büro. Hinter ihr drückte er die Tür ins Schloss.

Der Direktor setzte sich hinter seinen Schreibtisch, bot Donatella aber keinen Platz an. Ungerührt von seiner rüden Art ließ sich Donatella auf den nächsten Stuhl vor dem Schreibtisch nieder und bemühte sich, entspannt auszusehen. Sie blickte sich um und bestaunte die minimalistische Ausstattung des Büros. Ein paar anständige Gravierungen, eine Kopie eines Holzschnitts von Dürer, der die Technik des perspektivischen

Zeichnens zeigte, dazu noch ein paar offenbar zeitgenössische Fotos von der Piazza Grande an einer weißen Wand. Keine Farbe bis auf das Grün des Parks, das ins Zimmer schimmerte. Das Zimmer verriet kaum etwas über den Bewohner. Obwohl kein Aschenbecher zu sehen war, hing Zigarrenrauch in der Luft.

»Haben Sie genug gesehen?«, höhnte Temple-Clarke, als sie ihren Blick wieder auf ihr Gegenüber richtete. Auf den ersten Blick passte Temple-Clarke zu diesem Büro. Er trug ein weißes Leinenhemd, am Hals offen, und eine frisch gebügelte Khakihose. Seine Hände, groß und mit langen Fingern, lagen ruhig in seinem Schoß. Er lehnte sich in seinem Sessel zurück, das Gesicht eine einstudierte Maske der Langeweile. Sein langes Gesicht, gebräunt und mit den ersten Falten, war gut geschnitten. Donatella fühlte sich an Peter O'Toole als *Lawrence of Arabia* erinnert.

Mit einem lauten ironischen Seufzer setzte sich Temple-Clarke aufrecht hin und starrte auf Donatella. Sein durchdringender Blick strafte seine zur Schau getragene Langeweile Lügen. Donatella spürte, wie sie sich unter den starrenden, fast farblosen Augen versteifte.

»Ja«, sagte er mit einer neutralen Stimme, die nicht zum feindseligen Starren passte, »ich weiß, wer Sie sind, Professorin. Und ich weiß, warum Sie hier sind. Aber lassen Sie mich gleich sagen, Sie vergeuden Ihre Zeit und das Geld der Treuhänder. Hier werden Sie nichts finden, keine Skandale, keine Korruption, keine Verschwörung. Nur eine kleine Kunstschule, die sich darum bemüht, ihren Studenten mit den bescheidenen Mitteln, die uns zur Verfügung stehen, eine anständige Ausbildung zu geben. Wir können uns keinen Luxus erlauben« – er betonte das Wort Luxus mit einem höhnischen Grinsen – »aber sonst erledigen wir unsere Aufgabe ganz gut.«

Donatella schwieg weiter.

»Ich weiß, dass einige unserer amerikanischen Studenten sich beklagen«, fuhr der Direktor fort, und das höhnische Lächeln zeigte er wieder, als er von den *amerikanischen* Studenten sprach. »Aber sehen Sie, wir sind hier nicht in den USA, und was bei Ihnen normal ist, trifft bei uns in der Alten Welt nicht immer zu.«

Temple-Clarkes überbetonter englischer Akzent irritierte Donatella ebenso wie seine selbstverständliche Unterstellung einer kulturellen Überlegenheit, aber sie beherrschte ihren Ärger und lächelte nur sanft.

»Professor Temple-Clarke«, sagte sie höflich, »Sie wissen, dass die Behörden in Boston mich geschickt haben, um eine Untersuchung über den akademischen Standard und über mögliche finanzielle Misswirtschaft an diesem College durchzuführen. Ihre allgemeinen Versicherungen genügen ihnen nicht mehr – und mir auch nicht. Ich habe genaue Anweisungen von unseren Vorgesetzten erhalten und werde alle Aspekte des akademischen und finanziellen Status des Colleges überprüfen. Die Behörden und ich erwarten Ihre volle Unterstützung meiner Arbeit.«

Sie legte eine Pause ein, aber der Direktor sagte nichts.

»Natürlich werde ich mich mit Studenten und Lehrern unterhalten«, fuhr Donatella fort, »und ich lege Wert darauf, alle Dokumente einsehen zu können.«

Temple-Clarke seufzte resigniert

»Und«, fügte Donatella noch hinzu, »ich werde einige Zeit hier verbringen. Ich habe mir bereits ein Büro ausgesucht und werde in ein Hotel ziehen, in dem ich so lange bleibe, wie es sich als notwendig erweisen wird.«

Temple-Clarke starrte sie träge an, als ob er darauf wartete, auf seine Unhöflichkeit hingewiesen zu werden. »Wie Sie wollen«, sagte er. »Ich selbst glaube nicht daran, dass Sie so lange bleiben, wie Sie offenbar beabsichtigen.«

»Das hängt von verschiedenen Dingen ab«, sagte Donatella mit einer Gelassenheit, die sie nicht empfand. »Ich muss meinen Auftrag ungestört ausführen können.« Sie lehnte sich zurück und schlug die Beine übereinander und ahmte den sorglosen Ausdruck des Direktors nach. »Je schwieriger die Untersuchung, desto länger werde ich hier bleiben.« Sie sah ihn an und hielt seinem starrenden Blick stand.

Das temporäre Schweigen wurde von Gina unterbrochen, die an die Tür klopfte und sich nervös umschaute. »*Mi dispiace, professor* Temple-Clarke, aber *il professor* Ramsey möchte Sie sprechen. Er wartet draußen.« Donatella hörte verblüfft, dass Gina recht gut Englisch sprechen konnte, und zürnte darüber, dass sie das am Morgen nicht zu erkennen gegeben hatte.

»Grazie, Gina«, antwortete Temple-Clarke.

»Bitte, sagen Sie ihm, er möchte sich einen Moment gedulden. Das hier dauert nicht mehr lange.« Dabei sah er Donatella herausfordernd an. Gina verschwand wieder.

Donatella gelang mit großer Mühe, die Stimme flach zu halten. »Professor Temple-Clarke«, sagte sie, »ich werde eine Konferenz aller Dozenten einberufen und mich und meinen Auftrag vorstellen. Mag sein, dass Sie meine Anwesenheit hier stört, aber denken Sie daran, dass mein Besuch die volle Unterstützung der Treuhänder hat. Der Vorstandsvorsitzende hat mir mitgeteilt, dass Sie sich bei einer Voruntersuchung nicht sehr hilfreich verhalten haben. Ich werde herausfinden, was wirklich abläuft. Wir können zusammenarbeiten oder auch nicht, ganz wie Sie wollen. Aber Sie können sich darauf verlassen, dass ich einen detaillierten Bericht über das, was ich herausfinde, an die Behörden in Boston schicken werde.«

Temple-Clarke klatschte träge in die Hände. »*Bravo, Dottoressa*«, spottete er. »Eine stolze Rede. Ich bin sicher, meine Kollegen werden beeindruckt sein.« Er gähnte demonstrativ. »Wann, sagen Sie, wollen Sie mit der großartigen Inquisition beginnen?«

»Ich habe schon damit begonnen«, antwortete Donatella spitz. »Ich habe die ersten Studenten befragt«, fragte sie übertreibend hinzu und bereute es sofort.

Zum ersten Mal leuchtete Ärger in Temple-Clarkes blassen Augen auf, aber er hatte sich sofort wieder im Griff. »Kiki Lee. Meine

Mädchen nebenan haben mir gesagt, dass sie bei Ihnen war, als Sie heute Morgen im Büro waren. Sie ist eine enttäuschende Studentin. Unzuverlässig.« Er schüttelte den Kopf in einer Geste, die Donatella als spöttische Resignation interpretierte. »Wenn sie sich ihrer Arbeit so intensiv widmete wie ihrem Ehrgeiz, Unruhe zu stiften, könnte sie eine gute Fotografin werden. Aber ich habe zu viele Beschwerden über sie gehört.«

Er legte eine Pause ein und erwartete, dass Donatella die Frage stellte, die sich geradezu anbot. Als sein Gast still blieb, fuhr Temple-Clarke fort: »Ja, viele Klagen. Nicht nur über den Ärger, den sie am College auslöst – und der ist schlimm genug, da können Sie die Professoren fragen -, sondern auch über ihre Kunst. Ich habe mit ihr reden müssen. Es gibt einen Unterschied zwischen Kunst und Pornographie, aber Miss Lee scheint den nicht zu begreifen. Ihr Urteilsvermögen lässt zu wünschen übrig. Mehrere Studenten haben sich über die marktschreierische Art ihrer Arbeit beklagt. Sie finden, Miss Lee wirft ein schlechtes Licht auf unser College, besonders bei den Einheimischen hier in Arezzo. Tatsächlich hat sich die Stadtverwaltung über eine Ausstellung aufgeregt, die Miss Lee kürzlich in der Stadt gezeigt hat. Wir mussten sie schließen und haben uns öffentlich bei der Stadt entschuldigt.«

Temple-Clarke erhob sich und starrte so streng wie möglich auf Donatella.

Sie blieb sitzen, so hoch aufgerichtet wie möglich.

»Ich fürchte, Miss Lee hat seitdem so etwas wie einen Verfolgungswahn entwickelt«, sagte er, »und ich bin die Zielscheibe ihres Zorns. Sie hat einige unserer kleinen Meinungsverschiedenheiten« – er zuckte die Achseln – »zu einer großen Intrige und Verschwörung aufgebauscht und bezichtigt uns alle der Unfähigkeit. Jede Woche hören wir neue Vorwürfe.« Der Direktor sah Donatella mit dem geduldigen Ausdruck eines Märtyrers an. »Ich fürchte, Sie müssen auf der Hut sein. Sie dürfen nicht alles glauben, was sie sagt.«

Temple-Clarkes Rede gab ihr Zeit zum Nachdenken. Einiges von dem, was er sagte, stimmte mit dem überein, was sie in der kurzen Zeit ihrer Bekanntschaft auch schon festgestellt hatte. Diese Sorte Student hatte sie oft genug kennen gelernt, leider. Aber Donatella wollte ihre eigene Wahrnehmung nicht ignorieren. Trotz Kikis Problemen in ihrem privaten Leben hatte Donatella die junge Studentin lieb gewonnen, auch wenn ihre lässige Haltung zum Sex ihr eher Unbehagen bereitete.

»Sie ist meine Assistentin, aber gerade in den letzten Wochen sind ihre Leistungen so rapide gesunken, dass ich sie feuern will«, fuhr der Direktor fort. »Wenn Sie einen Rat annehmen wollen, Professor di' Bianchi, dann werden Sie sich nicht mit dieser törichten Frau abgeben.«

Donatella ließ sich zu einer Reaktion hinreißen, die Intuition über Vorsicht stellte. »Das trifft sich gut«, gab sie zurück, »denn ich habe Miss Lee gebeten, meine Assistentin zu sein. Sie hat schon zugestimmt.« Sobald sie die Worte ausgesprochen hatte, fragte sich Donatella, ob sie sich zur Närrin gemacht hatte. Was, wenn Kiki ihr Angebot zurückwies?

Temple-Clarke schien ihre Zweifel zu ahnen, denn er grinste spöttisch. »In dem Fall, meine liebe *Dottoressa*, werden Sie alle Hände voll zu tun haben. Offenbar kommt meine Warnung zu spät. Nun, das müssen Sie mit sich selbst ausfechten. Aber sagen Sie nicht, dass ich Sie nicht gewarnt habe.« Er fuhr mit einer Hand durch die Luft. »Und jetzt entschuldigen Sie mich, ich habe dieses College zu führen. Ich werde Gina und Sophia sagen, dass Sie Zugang zu den Akten haben«, sagte er beiläufig, als ob ihn das gar nicht interessierte. Er ging zur Tür und hielt sie auf. »Ich bin sicher, Sie haben Wichtigeres zu tun, als sich mit mir zu unterhalten«, sagte er zynisch. »Ich wünsche Ihnen einen guten Tag.«

Donatella erhob sich und schritt langsam an ihm vorbei, so würdevoll wie möglich, hoffte sie. Sie nickte knapp und dachte, dass ihre erste Runde unentschieden endete, aber sicher war sie nicht. Sie hatte eine spontane Entscheidung getroffen, weil sie davon ausgegangen war, dass eine Gegnerin von Temple-Clarke eine Freundin von ihr sein musste.

Ihre Gedanken wurden unterbrochen von der Szene, die sie im Vorzimmer sah. Ein großer, athletischer Mann, den sie sofort als den Fußballtrainer Ian Ramsey erkannte, mühte sich redlich, in den Ausschnitt von Sophias Kleid zu blinzeln, was die beiden Sekretärinnen sehr zu amüsieren schien. Mit einem Lachen schob Sophia das Gesicht des Professors von ihren Brüsten weg.

Er richtete sich auf und musterte Donatella, die gerade aus Temple-Clarkes Büro trat. Er schien völlig unbeeindruckt zu sein, dass er dabei erwischt worden war, einer jungen Frau in den Ausschnitt gestarrt zu haben.

»Hallo«, sagte er in seinem nordenglischen Akzent, den Donatella nicht sofort zuordnen konnte. »Sie müssen die große Donatella di' Bianchi sein, über die ich schon so viel gehört habe. Weißt du«, sagte er zu Sophia in einem klassischen Beiseite, »wir haben einen alten Blaustrumpf erwartet. Die Amerikaner haben uns nicht gesagt, dass sie uns eine rabenschwarze Schönheit schicken.«

Das freundliche Lächeln, das sein englisches Gesicht belebte, milderte den Klang des Sarkasmus in seiner Stimme. Er trat vor und nahm Donatellas Hand. »Willkommen«, sagte er und drückte ihre Hand. »Ian Ramsey, zu Ihren Diensten. Sie bringen die Sonne in dieses verfallende Gebäude.«

Ramsey hielt ihre Hand ein wenig länger als schicklich war, und als er sich dann von ihr löste, spürte Donatella, dass er mit den Fingern über die Innenseite ihres Gelenks strich.

Sie blickte zu ihm hoch. Himmel, dachte sie. Temple-Clarke sah wie Peter O'Toole aus, und dieser Ian Ramsey war ein Doppelgänger von Hugh Grant.

Die Berührung des sexy aussehenden Fremden stellte irgendwas mit ihr an. Ihr Kopf sagte, dass dieser Mann Sex mit seinen Studentinnen hatte, was liederlich und lasterhaft war, aber die Gefühle zwischen ihren Beinen zwangen sie zu anderen Schlussfolgerungen. Ja, er war jemand, den sie sich gut in ihrem Bett vorstellen konnte. Je schneller, desto besser.

Schockiert von ihren sündigen Gedanken aus dem Nichts errötete Donatella, sie stotterte ihre Begrüßung und schritt rasch aus dem Zimmer, denn sie fürchtete, etwas tun zu können, was sie später bereuen würde. Als sie auf dem Flur stand, hörte sie gedämpftes Kichern von den Frauen und das tiefe Lachen von Ramsey, bis Temple-Clarke laut bellte, sie sollten die Tür schließen.

In völliger Verwirrung ging Donatella den Flur entlang und hielt nach Kikis Studio Ausschau. Studenten hasteten auf den Fluren herum, sie waren wohl zu den Nachmittagsvorlesungen unterwegs. Donatella hatte die Orientierung verloren. Sie wandte sich an einen schlaksigen jungen Mann und fragte nach der Richtung, die sie zu Kiki Lees Studio einschlagen musste. Der Student errötete, als sie Kikis Namen nannte, aber er führte sie hin und lief dann rasch davon.

Donatella schüttelte den Kopf über einen weiteren Beweis dafür, dass Kiki Lee einen seltsamen Einfluss auf Männer hatte. Sie konnte nur hoffen, dass ihr spontaner Entschluss, Kiki als Assistentin einzusetzen, nicht nach hinten losging.

Die Studiotür war geschlossen, aber als Donatella klopfte, rief Lee laut: »Herein.« Die Studentin arbeitete am großen Tisch, schnitt an Fotos herum und war mit Leim zugange. Sie blickte auf, als Donatella eintrat, und wischte ihre Hände an einer beschmierten Schürze ab, die den nackten Oberkörper nur unzulänglich bedeckte. Sie trug noch ihre Radlerhose und die schweren Stiefel. Eine recht eigenartige Kombination, um es milde auszudrücken.

»Entschuldigen Sie mein Aussehen«, sagte Kiki, die Donatellas Blicke richtig gedeutet hatte. Grinsend zupfte sie am Schürzenlatz, um die Nippel zu verstecken. »Ich wollte Ihr sexy T-Shirt nicht mit Leim besudeln.« Sie deutete auf den kleinen Schrank in der Ecke, in dem Donatellas T-Shirt auf einem Bügel hing. »Wie war es bei TC?«, fragte die Studentin neugierig. »Ist er nicht ein Ekelpaket? Einfach widerlich, nicht wahr?«

»Kiki«, sagte Donatella streng, »meine Aufgabe ist es, mir selbst ein Bild über die Situation hier zu machen, und nicht, die Meinung anderer zu übernehmen.«

Kikis Gesicht wurde lang und länger, und Donatella fühlte sich sofort schuldig. Die junge Studentin hatte es nicht verdient, dass sie die Bürde ihrer eigenen Verwirrung tragen sollte.

»Es gibt eine gute und eine schlechte Nachricht für Sie«, fuhr Donatella in freundlicherem Ton fort, »obwohl ich nicht weiß, ob Sie das auch so sehen.«

Kiki sah die Professorin stirnrunzelnd an. »Wovon reden Sie?«

»Die schlechte Nachricht ist, dass Professor Temple-Clarke Sie als Assistentin feuern wird«, antwortete Donatella. »Die gute Nachricht ist – wenn Sie sie denn für gut halten –, dass ich Sie gern als persönliche Assistentin engagieren würde. Ich zahle Ihnen selbstverständlich das Gehalt wie bisher.«

Gemischte Gefühle spielten sich auf Kikis Gesicht ab. »Dieser Bastard«, rief sie. »Hat er gesagt warum? Ach, lassen Sie's, wir können später darüber reden. Es sind zwei gute Nachrichten, was mich betrifft. Ich habe es gehasst, für Temple-Clarke zu arbeiten. Ich würde viel lieber für Sie arbeiten und Ihnen helfen, den Bastard zu nageln.«

»Kiki, bitte, denken Sie daran, dass es nicht meine Aufgabe ist, ›den Bastard zu nageln‹, wie Sie es so unfein ausdrücken, sondern einen objektiven Bericht über das zu verfassen, was hier passiert. Wenn Sie das nicht akzeptieren, können Sie nicht für mich arbeiten.«

Kiki, die Hände auf den Hüften, ließ sich nicht so schnell einschüchtern. »Aber wenn Sie herausfinden, dass der Direktor der Grund für unsere Probleme ist, dann werden Sie das auch schreiben, oder? Sie werden es nicht unter den Teppich kehren?«

»Gewiss nicht«, erwiderte Donatella. »Die Treuhänder in Boston haben mir die Vollmacht gegeben, diese Untersuchung durchzuziehen, und sie haben mich auch mit den nötigen Mitteln ausgestattet. Man nimmt Ihre Beschwerden sehr ernst. Es waren doch Ihre E-Mails, nicht wahr?«

Kiki nickte. »Ja. Und alles, was ich geschrieben habe, ist wahr«, ergänzte sie trotzig. Dann: »Hat der Bas ... ich meine, hat Professor Temple-Clarke gesagt, warum er mich feuert?«

»Er hält Sie für inkompetent, für nicht vertrauenswürdig, für eine Pornographin und eine Unruhestifterin. Sie leiden an Verfolgungswahn und sind nicht in der Lage, objektiv zu urteilen.« Donatella überlegte, ob sie noch etwas vergessen hatte. »Ich glaube, das war alles.«

Kiki war wütend. »Dieser verlogene, hinterhältige Bastard«, rief sie. »Ich werde dafür sorgen, dass er an seinen eigenen Worten erstickt«, knurrte sie und ging schnurstracks zur Tür. Donatella hielt Kiki am Arm fest.

»Wenn Sie das tun«, blaffte Donatella sie an und versuchte, Kikis Brüste zu übersehen, die unter dem verrutschten Latz jetzt gut sichtbar waren, »dann zeigen Sie nur, dass Temple-Clarke mit seinem Urteil Recht hat. Sie spielen ihm in die Hände.« Sie ließ Kikis Arm los.

Kiki zog die Schleife der Schürze über den Kopf und zog den Latz nach unten. Jetzt waren die Brüste ganz entblößt. Sie speichelte einen Finger an und rieb damit einen Tintenfleck an der rechten Brust weg. Ihr Gesichtsausdruck blieb trotzig.

Donatella wartete, bis sie die volle Aufmerksamkeit der jungen Frau hatte. »Hören Sie mir zu. Nur weil Temple-Clarke diese Dinge sagt, glaube ich sie noch lange nicht. Wenn ich ihm glaube, würde ich Sie dann als meine Assistentin engagieren?«

Kiki sah beschämt aus. »Entschuldigen Sie«, sagte sie, »ich habe nicht richtig nachgedacht.« Sie ließ die Arme sinken und wandte sich Donatella zu. Die kleinen Brüste hüpften, als sie wieder lebhafter wurde. »Natürlich, Sie haben Recht. Aber er ist so verdammt unfair. Er kann über mich sagen, was er will, und ich kann mich nicht dagegen wehren.«

»Da irren Sie sich«, antwortete Donatella. »Falls meine Untersuchung ergibt, dass der Direktor Schuld auf sich geladen hat, wird mein Bericht dafür sorgen, dass er in diesem College nichts mehr zu suchen hat. Wollen Sie mir dabei helfen?«

»Darauf können Sie sich verlassen«, sagte Kiki. Sie streifte die Schürze ab und hängte sie an einen Nagel in der Tür. »Wann kann ich anfangen? Was soll ich tun?« Jetzt trug sie nur noch Radlerhose und Stiefel.

»Ich gehe mal davon aus, dass Sie nicht inkompetent sind, und möchte gern Ihre Version hören.«

Kiki lehnte sich an die Wand, sah sie an und blieb zu Donatellas Überraschung oben ohne.

»Was sagen Sie zu seinen Vorwürfen, dass Sie eine nicht vertrauenswürdige Unruhestifterin und eine Pornographin seien?«, fragte Donatella.

Kiki verschränkte die Arme unter den Brüsten und lächelte gequält. »Der letzte Vorwurf ist leicht zu erklären. Ich beschäftige mich in meiner Arbeit viel mit sexuellen Themen, vor allem mit der weiblichen Sexualität. Das ist ein legitimes Thema, *Dottoressa* di' Bianchi, das es verdient hat, offen gewürdigt zu werden.«

Donatella war erstaunt, dass die rothaarige Studentin immer noch keine Anstalten traf, ihre Blöße zu bedecken, selbst jetzt nicht, während sie über ein Thema referierte, das sie mit Nachdruck vertrat. Dies war schon das zweite Mal, dass die Professorin mit den Brüsten ihrer Assistentin konfrontiert wurde. Das erste Mal war es unbeabsichtigt, aber jetzt gab es keinen Zweifel, dass Kiki eine Absicht verfolgte. Donatella bemühte sich um Fassung und war entschlossen, sich ihre steigende Erregung nicht anmerken zu lassen.

»Jahrhundertelang haben wir die weibliche Sexualität unter den Teppich gekehrt«, fuhr Kiki fort. »Die männliche Masturbation ist ein gut dokumentiertes Thema, aber wenn Frauen sich selbst befriedigen, ist das in den Köpfen der Menschen immer noch ein Tabubruch.« Sie ging zum Tisch und langte nach den Bildern der nackten Francesca. »Das sind die Bilder, die Temple-Clarke zensiert hat. Halten Sie diese Fotos für Pornographie?«

»Nein, ich persönlich sehe das nicht so, aber sie bewegen sich hart an der Grenze. Eines steht fest« – Donatella errötete, so direkt über dieses Thema zu sprechen, während Kiki halb nackt vor ihr stand – »das Foto einer Frau, die sich befingert, wird viele Menschen schockieren.«

»Na und? Menschen masturbieren, aber sie sind zu verschämt, um darüber zu reden. Ich masturbiere, Francesca masturbiert, ich wette, sogar …« Kiki brach den Satz rasch ab und formulierte neu. »Ich weiß, dass nicht nur junge Leute masturbieren. Es ist ganz normal. Bei Männern *und* Frauen. Warum müssen wir es also leugnen. Sehen Sie«, fügte sie hinzu, »die Reaktion einer liberalen, gebildeten Frau wie Sie auf diese Fotos illustriert meinen Standpunkt.

Die Fotos verstören Sie. Ich wette, es fällt Ihnen schwer, das Wort ›Möse‹ laut auszusprechen.«

Donatella verzog das Gesicht. »Das trifft zu«, bekannte sie, aber mehr räumte sie nicht ein. Es war schwierig genug, mit einem halb nackten, sexuell verlockenden Mädchen über Sex zu reden.

»Finden sie die Fotos auch erregend?«, wollte Kiki wissen.

Donatella errötete wieder. »Ja.«

»Und meine Titten?« Zu Donatellas Entsetzen fing Kiki an, über ihre Brüste zu streicheln.

»Sie sind sehr schön«, sagte Donatella. »Aber ich bin nicht lesbisch«, beeilte sie sich zu sagen.

Kiki lachte. »Das habe ich keinen Augenblick lang angenommen, Professor di' Bianchi. Sehen Sie, wir stehen hier allein in diesem Zimmer, und Sie haben bisher überhaupt noch keine Reaktion gezeigt. Wenn Sie lesbisch wären, hätte ich das längst wahrgenommen.« Sie lächelte, weil Donatella das dritte Mal an diesem Nachmittag errötete. »Wissen Sie was? Ich finde was zum Anziehen, und dann bringe ich Sie ins Hotel, damit Sie eine Bleibe finden. Dann können wir uns auf einen Drink treffen und weiter reden. Sind Sie damit einverstanden?«

Donatella nickte, und Kiki durchquerte das Studio und holte das T-Shirt der amerikanischen Professorin aus dem Schrank. Donatella verfolgte jeden Schritt der attraktiven Studentin. Sexy und klug war sie.

Sie unterbrach ihren Gedankengang sofort. Sie hatte noch nie Sex mit einer Frau gehabt, und es gab keinen Grund, jetzt damit anzufangen. Es war schon kompliziert genug, dass sie Ian Ramsey hinterherhechelte.

Il Disegno dal Vero
(Aktzeichnen)

Zwei Nachmittage später arbeiteten Donatella und Kiki in ihrem Büro mit der Aussicht auf den Park. Donatella war dankbar, dass ihre neue Assistentin in ihrer Gegenwart nun bekleidet war. Sie blickte von ihren Akten auf und fragte: »Kiki, woran arbeiten Sie?«

Kiki hob den Kopf von ihrem Aktenstapel, den sie im Archiv zusammengetragen hatte. »Ich versuche, die Zahlen des Jahresabschlusses mit den Quittungen und Rechnungen in Verbindung zu bringen, die Gina und Sophia mir gegeben haben. Bisher bin ich noch auf keine Ungereimtheiten gestoßen. Es sieht eher nach einer schlampigen Buchführung und weniger nach Betrug aus. Und wie sieht es bei Ihnen aus?«

»Nicht zu gut«, sagte die Professorin. Sie seufzte und schob ein paar Akten von sich. »Diese Dokumente legen den akademischen Standard jedes Jahrgangs fest, und dabei kann ich nichts Auffälliges finden.«

»Wonach genau suchen Sie denn?«

»Ich will wissen, welche Prioritäten dieses

College sich setzt, wenigstens auf dem Papier, damit ich sehe, ob die tatsächlichen Leistungen mit den Prioritäten übereinstimmen.« Donatella schlug die langen Beine übereinander. »Dann vergleiche ich die Aufwendungen eines Jahres mit denen des Vorjahres, um vielleicht Unregelmäßigkeiten festzustellen.«

»Verstehe.«

»Ich will auch die Arbeiten der Studenten mit den Vorlesungsverzeichnissen vergleichen. Daraus kann ich ersehen, ob die Standards erreicht werden. Werden die Arbeiten der Studenten archiviert?«

»Ja, sicher«, antwortete Kiki, »das dürfte nicht allzu schwierig sein.« Sie dachte nach. »Vor ein paar Jahren haben wir mehrere Jahrgänge digitalisiert und nach Boston geschickt, wo sie mit dem Standard anderer Universitäten verglichen werden sollten. Ich könnte ins Labor gehen und Kopien anfertigen.« Kiki sah die neue Professorin an. »Wissen Sie, *Dottoressa* di' Bianchi, ich glaube nicht, dass wir in diesen Unterlagen das finden, wonach wir suchen.«

»Weil Temple-Clarke sie uns allzu bereitwillig ausgehändigt hat?«

»Ja. Wenn er Unterlagen herausrückt, enthalten sie kein kompromittierendes Material. Oh, was ich noch fragen wollte, wie ist denn das Treffen der Professoren heute Vormittag verlaufen? Und finden Sie sich im Hotel zurecht?«

Donatella stieß einen Knurrlaut aus. »Das Hotel ist okay, aber das Fakultätstreffen war entsetzlich. Man hätte die feindselige Haltung der

Professoren fotografieren können. Sie hatten Recht: Er hat sie alle unter seinem Daumen. Ich hörte mir ihre Ausflüchte an, und dabei erwischte ich mich, dass ich sie als Schafe malte und Temple-Clarke als ihren Schäfer«

Kiki grinste.

»Er gibt den Ton an, und keiner wagt ihm zu widersprechen«, fuhr Donatella fort. »Niemand ist bereit, mir – uns – bei der Untersuchung zu helfen.«

»Hat niemand eine Hand ausgestreckt?«, fragte Kiki. »Es müsste doch ein schwarzes Schaf unter ihnen sein.«

Donatella nickte. »Das könnte Ihr Freund Ian Ramsey sein. Er scheint sich von den anderen abzusondern«, meinte sie. »Ab und an bemerkte ich, wie er die anderen verächtlich betrachtete.« Sie sagte nichts über ihre besonderen Gefühle für den Engländer und beugte sich wieder über ihre Unterlagen.

Aber Kiki blieb beim Thema. »Und sonst will niemand mit Ihnen zusammenarbeiten?«

»Nein, jedenfalls habe ich bei niemandem eine gewisse Bereitschaft erkennen können«, sagte Donatella. »Ich werde sie natürlich alle einzeln befragen, vielleicht kann ich dadurch etwas erreichen. Ich kann bluffen und drohen, mal sehen, ob das wirkt.«

Als Kiki nichts sagte, schaute sie die Studentin an und fuhr fort: »Ich war besonders über die Frauen enttäuscht. Ich hatte gehofft, ich könnte sie auf meine Seite bringen. Schwestern gegen männliche Inkompetenz, diese Schiene.«

Kiki verdrehte die Augen.

Donatella grinste. »Keine Chance. Kein feministischer Funke, aus dem ich Feuer schlagen konnte.«

Kiki hob die Schultern. »Ich weiß. Manchmal glaube ich, es ist hoffnungslos.«

Donatella schüttelte den Kopf. »Vergessen Sie nicht, Kiki, dass wir uns nicht entmutigen lassen dürfen, wenn wir in den ersten Tagen oder auch Wochen nichts finden. Ich glaube nicht, dass die Professoren hilfreich sein werden. Auch nicht der reizende Professor Ramsey. Ich vermute eher, dass wir bei der gründlichen Durchsicht der Unterlagen auf die eine oder andere Ungereimtheit stoßen werden.«

»In solchen Sachen sind Sie gut, nicht wahr?«, fragte Kiki.

»Wie kommen Sie denn darauf?«

»Ich habe Sie im Internet gefunden, auf der Website der Charlestown University, und von dort bin ich auf Ihre eigene Website gegangen. Ich habe mir Ihre Bücher angeschaut, besonders das über Caravaggio. In einer Rezension stand: ›Dr. di' Bianchi hat hervorragende Detektivarbeit geleistet. Ihre akribische Recherche versetzt sie in die Lage, scheinbar unvereinbare Puzzlestücke zu einem großen Ganzen zu bringen, das andere übersehen haben.‹ Ich war davon sehr beeindruckt. Am liebsten wäre ich in eine Buchhandlung gelaufen, um mir das Buch zu kaufen.«

Donatella errötete vor Freude. »Kann sein, dass Sie mit Ihrer Annahme Recht haben«, sagte sie. »Ich habe mir die ganze Zeit überlegt, warum die Treuhänder ausgerechnet mich nach Arezzo geschickt haben. Vielleicht ahnten sie, dass es eine rigorose Recherche braucht, um Temple-Clarke zu überführen.«

Kiki nickte, als wollte sie einer Klassenkameradin gratulieren, weil sie eine gute Arbeit abgegeben hatte.

Donatella lächelte die jüngere Frau an. Sie hatte den Eindruck, dass Kiki gern mit ihr arbeitete; sie waren rasch ein Team geworden, wie zwei Partner auf einer Mission. »Wir sind ein starkes Team, Kiki«, sagte sie. »Ich erledige die nervige Detektivarbeit, und wenn das nicht hilft, können Sie Temple-Clarkes Tür mit Ihren Jiu-Jitsu-Tricks einschlagen.«

Kiki lachte. »Ich glaube, ich begebe mich jetzt schon mal auf eine kleine Mission.«

«Und die wäre?«

»Ich will versuchen, an die Computerdaten zu gelangen. Vielleicht finde ich das Archiv der studentischen Arbeiten.« An der Tür blieb sie stehen. »Übrigens«, sagte sie mit einem Lächeln, »ich trainiere Taekwando, nicht Jiu Jitsu.« Sie drehte sich um und fügte hinzu: »Wir sehen uns später. Wenn Sie nichts dagegen haben, verbringe ich einige Zeit in meinem Studio.«

»Ja, in Ordnung. Ich habe hier noch genug zu tun. Anschließend gehe ich zum Fitness Center, das Sie mir am Alten Amphitheater gezeigt haben. Sobald Sie was gefunden haben, lassen Sie es mich wissen, ja, Kiki? Und schließen Sie die Tür hinter sich ab, ich möchte nicht gestört werden.«

Nachdem ihre Assistentin gegangen war, beugte Donatella sich wieder über die Unterlagen. Ab und zu machte sie sich Notizen. Es war schon später Nachmittag, als sie eine Pause einlegte und sich fürs Fitness Center umziehen wollte.

Sie stand auf und streckte sich, dabei knöpfte sie die graue Seidenbluse auf und drapierte sie über den Stuhlrücken. Während sie aus dem Fenster schaute, hakte sie den Büstenhalter auf dem Rücken auf. Sie stieß einen Seufzer der Erleichterung aus, streifte die Träger von den Schultern und legte den Büstenhalter auch über den Stuhl.

Statt sofort in ihre Sportkleidung zu schlüpfen, ließ die Professorin absichtlich ihre Brüste frei. Sie genoss das Gefühl der frischen Brise auf der nackten Haut, nahm die Brüste in die Hände und zwickte die Nippel mit Daumen und Zeigefinger. Sie verglich sie mit Kikis kleineren Brüsten und sah den zierlichen Körper ihrer Assistentin vor sich, der sie immer mehr zu reizen schien. Ihre Nippel schickten kleine erregende Schauer durch ihren Körper.

Sie lehnte sich über die Fensterbank und blickte hinunter auf das satte Grün im Park. Donatella spürte ihr Herz schneller schlagen, als sie Ian Ramsey sah, der wieder seine Fußballkluft trug und auf den Rasen lief, dicht hinter ihm die blonde Jennifer in einem gelben Torhütertrikot und kurzer schwarzer Hose.

Neugierig sah Donatella zu, wie der Engländer dem blonden Mädchen einen Kuss zu blies. Tief in sich spürte die Professorin eine Verärgerung darüber, dass die beiden ein Liebespaar waren. Ihr wurde bewusst, dass die Verärgerung nichts mit der Unmoral zu tun hatte, dass ein Lehrer mit seiner Schülerin schlief, sondern mit Neid. Sie wollte es sein, mit der Ian Ramsey schlief.

Ohne Bluse und mit nackten Brüsten wäre sie von unten deutlich zu sehen gewesen, wenn jemand nach oben geschaut hätte. Donatella trat vom Fenster zurück. Sie griff nach ihrer Sporttasche und zog den Sport-Büstenhalter und ein T-Shirt heraus. Aber ihre Blöße war so erregend, dass sie noch zögerte, die Sachen anzuziehen. Statt dessen ging sie zu ihrer beigefarbenen Kostümjacke, die hinter der Tür hing, und nahm einen schwarzen Mont Blanc aus der Innentasche.

Die Kunsthistorikerin zog ihren Sessel ans Fenster, behielt Ramsey im Blick, schob sich aber mit dem Sessel aus seinem Blickfeld. Gebannt von den Aktivitäten auf dem Rasen griff sie nach dem Zeichenblock auf ihrem Schreibtisch und schraubte die Kappe vom Füller. Viele Jahre spontanen Zeichnens versetzten sie in die Lage, mit schnellen Strichen die Umrisse der männlichen Gestalt auf dem Rasen festzuhalten. Ramsey bewegte sich, und Donatella prägte sich die starken Linien des Körpers in der Bewegung ein und übertrug sie in Tinte aufs Papier.

Sie nahm ein neues Blatt, richtete sich höher auf und zeichnete eine weitere Studie des sportlichen Engländers. Die Sonne schien herein, und die Skizzen wurden immer sinnlicher.

Als Jennifers Lachen durchs offene Fenster

scholl, zeichnete Donatella auch eine flüchtige Skizze der jungen Amerikanerin, als sie den Ball aus dem Tor holte und ihn dem Trainer zurückwarf. Der blonde Pferdeschwanz hüpfte fröhlich über ihre Schultern.

»Du kannst sie nicht alle halten, Jenny!«, rief Ramsey. »Und ab und zu muss ich auch einen versenken.«

Donatella hörte das Mädchen kichern. »Okay, Prof, wir wissen beide, dass Sie gern einen versenken. Aber warten wir doch bis …« Der Rest des Satzes wurde von einer Windbö davongetragen.

Donatella sah, wie Ramsey sich umdrehte, kurzen Anlauf nahm und den Ball in den rechten oberen Winkel hämmerte. Das Mädchen hechtete und hob den scharf geschossenen Ball über den Querpfosten.

»Sehr gut, Jenny«, rief Ramsey und lief zum Tor, um dem grinsenden Mädchen vom Boden aufzuhelfen. Unter Donatellas Augen entwickelte sich die harmlose Begegnung zu einer leidenschaftlichen Umarmung. Während Jennifer ihren Professor in die Arme schloss und lange und sinnlich küsste, schlängelten sich seine Hände unter das Torwarttrikot.

Donatella kam plötzlich der Gedanke, den gut aussehenden Mann als Aktmodell vor sich zu haben. Sie schmückte ihre Fantasie aus, während sie eine weitere Skizze begann – diesmal zeichnete sie Ramsey nackt mit einem stolz erigierten Penis, dann warf sie das Blatt zu den anderen auf den Schreibtisch.

Der Gedanke, Ramsey als Modell vor sich zu haben, erinnerte Donatella an das letzte Wochenende mit ihrem Freund Henry Fogg in Boston. Henry war ein Kollege von ihr und arbeitete an derselben Universität. Er hatte sich immer geweigert, ihr Modell zu stehen. Es war ihm peinlich, sich ihr am hellichten Tag nackt zu zeigen. Sie sah ihn nicht einmal nackt, wenn sie sich liebten. Er brauchte die Dunkelheit, um seine Scheu zu verlieren.

Zuhause hatte sich Donatella an die zahme, lose Beziehung gewöhnt, aber hier unter der warmen toskanischen Sonne wollte sie mehr, als der reservierte Henry, der außer der Missionarsstellung nichts kannte oder wollte, ihr zu bieten hatte. Hier wollte sie hemmungslos vögeln. Am liebsten Ian Ramsey.

Bewegt von ihrem aufflammenden Verlangen und der angenehmen Nässe zwischen ihren Schenkeln, hörte sie mit dem Zeichnen auf. Sie legte den Füller hin, streifte ihre teuren Schuhe ab, langte unter ihren Rock, zog die Strumpfhose aus und steckte sie in ihre Sporttasche.

Nachdem sie sich von der einengenden Strumpfhose befreit hatte, streckte sie die langen schlanken Beine aus und gab ein erregtes Seufzen von sich. Bis auf den hochgezogenen Rock war sie nackt.

Sie krümmte sich vor Verlangen, sich selbst zu berühren, und dann strich sie mit den Händen über ihren Körper. Sie streichelte die Spitzen der nackten Brüste und sah zu, wie sich die Nippel versteiften.

Leise murmelte sie: »Ich will Ian Ramsey …«

Sie wiederholte diesen Satz immer wieder, presste die nackten Brüste zusammen, als wollte sie sie einem Mann präsentieren, der nackt vor ihr stand und mit seinem steifen Penis ihre Nippel berührte.

Donatella drang mit einem Finger zwischen die Labien und spürte die Nässe, die sich dort sammelte. Sie massierte sanft die Klitoris und schüttelte sich vor Erregung. Es war das erste Mal seit Wochen, dass sie sich selbst berührte. Sie steckte jetzt zwei Finger in sich hinein, schloss die Augen und rieb sich härter, wobei sie sich immer noch vorstellte, dass der nackte Ramsey vor ihr stand.

Ein lauter Glockenschlag vom Turm auf der anderen Seite des Parks riss Donatella aus ihren erotischen Träumen. Sie schlug die Augen auf und sah, dass die beiden Fußballer ihr Training beendet hatten.

Donatella sah traurig zu, wie Ramsey und Jennifer Arm in Arm den Rasen verließen. Das Mädchen blieb stehen und erhielt einen innigen Kuss vom Trainer.

Frustriert, weil erregt und nicht befriedigt, musste sie mit ansehen, wie sich Ramsey grinsend über die sinnlichen Lippen wischte. »Komm, wir laufen. Wir haben noch Zeit für einen Quickie.«

Donatellas Blicke folgten dem gut aussehenden Mann, als er den Ball aufhob und dem Mädchen nachlief, das zum Hintereingang rannte und zusammen mit Ramsey zwischen den Zypressen, die das alte Gebäude säumten, verschwand. Das Objekt ihrer Begierde war nicht mehr da.

Donatella leckte ihre Finger ab und genoss den fast vergessenen Geschmack. Mit einem Taschentuch tupfte sie sich behutsam trocken, dann zog sie den Rock nach unten und strich glättend darüber. Mit einem Seufzer steckte sie die Arme in ihre Bluse, ohne sie zuzuknöpfen.

Sie bemühte sich um gleichmäßigen Atem, beugte sich vor und schloss das Fenster. Sie betrachtete ihre Zeichnungen. Wirklich gut, dachte sie. Wenn sie erregt war, zeichnete sie besser.

Sie setzte sich zurück und überlegte, wo Ian Ramsey und seine Studentin jetzt waren. Aber sie konnte nicht länger darüber grübeln, denn sie hörte, wie ein Schlüssel im Schloß gedreht wurde. Ihr nur teilweise bekleideter Körper erstarrte.

La Guardona
(Die Zuschauerin)

Die Tür schwang auf, und dann stand der schlaksige Student im Zimmer, der Donatella am ersten Tag zu Kikis Studio geführt hatte. Er hatte beide Arme voller Bücher, bückte sich, um den Schlüssel aus dem Schloss zu ziehen und bemerkte Donatella zunächst nicht. Der junge Mann drehte sich um und blieb wie erstarrt stehen, als er die spärlich bekleidete Frau sah. Ein Buch rutschte vom Stapel auf den Armen und klatschte laut auf den Boden.

Donatella raffte die offene Bluse zusammen und starrte auf den Eindringling. Er sah harmlos aus, dachte sie, aber man konnte nie wissen. »Wer sind Sie?«, fragte sie. »Was suchen Sie in meinem Büro?«

Ihr ungebetener Gast stand immer noch wie angewurzelt da, deshalb sprach Donatella wieder, diesmal in Italienisch. Der junge Mann wollte arbeiten, aber er brachte keinen Ton heraus. Er wollte zurück zur Tür, aber Donatella rief rasch: »Bleiben Sie stehen! Legen Sie die Bücher ab. Sagen Sie mir, wer Sie sind und was Sie hier wollen.«

Ihr Besucher legte die Bücher auf den Tisch, den Kiki benutzte, wandte den Blick und errötete vor Verlegenheit.

»Setzen Sie sich und erklären Sie mir, was los ist«, forderte Donatella.

In seiner Hast stolperte der Student über das Buch, das auf den Boden gefallen war, dann ließ er sich erschöpft im Sessel nieder, Arme und Beine weit von sich gestreckt. Es sah so lustig aus, dass Donatella lachen musste. Sie knöpfte ihre Bluse zu und stellte sich vor den Jugendlichen, der verwirrt und ängstlich aussah. Sein Gesicht war noch gerötet, und er versuchte den Blick zu senken, aber die Augen kehrten zu Donatellas Brüsten zurück.

»Mi ... mi dispiace, Signora«, stammelte er, »mi chiamo Gianfranco della Parigi. S ... sono studente. È americana?«

Donatella nickte und bemühte sich um Gelassenheit. »Ja, ich bin Amerikanerin. Mi chiamo Dottoressa di' Bianchi. Das ist mein Büro. Ich bin schon seit ein paar Tagen hier.«

Gianfranco hob die Hände, als wollte er sich ergeben. »Mi scusi per favore, Dottoressa. Ich wusste nicht, dass dieses Büro besetzt ist. Es stand einige Monate leer, und ich habe es als stillen Ort für meine Studien genutzt. Niemand kommt hierhin.«

»Aber wie sind Sie an den Schlüssel gelangt?«

»Ich war Assistent des früheren Professors für Fotografie«, antwortete der junge Italiener. »Dies hier war sein Büro, und er hat mir einen Schlüssel gegeben. Als er gekündigt hatte, habe ich den

Schlüssel nicht zurückgegeben. Niemand hat mich danach gefragt.«

Donatella streckte ihre Hand aus. »Ich fürchte, jetzt müssen Sie den Schlüssel abgeben«, sagte sie. »Signor della Parigi ... Gianfranco, Sie können dieses Büro nicht mehr benutzen, verstehen Sie? Sie sind hier hereingeplatzt, als ich mich gerade umziehen wollte, deshalb war ich sehr beunruhigt.«

»Natürlich, Signora. *Mi dispiace*«, sagte der Italiener mit einem scheuen Lächeln und zog den Schlüssel aus der Tasche.

Das Lächeln erhellte sein Gesicht, und plötzlich wollte Donatella nicht, dass der junge Mann sofort wieder ging. »Sie können jetzt bleiben«, sagte sie und zog sich einen Stuhl heran, um neben ihm zu sitzen. Wenn er lächelte, sah er richtig süß aus, dachte sie. Die braunen Augen mit den dichten Wimpern waren schön und blickten offen und ehrlich.

Die Professorin war amüsiert, als sie wieder den alarmierten Ausdruck auf seinem Gesicht bemerkte, und dann folgte ein hungriger rehäugiger Blick auf Donatellas nur leicht bekleideten Körper, der ihm jetzt so nahe war. Donatella öffnete wieder einen der Knöpfe, die sie eben erst geschlossen hatte, und gestattete dem Mann noch einen tieferen Blick auf die Wölbung ihrer Brüste.

Die Lust, die sie empfunden hatte, als sie Ian Ramsey auf dem Rasen zugeschaut hatte, kehrte ungerufen zurück. Donatella spürte den Drang, den jungen Mann auf der Stelle zu verführen. Am liebsten hätte sie seine Hose geöffnet und seinen

Penis in die Hand genommen. Gianfranco roch so gut, die leicht gebräunte Haut duftete nach Satsumas.

Donatella sah ihren Besucher an und erkannte, dass er ihre Erregung ahnte. Sie folgte seinem Blick, der zum Büstenhalter huschte, den sie lässig über den Stuhlrücken geworfen hatte. Eine ihrer Zeichnungen war auf den Boden geflattert, es war ihr Motiv des nackten Ian Ramsey mit der gewaltigen Erektion.

Die Professorin zuckte zusammen, als sie bemerkte, dass der Penis des jungen Mannes dem Vorbild der Zeichnung folgte; eine sehr große Erektion machte sich unter dem dünnen Stoff der leichten Sommerhose bemerkbar.

Donatella schluckte, es war ihr, als könnte sie ihn schmecken. Ihre Nippel zogen sich voller Verlangen zusammen, sie stießen hart gegen die fast durchsichtige Seidenbluse, und ihre Labien wurden nass und schwollen an.

Sie berührte Gianfrancos Hand und nahm den Schlüssel entgegen, und dabei hielt sie die Hand länger, als erforderlich war. Mit der anderen Hand griff sie nach den restlichen Knöpfen der Bluse, aber dann setzte plötzlich die Realität ein. Sie hatte die Wirkung einer kalten Dusche. Der Moment war verloren.

Schuldgefühle und Verwirrung fluteten dort hinein, wo eben noch pure Lust sie beherrscht hatte. Was war los mit ihr? Sie war versessen darauf, mit zwei wildfremden Männern Sex zu haben. Ihr Verhalten beunruhigte sie tief. Sie richtete sich auf, und die Finger, die vor ein paar

Augenblicken noch bereit gewesen waren, ihre Bluse aufzuknöpfen, schlossen sie jetzt.

Der junge Italiener war nicht weniger verwirrt als sie, aber er erkannte, dass der Moment – was auch immer er enthalten hätte – verschwunden war. Errötend stand er auf und wandte sich zu gehen.

Donatella stand neben ihm und rang nach den richtigen Worten. »Eh …da lag ein Missverständnis vor, Signor della Parigi«, sagte sie schließlich und fand wieder zur Förmlichkeit zurück, um ihre eigene Unsicherheit zu überlagern. »Vergessen wir es, aber denken Sie dran, dass dieses Büro von mir genutzt wird. Wenn Sie mich nun entschuldigen würden …« Sie wandte sich dem Schreibtisch zu. »Ich muss noch eine Sache zu Ende bringen.«

Gianfranco verabschiedete sich. »*Piacere, dottoressa di' Bianchi*«, murmelte er scheu. »*Arrivederci. Grazie.*«

Es hörte sich so an, als wollte er noch etwas sagen, aber dann senkte er den Blick, hob seine Bücher und verließ rasch das Zimmer.

Sie saß wieder hinter ihrem Schreibtisch und blickte auf ihre zitternden Finger. Sie konnte kaum glauben, was sie beinahe getan hätte. Professorinnen lassen sich nicht mit Studenten ein, die sie gerade erst kennen gelernt haben. Ganz egal, wie süß der Student ist. Heiß und gedemütigt von ihrem frustierenden Verlangen nach Sex verstaute sie die verschiedenen Wäschestücke in ihre Tasche. Dann griff sie die Aktentasche und öffnete die Bürotür. Bevor sie aus dem

Zimmer trat, blickte sie auf und ab. Gianfranco war nirgendwo zu sehen.

Sie floh aus ihrem Büro und rannte fast zu Kikis Studio. Aber der Arbeitsplatz ihrer neuen Assistentin war leer. Enttäuscht ging Donatella weiter und suchte den Computerraum. Um diese Zeit am Nachmittag war das College so gut wie leer gefegt, und weil sie niemanden fragen konnte, hatte sie sich bald verirrt und befand sich auf einem ihr unbekannten Flur.

Kiki hatte den alten Teil des *palazzo* gleich am ersten Tag als Kaninchenbau beschrieben, und jetzt fand sie heraus warum. Irgendwo auf den gewundenen Fluren musste sie falsch abgebogen sein.

Sie geriet an eine Treppe, die nach unten führte, und langsam stieg sie die Stufen hinunter ins Dunkle. Ihre Pumps aus Wildleder verursachten auf der alten Holztreppe so gut wie keine Geräusche. Sie hoffte, bald den Hinweis auf einen Ausgang zu finden, aber zunächst fand sie sich nur auf einem weiteren Flur wieder, in dem es modrig roch.

Staub lag auf alten Möbelstücken, die man an eine Wand gestellt hatte. Donatella wollte sich gerade umdrehen und die Treppe wieder zurückgehen, als sie gedämpfte Geräusche hörte, die offenbar aus einem Raum hinter der nächsten Biegung kamen. Menschliche Geräusche. Mann und Frau, die murmelten und kicherten.

Donatella hielt die Luft an und lauschte. Vorsichtig und ohne Angst schlich sie bis zur Biegung, wo sie beinahe über einen Haufen alter, beschädigter Stühle gestolpert wäre. Als sich ihre Augen an das trübe Licht gewöhnt hatten, drückte sie eine Hand vor den Mund, um ein Keuchen zu unterdrücken.

Etwa zwanzig Schritte in den modrigen Korridor hinein wurde der Körper einer Frau vom Licht eines verstaubten kleinen Fensters aus der Dunkelheit geholt. Sie war nackt, abgesehen von Fußballschuhen und Stutzen. Während Donatella auf das Bild starrte, drehte sich die Frau, die sie natürlich längst als Jennifer Wrenn identifiziert hatte, herum und ließ sich auf die Knie nieder, und dann trat ein nackter und erigierter Ian Ramsey aus dem Schatten.

Der Professor packte den blonden Pferdeschwanz und drückte Jennifers Gesicht gegen seinen Schoß. Ohne zu zögern, öffnete die junge Frau den Mund so weit, dass sie den Schaft des Engländers aufnehmen konnte, offenbar die Belohnung für die Trainerstunde.

Ramsey zog sich bald aus dem Mund der Freundin zurück, und das Mädchen wechselte die Stellung. Jennifer stellte sich mit dem Gesicht zur Wand und drückte die Pobacken weit heraus, als wollte sie Ramseys Stange damit anlocken.

Und was für ein Penis das war! Donatella erschauerte, als Ramsey hinter das Mädchen trat, und im nächsten Moment wurde Jennifers Körper geschüttelt, als hätte sie einen Stromstoß erhalten.

Donatella stand wie gebannt da, während ihr Kollege mit einem geduldigen Rhythmus zu pumpen begann. Mit den Fingern rieb er über

Jennifers Klitoris. Die junge Frau quietschte vor Lust und wand sich hemmungslos, ließ den Po kreisen und antwortete auf die Stöße des Trainers.

Die animalische Lust des Paares übertrug sich auf Donatellas Schoß, wo es köstlich prickelte. Zuerst fürchtete sie, bemerkt zu werden, aber bald stellte sie fest, dass das Paar taub und blind war für alles, was nicht mit seiner Geilheit zu tun hatte.

Donatella verharrte in ihrem Versteck. Wie sehr sie sich nach einem Mann wie Ramsey sehnte!

In der staubigen Stille hörte sie die schlüpfrigen Geräusche, wie sich der Schaft in die warme, feuchte Grotte bohrte und wie seine Hoden gegen ihre Backen klatschten.

Um das Pochen in ihren Lenden zu stillen, fuhr sie mit einer Hand unter ihren Rock und suchte die neu aufquellende Nässe. Aller Anspruch akademischer Anständigkeit war vergessen, als sie das zweite Mal an diesem Nachmittag ihre Finger zwischen die Labien schob. Heiße Schauer liefen ihr über den Rücken, und die Klitoris zuckte unter ihren Fingerspitzen. Sie stöhnte und seufzte.

Ihre Hand bewegte sich im Rhythmus von Ramseys Schaft, dessen Länge und Umfang sie faszinierte und der jetzt härter und schneller zustieß. Donatella spürte, wie sie vom Orgasmus überflutet wurde. Sie zitterte am ganzen Körper, aber ihr ekstatisches Stöhnen wurde von Jennifers wimmerndem Höhepunkt übertönt, und dann auch von Ramseys zitterndem Grunzen, als er seinen Samen tief in Jennifer hineinschoss.

Donatella öffnete die Augen und rang nach Luft, dann sah sie zu, wie sich das nackte Paar langsam voneinander löste. Die beiden zogen sich an. Ramseys nackter, feucht glänzender Schaft verschwand unter seinen Shorts. Ein wenig schwankend ging das Pärchen den Flur entlang und verschwand aus Donatellas Blickfeld.

Ihre Finger waren so nass, dass sie ein Taschentuch benötigte, um sie zu trocknen. Sie strich den Rock glatt und ging zu dem kleinen Fenster, durch das ein trübes Licht fiel. Sie öffnete ihre Sporttasche, holte einen Handspiegel heraus und betrachtete sich.

Ihre Augen glänzten, und die Wangen glühten. Normalerweise trug sie die schwarzen Haare in einem Dutt, um strenger und distinguierter auszusehen, aber jetzt umrahmten wilde Locken ihr Gesicht. Mit zitternden Händen öffnete sie die Haare und ließ sie auf die Schultern fallen.

Sie fühlte sich schuldig wegen ihres unanständigen Benehmens, und wie in Trance ging sie über den Flur, bis sie eine Tür fand, durch die das Liebespaar das Gebäude verlassen haben musste. Sie öffnete die Tür und fand sich in einer verlassenen Gasse wieder, die zur Stadtmitte führte. Nach zwei Kreuzungen sah sie die Piazza Grande vor sich. Donatella schritt darauf zu und spürte immer noch die Nässe, die aus ihr rann.

Le Amice Nuove
(Neue Freunde)

Kiki und Francesca nippten an ihrem Bier und saßen entspannt an ihrem Stammtisch in der Taverne Vasari unter den Bogen der *Loggia*. Sie blickten auf die Piazza Grande, der unter ihnen lag und wo die letzten Stände des Handwerkermarktes nach einem langen Sonnentag abgeräumt wurden. Die zwei Frauen saßen mit ihren Stühlen im Schatten, und über ihnen sorgte ein Ventilator für eine angenehme Brise.

»Hallo, Francesca«, rief ein Junge, der auf seinem Fahrrad vorbeifuhr.

Francesca winkte ihm zu.

»Wer ist das?«, fragte Kiki.

»Unser Milchjunge.«

»Er ist noch ein Kind«, sagte Kiki. »Du hast doch noch nicht mit ihm …?«

»Noch nicht.« Francesca war gerade vom Modellsitzen gekommen und trug nur eine leichte Baumwolljacke sowie einen kurzen Rock mit gerüschtem Saum. Von Wäsche war nichts zu sehen. Kiki trug eine Variante ihrer üblichen Uniform: Radlerhose und Stiefel, und diesmal ein schwarzes Hemd aus Lammfell mit einem Reißverschluss auf dem Rücken. Sie wusste nicht, wie oft sie schon auf Francescas verführerische Kurven gestarrt hatte, die sich dem Betrachter unter der Jacke geradezu aufzwangen. Sie hatte nur einen Knopf über den Brüsten geschlossen, darüber und darunter klaffte die Jacke auseinander und zeigte bloße Haut. Kiki wünschte sich wie so oft, so gut ausgestattet zu sein wie ihre Freundin.

Kiki wusste, sie war nicht die einzige Bewunderin von Francescas Körper. Einige der Marktbeschicker unterbrachen ihre Abbauarbeiten immer wieder mal, um auf die rotblonde Frau zu schauen, und die Kellner umlagerten ihren Tisch. Als Francesca ein Bein über das andere schlug, rutschte der Rock höher und entblößte fast den Schoß, und die Kellner standen da und hielten die Luft an.

Kiki lächelte und rief ihren Lieblingskellner. »Benito, qualcosa da mangiare, per favore … Un panino al formaggio per me, e una pizzetta per Francesca.«

»Bene, Kiki. Qualcosa da bere?«

»Si, grazie, Benito, due birre per favore.«

Kiki wandte sich von Benito ab, als sie eine vertraute Gestalt in der Menge auf dem Platz sah. Sie erhob sich, lächelte und winkte. »Dottoressa di' Bianchi! Hierher, bitte!« Sie sah sich wieder nach dem Kellner um. »Benito, ci porte un altro Peroni, per favore.« Widerwillig wandte der Kellner den Blick von Francescas Ausschnitt und lief in die Küche.

»Wer ist das?«, fragte Francesca, verrenkte den Hals und betrachtete die dunkelhaarige Frau, die auf ihren Tisch zu schritt.

»Sie ist meine neue Professorin, für die ich arbeite«, erklärte Kiki und winkte der langbeinigen Amerikanerin wieder zu.

»*Molta bella*«, sagte Francesca, als die Professorin sich ihrem Tisch näherte. »Hm, sehr sexy. Ich liebe ihre Haare.«

»Es ist das erste Mal, dass ich sie mit offenen Haaren sehe«, sagte Kiki. »Deshalb habe ich sie auch nicht sofort erkannt. Sonst trägt sie einen strengen Dutt. Attraktiv, aber sehr bieder. Wie eine Professorin eben. Aber sie gefällt mir.«

Kiki erhob sich, um Donatella zu begrüßen, und Francesca stand ebenfalls auf.

»Kiki! Ich bin erleichtert, Sie zu sehen. Ich hatte schon befürchtet, Sie verpasst zu haben.« Die Studentin konnte die Anspannung in Donatellas Stimme hören.

»Ist etwas nicht in Ordnung?«, fragte Kiki besorgt. »Sie sehen bekümmert aus, wenn ich das sagen darf. Oh«, fügte sie hinzu. »Sie kennen meine Freundin Francesca Antinori noch nicht.«

»Hallo«, sagte Donatella, und die beiden tauschten einen Händedruck und lächelten sich dabei an. Kiki wartete auf eine Antwort auf ihre Fragen, aber Donatella reagierte nicht.

Statt dessen begann Francesca ein Gespräch. »Kiki hat mir von Ihnen erzählt, *professoressa*«, sagte sie, »aber sie hat nicht erwähnt, dass Sie eine so schöne Frau sind.«

Die Amerikanerin lachte über das Kompliment. »Sie sind eine Schmeichlerin.«

»Aber nein«, rief Francesca und bot Donatella einen Platz neben sich an.

Donatella setzte sich. »Sie sind sehr freundlich zu mir, Francesca. Aber ich bin Ihnen gegenüber im Vorteil. Ich wusste schon, wie schön Sie sind.«

Francescas Augenbrauen hoben sich. »Woher?« Sie blickte auf ihre Freundin. »Kiki?«

»Kiki brauchte mir nichts zu erzählen. Ich habe Ihre Fotos gesehen.«

Kiki setzte sich auf Donatellas andere Seite und erklärte der Freundin: »*Dottoressa* di' Bianchi hat die Fotos gesehen, die ich nach der Vorlesung mit Ian Ramsey in der vergangenen Woche gemacht habe.«

»Wo ich mich streichle?« Francesca legte eine Hand auf den Mund und kicherte.

Benito ließ beinahe das Käsesandwich in Kikis Schoß fallen, als er die letzte Bemerkung Francescas hörte. Er stellte den Teller und die Biergläser rasch auf den Tisch und zog sich wieder zurück, aber nicht zu weit.

Francesca lachte wieder. »Jetzt wird Benito heute Abend an mich denken, wenn er mit sich selbst spielt.«

Donatella lachte auch, und Kiki bemerkte, wie sich die Spannung im Gesicht der Professorin allmählich abbaute. Die ältere Frau griff nach dem Bier, das Benito auf den Tisch gestellt hatte. »Ist eins für mich?«

Kiki nickte. »Sie sahen erhitzt und abgespannt aus, *Dottoressa*«, sagte sie. »Ich dachte, sicherlich könnten Sie ein kühles Blondes vertragen. Sie haben die Haare herunter gelassen, das steht Ihnen gut.«

»Danke, Kiki.« Donatella trank einen kräftigen Schluck. »Ah, das tut gut.« Sie stellte ihr Glas hin und nahm eine lange seidige Strähne zwischen die Finger. »Vielleicht lasse ich es so«, meinte sie. »Ich finde, es passt besser in die Umgebung.«

Kiki nickte begeistert.

»Es ist Zeit, diese Förmlichkeit mit der *dottoressa* abzustellen«, sagte Donatella und lächelte ihre Begleiterinnen an. »Kiki, Sie müssen mich Donatella nennen. Und Sie auch, Francesca.«

Die junge Italienerin hob ihr Glas. »*Si*. Darauf trinke ich«, rief sie ausgelassen. »*Le Amice nuove!* Neue Freunde!«

Das Trio stieß mit den Gläsern an.

»Wohnt ihr zusammen?«, fragte Donatella.

Kiki nickte. »Wir haben ein kleines Haus mitten in Bucine gemietet, das liegt eine halbe Stunde mit dem Zug von hier entfernt.« Sie langte in ihre Tasche und nahm Stift und Notizbuch heraus. »Ich schreibe Ihnen unsere Adresse und die Telefonnummer auf.« Sie riss die Seite heraus und reichte sie Donatella.

»Danke.« Sie steckte den Zettel weg. »Vielleicht kann ich euch mal besuchen?«

Kiki nickte eifrig. »Das wäre großartig. Wie war es im Fitness-Center?«

Donatella wich der Frage aus. »Ich glaube, ich brauche was Kräftigeres zu trinken«, sagte sie. »Der Stress im College setzt mir zu.« Sie wandte sich an den lauernden Benito, dessen Ohren weit aufgesperrt waren, weil er auf weitere Enthüllungen wartete. »Wodka-Martini, bitte.«

»Sie müssen mit einigen der anderen Studenten sprechen«, sagte Kiki. »Zum Beispiel mit Jennifer Wrenn. Damit Sie die Geschichte auch mal aus einer anderen Perspektive hören. Jen hat bei den Protesten mitgemacht. Sie und ich könnten eine kleine Gruppe zusammenstellen.«

Als der Name Jennifers fiel, bemerkte Kiki, dass Donatella errötete. Sie trank lange am Cocktail, den Benito ihr vorgesetzt hatte.

»Ist etwas nicht in Ordnung?«, fragte Kiki. »Ist Ihnen etwas im Fitness-Center zugestoßen?«

Donatella schüttelte den Kopf. »Ich bin nicht zum Fitness gegangen«, sagte sie, nippte wieder am Drink und schien dann einen Entschluss gefasst zu haben. »Ach, was soll's«, murmelte sie. »Ich sollte euch das nicht erzählen, aber ich kann es mir nicht aus dem Kopf schlagen.«

Verdutzt von Donatellas Tonfall, rückten Kiki und Francesca näher an Donatella heran. Benito rieb sich über den Schritt und trat unauffällig noch etwas näher an den Tisch der drei Frauen heran.

»Nachdem Sie mein Büro verlassen hatten«, begann Donatella, »sind zwei beunruhigende Dinge geschehen, Kiki.«

Kikis Augen waren zwei Fragezeichen.

»Es war heiß im Büro, und ich war gerade dabei, mich umzuziehen, als ein Student hereinkam. Ich hatte den Büstenhalter ausgezogen und die Bluse geöffnet, und da steht dieser schlaksige Kerl und starrt mich an.«

Kiki und Francesca tauschten Blicke.

»Sein Name ist Gianfranco«, fuhr Donatella fort. »Kennt ihr ihn?«

Beide Frauen grinsten. »Ja«, sagten sie gleichzeitig, und dann fuhr Kiki fort: »Und wie wir ihn kennen. Ich muss gestehen, dass wir ihn oft necken, aber er ist ein harmloser Typ. Und schüchtern. Er war mal im Priesterseminar, aber dann hat er gegen seine strengen Eltern rebelliert und hat auf Kunst umgesattelt. Hauptsächlich aus dem Grund, die Alten zu ärgern. Aber er ist auch ein guter Fotograf. Der arme Kerl.« Als Kiki den Kopf schüttelte, sah Donatella sie fragend an, und Kiki erklärte grinsend: »Er ist noch Jungfrau, müssen Sie wissen.«

Francescas perlendes Lachen unterbrach Kikis Erklärung, aber Kiki erzählte weiter.

»Gianfranco ist ein bisschen durcheinander, weiß der Teufel, was sie ihm alles über den bösen Sex erzählt haben, jedenfalls ist er in Gegenwart von Frauen unheimlich schüchtern. Für ihn muss es ein Schock gewesen sein. Er betritt ein Zimmer und sieht, wie eine schöne Frau ihre Titten zeigt.«

Jetzt war es an Donatella zu lachen. »Man kann nicht davon reden, dass ich meine ›Titten gezeigt‹ habe«, protestierte sie. »Ich war beim Umziehen. Ja, er war geschockt. Und dann habe ich ihn auch noch beschimpft, dass er überhaupt mein Büro betreten hat.«

Die drei Frauen sprachen ihren Getränken zu und schwiegen eine Weile.

»Sie haben gesagt, es wären zwei Dinge an diesem Nachmittag geschehen«, erinnerte Kiki.

»Was ist danach vorgefallen?« Ihr fiel auf, dass Donatella keinen Büstenhalter trug. Ihre Brüste pendelten frei unter der Seidenbluse.

Donatella zögerte. »Ihr werdet glauben, ich sei auf Sex fixiert«, sagte sie langsam.

»Das ist okay«, sagte Francesca. »Wir auch.«

Die ältere Frau lächelte. »Also gut, jetzt kommt das nächste Geständnis. Bitte, erzählt es nicht weiter.« Sie lehnte sich auf einen Ellenbogen und trank noch einen Schluck Martini. »Als ich mein Büro verließ, habe ich mich im Gebäude verirrt. Ich fand eine alte Treppe, von der ich hoffte, dass sie mich irgendwo nach draußen führen würde. Als ich unten war, sah ich fast nichts mehr, so finster war es da. Und dann hörte ich Stimmen. Ich schaute um die Ecke und sah Ian Ramsey und Jennifer Wrenn zusammen. Mitten auf dem Flur.«

»Und was taten sie?«, warf Francesca ein.

»Sie hatten Sex«, antwortete Donatella und wich den Augen der beiden aus.

»Wir wollen Einzelheiten hören«, verlangte Francesca.

»So genau habe ich nicht hingesehen«, murmelte Donatella prüde, aber diese Antwort stieß bei den beiden Zuhörerinnen auf Skepsis.

Kiki sagte: »Aber ein bisschen haben Sie schon geguckt.«

»Nun … ja.«

»Und?«

»Also, Jennifer war nackt und stand mit dem Gesicht zur Wand, und Ramsey hat sie von hinten genommen. Sie hatten beide noch ihre Fußballschuhe an.«

Francesca nickte. »Das hört sich nach Ramsey an«, meinte sie. »Er mag es von hinten.«

Donatella bekam große Augen. »Heißt das, Sie und er … Sie haben auch …?«

Francesca grinste. »Sie wollen fragen, ob ich *il professore magnifico* schon gebumst habe?«, fragte sie. »Oh, ja, aber nur einmal. Da hat er auch auf der Hundestellung bestanden. Ich glaube, er wollte sogar in meinen Popo, aber das habe ich nicht zugelassen.« Sie stieß den Ellenbogen in Kikis Rippen. »Kiki ist eifersüchtig, weil sie ihn noch nicht gehabt hat.«

»Ich bin nicht eifersüchtig«, gab Kiki zurück. »Ich habe nur gesagt, es wäre nett gewesen, wenn wir geteilt hätten.«

Donatella hatte den Mund noch nicht wieder geschlossen, als sie die beiden Mädchen sprechen hörte.

Francesca schien sich die Idee mit dem Teilen des Professors zu überlegen. »Ich glaube, das kann so schwer nicht sein«, murmelte sie. »Ich bezweifle, ob Ian Ramsey zwei so schönen Frauen widerstehen kann. Sein *cazzo* ist groß genug für uns beide«, fügte sie lässig hinzu. »Vielleicht lässt sich da was arrangieren.«

Zu Donatellas Entsetzen nickte Kiki. »Ja«, sagte sie, »ich würde es gern mit ihm probieren.« Sie zwinkerte Donatella zu. »Es ist auch eine Frage des Stolzes, nicht hinter Jennifer Wrenn zurückzustehen.« Aber ihr Lächeln schwand, als sie bemerkte, wie verlegen Donatella bei dem sexuellen Geplauder geworden war.

Die Professorin sah sie ungläubig an. »Habe

ich richtig gehört?«, fragte sie mit leicht schwankender Stimme. »Ihr zwei plant einen Dreier mit Professor Ramsey?«

»Ups!«, kicherte Kiki. »*Dottoressa* di' Bianchi, wir wollten Sie nicht beleidigen. Wir sollten unsere Gelüste nicht so offen vor Ihnen diskutieren. Ich fürchte, wir sind einfach nur zwei heiße Mädchen, die ihre Gedanken nicht vom Sex lassen können.« Ein wenig beschämt senkte sie den Blick.

»Nein, nein«, sagte Donatella. »Das ist es nicht. Ich bin nicht beleidigt, wenn in meiner Gegenwart über Sex gesprochen wird. Im Gegenteil …« – sie errötete – »ich habe es genossen. Ich bin nur nicht an junge Frauen gewöhnt, die so offen darüber reden. Und Studenten und Professoren – so etwas gibt es in Boston nicht. Henry und ich, mein Kollege in Boston, also, wir haben solche Sachen seit langem nicht mehr getan.«

Kiki wollte etwas sagen, aber Francesca kam ihr zuvor. »Was sind denn ›solche Sachen‹, Donatella? Über Sex reden oder Sex haben?«

Einen Moment lang zuckte es in Donatellas Mundwinkeln, aber die Irritation wich bald einer melancholischen Heiterkeit. »Gute Frage, Francesca.« Sie wandte sich an Kiki und blickte ihr offen ins Gesicht. »Ich beneide euch beide. Eure Haltung zu Sex ist sehr befreit, so sorglos. Ich habe einmal in den letzten zwei Monaten Sex gehabt. Es fällt mir schwer, über Sex zu reden. Worte wie bumsen oder Schwanz scheinen aus einer fremden Sprache zu sein.«

»Ich glaube, Henry weiß Sie nicht zu schätzen«, sagte Francesca. »Vielleicht brauchen Sie einen neuen Geliebten.«

Donatella schüttelte den Kopf. »Ich steckte bis über beide Ohren in Arbeit, es ist nicht Henrys Schuld. Und ich habe nicht immer die Energie für Sex. Ich denke an Sex, aber dann ist es auch schon vorbei.«

Kiki war überrascht über die Veränderung zwischen der brillanten, manchmal einschüchternden Akademikerin und der unsicheren Frau, die jetzt an ihrem Tisch saß. Sie ging davon aus, dass Donatella einige Dinge, die zwischen Ramsey und Jennifer abgelaufen waren, nicht erzählt hatte. Jetzt war aber nicht der Zeitpunkt, das Thema hervorzuholen. Statt dessen sagte sie: »Ich habe eine Idee.«

Donatella sah sie an.

»Wir sind Freundinnen, ist das okay?«, fragte Kiki lächelnd.

Donatella nickte. »Neue Freundinnen, ja, das hoffe ich.«

»Ich schlage einen Tausch vor. Ich weiß, dass ich von Ihnen eine Menge über Kunstgeschichte lernen kann. Sie sind eine Kapazität auf diesem Gebiet, und ich bin interessiert daran. Ich habe sogar Francesca damit anstecken können, stimmt's, Fran?«

Fran nickte.

»Dann ist es nur fair, dass wir Ihnen im Tausch auch etwas beibringen. Und so sieht unser Handel aus: Sie bringen uns mehr über Kunstgeschichte bei, und Francesca und ich sind Ihre Lehrer beim Sex. Die erste Lektion ist ganz einfach. Sie müssen nur zuschauen. Okay? Ist der Handel perfekt?«

Donatella lachte. »Bei euch komme ich mir wieder wie ein Teenager vor.«

»Das ist gut so«, sagte Francesca und stand auf. »Ich habe viel gelernt, als ich noch Teenager war.«

Kiki zahlte, und Francesca fragte: »Donatella, was sollen wir mit Benito anfangen? Von unserem Gespräch hat er einen Steifen bekommen.«

Zu Kikis Vergnügen und Donatellas ungläubigem Staunen zwängte sich Francesca hauteng an Benito vorbei, als das Trio den Tisch verließ, und dabei strich ihre Hand leicht über die Schwellung in der Kellnerhose. Die schamlose Blondine drückte einmal kräftig zu.

»Lass es dir gut gehen heute Abend«, raunte sie ihm zu. »Stell dir vor, du schießt alles über meine Titten«, wisperte sie. Dann fügte sie mit normaler Stimme hinzu: »*Ciao, Benito. A domani.*«

Sie winkte ihm zu.

Le Difficoltà Doppia
(Doppelter Ärger)

»*Buona notte*, Donatella«, sagten Kiki und Francesca, als das Trio auf dem Marktplatz stand. »Wir fahren heute mit dem Auto nach Hause.«

»Oh? Nicht mit dem Zug?«

»Heute nicht. Ich musste das Auto nehmen, weil ich was Sperriges ins Studio bringen will.«

»Gute Nacht.« Sie winkte den neuen Freundinnen zu, die zum nahe gelegenen Parkplatz gingen, und hörte Francescas hohes Lachen. Sie drehte sich noch einmal um und sah das schöne Paar Arm in Arm.

Die Amerikanerin schlenderte die kurze Entfernung zum Hotel. Sie fühlte sich glücklicher als seit Tagen, sogar seit Wochen. Die Heiterkeit der jungen Frauen hob ihre Stimmung. Sie konnte ihnen wahrscheinlich das wirkliche Geschehen des Nachmittags beichten, sie würden herzlich lachen oder ihr Verhalten sogar bewundern. Ihre Schuldgefühle nahmen ab und wurden durch wärmende Erinnerungen an ihren ersten Orgasmus seit langer Zeit und die Vorfreude auf weitere ersetzt.

Vor ihrem kleinen Hotel stellte Donatella überrascht fest, dass die Tür offen stand. Sonst war sie geschlossen, und die Gäste öffneten sie mit ihrem Schlüssel. Beunruhigt sah Donatella sich um, aber um diese Zeit war auf der Straße niemand zu sehen. Sie betrat die kleine Halle. Der Empfangstisch war nicht besetzt, aber das war in den späten Abendstunden nicht ungewöhnlich. Zwei Lampen beleuchteten das Treppenhaus. Sie ging hoch auf ihr Zimmer und blieb auf dem letzten Treppenabsatz stehen. Ihr Herz schlug schneller, als sie sah, dass die Tür zu ihrem Zimmer ebenfalls offen stand.

Sie lauschte angestrengt, aber sie hörte nichts. Nach einem tiefen Atemzug zog sie die Tür ganz auf, und dann blieb sie wie angewurzelt stehen. In ihrem Zimmer herrschte ein unvorstellbares Chaos. Möbel umgeworfen, Koffer umgestülpt, Kissen zerfetzt. Zorn stieg in ihr hoch, als sie die Verwüstung sah, aber als sie dann zum Bett blickte, verwandelte sich ihr Zorn in Furcht.

Die wenigen Kleider, die sie mitgebracht hatte, waren zerrissen oder zerschnitten und dann in einem makabren Puzzle zu einer breitbeinigen menschlichen Gestalt aufs Bett drapiert worden. Fetzen von Büstenhaltern und Slips waren für die Brüste und für das Schenkeldreieck verwendet worden, zerfetzte Reste von Kleidern, Röcken, Blusen und Jacken bildeten den Rest des Körpers. Selbst ihre zwei Paar Schuhe waren zerstört und ans Fußende des Betts gelegt worden.

Sie spürte die aufsteigende Panik, aber Donatella zwang sich zur Kontrolle. Mit klopfendem

Herzen ging sie ins Bad. Was sie dort sah, war nicht weniger schlimm. Mit dem Lippenstift hatte der Täter eine krude Zeichnung auf den Spiegel geschmiert, eine nackte, kniende Frau, an Händen und Füßen gefesselt, von einem halben Dutzend dicken Penissen mit Urin oder Sperma besudelt. Ihre Kosmetiksachen waren auf dem Boden zerstampft oder zertreten worden. Nichts schien den Vandalen entgangen zu sein.

Der Schrecken hatte zwar ihren ganzen Körper erfasst, aber allmählich regten sich ihre Gehirnzellen. Kühl registrierte sie, dass die gemeine Zeichnung vom Talent des Urhebers kündete. Ohne die Zerstörung rundum wäre die Zeichnung erotisch gewesen, aber inmitten des Chaos wirkte sie nur böse, gemein und bedrohlich. Auch die widerliche Collage auf dem Bett hatte die richtigen Proportionen von Torso und Gliedmaßen.

Donatella rannte die Treppe hinunter und fand den Besitzer in der Küche.

»Signor Simonini«, keuchte sie. »Jemand ist in mein Zimmer eingebrochen! Kommen Sie schnell, bitte.«

Der ältere Besitzer sah verdutzt und verärgert über die Störung aus. »*Ma che! Impossible! Non faccia lo stupido!*«

Donatella reagierte wütend. »Ich bin nicht stupide! Wir müssen die Polizei rufen! *Subito!*« Sie packte den Mann am Arm und zog ihn die Treppe hoch.

Der entsetzte Besitzer starrte auf das geschändete Zimmer und stieß Laute des Jammers aus.

»*Non va! Non si fa così!* Welcher Verrückte hat das getan? Was haben Sie in mein Hotel gebracht?«, beklagte er sich bei der verdutzten Donatella. »Seit dreißig Jahren habe ich nie Probleme mit Gästen gehabt. Sie sind seit drei Tagen da, und das Zimmer ist nur noch Müll!«

Donatellas Furcht schwand und machte einem neuen Zorn Platz, als sie das Jammern und die Beschuldigungen des alten Mannes hörte. »Das ist doch nicht meine Schuld! *Sono innocente!* Sie sollten sich um die Sicherheit in Ihrem Hotel bemühen. Meine ganzen Habseligkeiten sind ruiniert!«

Signor Simonini zeigte aufs Bett und auf die Lippenstiftzeichnung im Bad. »Das ist doch die Tat eines Perversen! Das ist jemand, der Sie kennt!« Er hielt einen drohenden Finger vor ihr Gesicht.

Donatella wurde bleich. Daran hatte sie noch gar nicht gedacht, aber es machte Sinn. In ihrem Zimmer gab es kaum was zu stehlen, und Diebstahl schien auch nicht das Motiv des Einbrechers zu sein. Ihr elektronisches Notizbuch, ihre Brieftasche und ihr Reisepass befanden sich in der Aktentasche, die sie bei sich trug. War das ein Anschlag auf ihre Person? Aber von wem? Und warum?

Verängstigt und wütend zugleich ließ Donatella den lamentierenden Besitzer in ihrem Zimmer zurück und lief zur Polizeistation in der Via Garibaldi.

Der gelangweilt aussehende Polizist hörte sich Donatellas Klagen an und füllte ein langes

Formular aus. »Ich schicke einen Kollegen, sobald einer zur Verfügung steht, *Dottoressa*«, sagte er höflich. »Aber ausgerechnet heute sind die Kollegen zum Personenschutz für einen hochrangigen Besucher abgestellt. Und da Sie selbst nicht verletzt sind …« Der Polizist hob die Schultern, um ihr zu zeigen, dass er so hilflos war wie sie. »Werden Sie heute Nacht im Hotel sein?«

Donatella wollte keinen Fuß mehr in das kleine Hotel setzen. »Nein«, sagte sie spontan, »ich werde bei Freunden in Bucine übernachten.« Sie las Anschrift und Telefonnummer von dem Zettel ab, den Kiki ihr gegeben hatte.

»*Bene, Dottoressa*. Rufen Sie morgen an, dann wird Ihnen ein Kollege helfen.«

Das bezweifelte Donatella, aber sie wollte nicht widersprechen. Sie wollte aus Arezzo fliehen und bei ihren Freundinnen Zuflucht finden. Sie glaubte nicht, dass Kiki und Francesca schon zu Hause waren, aber sie rief trotzdem an. Sie erhielt keine Antwort. Frustriert ging sie zum Bahnhof und wählte alle fünf Minuten die Nummer – ohne Ergebnis. Auch nicht schlimm. Bucine war eine kleine Stadt, es würde nicht schwer sein, das Haus von Kiki und Francesca zu finden.

Der Bahnhof in Bucine lag verlassen da, als Donatella aus dem letzten Regionalzug stieg. Es war längst dunkel geworden, als die Diesellok träge aus dem Bahnhof stampfte.

Statt den dunklen Fußgängertunnel zu nehmen, ignorierte Donatella die Warnschilder und hüpfte über die Schienen. Ein kleines Schild wies zu ›El Centro‹. Donatella folgte der Straße, die einen Hügel hoch führte. Oben stieß sie auf eine Straße, die nach Hauptstraße aussah. Bank, ein paar Geschäfte, eine Bar. Ein Neonschild verriet, dass es sich um die Sandy Bar handelte.

Donatella trat durch den Perlenvorhang in das verräucherte Innere. Ein paar ältere Männer saßen da, und aus einem Hinterzimmer drangen Geräusche vom Billardtisch. Donatella lächelte den Männern tapfer zu und setzte sich an die Bar. Der Barkeeper musterte sie bewundernd.

»*Mi scusi, per favore*«, begann Donatella. »*Non so dove mi trovo. Sto cercando il mia amica Francesca Antinori in piazza …*« - sie sah auf ihrem Zettel nach – »*Cavour. In che direzione devo andare?*«

Als sie Francescas Namen erwähnte, grinste der Barmann. »*Ah, si, si. La bella Francesca.*« Donatella hörte hinter sich lautes Glucksen. Der Barmann zwinkerte ihr zu. »*Sei una buon' amica, un' amica speciale di Francesca?*«

Die Frage rief lautes Lärmen der älteren Männer hervor, und die Jugendlichen unterbrachen ihr Billardspiel und schauten zur Bar rein, um sich die spezielle Freundin Francescas anzusehen.

Aber Donatella war nicht in der Stimmung für alberne Spiele. »Was soll das heißen – eine spezielle Freundin? Hören Sie, ich bin müde und will nicht unhöflich sein, aber es ist spät. Ich will zu Francescas Haus. Können Sie mir sagen, wo ich es finde?«

Der Barmann gestikulierte zu den Gästen, die

sich hinter Donatella gesammelt hatten und kicherten und grinsten. »*Con piacere, Signorina. Naturalmente.*« Er führte Donatella zur Tür und zeigte in die entgegengesetzte Richtung. »*Sempre diritto, la via Brancusi, Signorina, e la prima strada a destra.*«

»Grazie«, antwortete Donatella kühl und wandte sich den geifernden Männern über die Schulter zu. »*Buona notte, Signori*«, sagte sie mit spöttischer Höflichkeit. Sie warf die Taschen über ihre Schultern, trat aus der Sandy Bar und ging die Straße entlang.

»Verdammte *coglionazzi*«, fluchte sie still vor sich hin.

Es ging wieder einen Hügel hinauf, aber es war nur ein kurzer Weg zur höchsten Stelle der kleinen Stadt. Ein paar Straßenlampen warfen einen trüben Schimmer auf das alte Kopfsteinpflaster. Der Himmel war tiefblau geworden, und die Sterne funkelten. Donatella blieb einen Moment stehen und sog die Schönheit ihrer Umgebung in sich auf. In der luftverschmutzten Atmosphäre von Boston hatte sie noch nie so helle Sterne gesehen.

Sie bog nach rechts, wie es der Barmann beschrieben hatte, und stand auf einem kleinen Platz. Es gab keine Schilder, aber das musste die Piazzetta Cavour sein. Sie suchte nach Hausnummern, aber in der Dunkelheit konnte sie keine sehen. An der längeren Seite des Platzes stand eine Reihe von Mietshäusern, während auf der anderen Seite ein paar kleine allein stehende Häuser lagen. Die meisten waren dunkel, und nur in einem sah man Licht hinter den hohen Fenstern. Donatella ging darauf zu, stieg die wenigen Stufen hoch und klopfte gegen die Tür.

»Wer, zum Teufel, ist das denn?« Sie hörte Kikis Stimme.

»Kiki, ich bin's, Donatella.«

Nach ein paar Sekunden wurden mehrere Riegel zurückgeschoben, dann öffnete sich die Tür, und Kiki stand da in einem durchsichtigen Unterrock und sonst nichts.

»Donatella!«, rief sie. »Wie haben Sie uns gefunden? Wie sind Sie hergekommen?«

Die junge Amerikanerin warf die Arme um Donatella und drückte sie an sich. »Es tut so gut, Sie zu sehen. Himmel, hatte ich eine Angst!«

Donatella spürte Kikis jungen festen Körper zittern, und automatisch strich sie ihr mit einer Hand über den Rücken, während sie mit der anderen Hand über die Spikes der roten Haare fuhr. Sie fühlten sich überraschend weich an und dufteten nach Apfel.

»Schon gut, Kiki«, murmelte sie. »Ich bin bei Ihnen. Sagen Sie mir, was passiert ist. Was hat Ihnen Angst gemacht?«

Kiki trat einen Schritt zurück und sah die Freundin an. »Sie … Sie wissen es noch nicht? Ich dachte, jemand hätte es Ihnen gesagt. Aber warum sind Sie dann hier?« Ihre grünen Augen weiteten sich. »Ist in Arezzo was passiert?«

»Ja, aber darüber können wir später reden. Zuerst will ich hören, was mit Ihnen geschehen ist. Wo ist Francesca?«

Ein Rufen aus einem Zimmer war die Antwort.

»Ich musste unter die Dusche, Donatella! Ich war ja so schmutzig. Es war ganz entsetzlich.«

Sie kam aus ihrem Zimmer und trug einen Mini-Tanga. Ihre Brüste schwangen unter einem dünnen Hemdchen. Die Haare waren noch nass »Kommen Sie herein«, sagte sie freundlich. »Wir können alle einen Drink gebrauchen. In der Küche steht eine Flasche Rendola.« Sie ging den beiden anderen Frauen voraus.

Donatella fiel auf, dass Francesca ein wenig das rechte Bein nachzog, und ihre Schenkel und der untere Rücken wiesen blaue Flecken auf und waren mit Kratzern übersät. Sie wollte nach den Verletzungen fragen, aber da drückte Francesca ihr schon ein Glas Wein in die Hand und wies auf einen Stuhl. Dann saßen sie zu dritt am Küchentisch, und Donatellas Fragen sprudelten.

»Was ist geschehen?«, fragte sie. »Wieso war Kiki so verängstigt, als ich an die Tür klopfte, und warum ist Francesca so zerkratzt?«

»Ich habe auch was abbekommen«, sagte Kiki und hob den Unterrock, wodurch einige hässliche purpurne Flecken und rote Kratzer sichtbar wurden. »Wir hatten einen Unfall, kurz nachdem wir uns von Ihnen verabschiedet hatten. Gleich hinter Levane hat uns ein Bastard von der Straße abgedrängt. Wir landeten in einem Olivenhain. Das Auto ist nur noch Schrott.«

»Oh, mein Gott!«, rief Donatella. »Hat der Fahrer das bemerkt? Hat er angehalten?«

»Natürlich nicht!«, tobte Kiki. »Und es war auch kein Unfall. Der dicke Mercedes ist uns von Arezzo an gefolgt, und wo die Straße schmal wird und in vielen Kurven verläuft – kurz vor der Brücke –, zog das Schwein gleich mit uns und bumste gegen unsere Seite. Mein armer kleiner Fiat hatte keine Chance, das Blech verzog sich wie eine Konservendose, und dann landeten wir im Olivenhain.«

»Zum Glück seid ihr beide nicht sehr verletzt«, murmelte Donatella. »Es muss schrecklich für euch gewesen sein. Ihr hättet beide den Tod finden können. Tut es noch weh?«

»Ein bisschen«, gab Kiki zu. »Aber die Blutergüsse werden erst morgen richtig schmerzen. Wir hatten noch Glück im Unglück. Wenn er noch ein paar Meter gewartet hätte, wäre die Böschung viel tiefer gewesen, und da wären wir auf einem Felsenfeld gelandet und säßen nicht hier, um davon zu erzählen. Ich schätze, das war es, was das Schwein auch wollte – er hat sich offenbar in der Entfernung verschätzt.«

»Und ihr seid sicher, dass es Absicht war? Habt ihr sehen können, wer den Mercedes fuhr?«

Francesca und Kiki schüttelten den Kopf. »Die Scheiben waren getönt«, antwortete Francesca. »Ich glaube, es saßen zwei Männer im Auto, aber ich konnte nur ihre Umrisse sehen. Ja, ich bin sicher, dass es reine Absicht war. Es war ein Mordversuch!«

»Habt ihr ein Kennzeichen gesehen?«

»Nein«, gab Francesca zu. »Die Polizei hat uns diese Fragen auch schon gestellt, aber wir konnten ihnen nichts sagen. Es war ein dunkler Mercedes, mindestens zehn Jahre alt, dreckig und mit vielen Beulen. Die dumme *polizia stradale* glaubt, es war ein Unfall mit Fahrerflucht. Sie glauben nicht, dass uns jemand töten wollte.«

Donatella saß kreidebleich am Tisch, während sie den Freundinnen zuhörte. Es hörte sich weit hergeholt an. Warum sollte jemand versuchen, Kiki und Francesca zu töten? Warum sollte jemand wie in einem geheimen Ritual ihre Kleider zerfetzen und sie wie eine Leiche auf ihrem Bett verteilen? Sie hatte über die Interpretation der Gestalt auf dem Hotelbett bisher noch nicht nachgedacht, aber das lebensbedrohliche Geschehen ihrer Freundinnen ließ das Wüten in ihrem Zimmer in einem neuen, noch schrecklicheren Licht erscheinen. Sie schenkte ihnen allen den köstlichen hiesigen Rotwein nach und nahm einen kräftigen Schluck.

»Ich fürchte, ich selbst habe auch eine schlechte Nachricht.« Die Tonlage ihrer Stimme ließ die jungen Frauen aufhorchen. »Jemand ist am Abend in mein Hotelzimmer eingedrungen und hat alles zerstört, was er finden konnte, meine Kleider, meine Schuhe, meine Kosmetika. Zum Glück hatte ich meinen Laptop und die Brieftasche bei mir, aber alles andere ist ihm in die Finger gefallen.«

»Reisepass?«, fragte Kiki.

»Nein, den habe ich auch noch, ich trage ihn immer bei mir. Aber das Schlimmste kommt noch. Die zerfetzten Kleider waren in einer menschlichen Gestalt auf dem Bett drapiert. Ich konnte keine Nacht mehr in diesem Hotel verbringen, deshalb bin ich hier und bitte Sie, mich wenigstens für ein paar Tage aufzunehmen.«

Francesca schluckte. »Das kann doch kein Zufall sein.«

Donatella wollte noch nicht daran glauben. »Dafür gibt es keinen Beweis«, sagte sie leise.

Kiki warf ein: »Die beiden Gewaltakte hängen eher zusammen als nicht. Es ergibt mehr Sinn, wenn sie in ein geplantes Muster gehören.«

»Aber wer?«, fragte Donatella. »Wer sollte sich diese Mühe machen, uns zu erschrecken oder zu verletzen? Was haben wir getan, um diese Gewalt zu provozieren?«

Kiki sah Donatella unter gesenkten Lidern an. »Sie werden glauben, es gehört wieder zu meinem Verfolgungswahn, wie Temple-Clarke gesagt hat. Aber für mich ist er der erste Kandidat für diese Taten. Er will nicht, dass Sie hier sind, und er weiß, dass ich Ihnen helfe. Er ist die einzige Verbindung zu den beiden Taten.«

»Ich kann es nicht glauben«, sagte Donatella. »Es ist eine Sache, inkompetent und vielleicht auch betrügerisch zu sein, aber eine ganz andere, Menschen umbringen zu wollen.«

Kiki hob die Schultern. »Ich weiß, ich kann es nicht beweisen, es ist nur eine Theorie. Aber wer auch immer dahinter steckt, wir müssen ihn ernst nehmen. Wir müssen sehr vorsichtig sein.«

»Was können wir denn tun, um uns zu schützen?«, fragte Donatella. »Die Polizei in Arezzo schien meine Anzeige nicht sehr ernst zu nehmen, und eure Polizisten hier halten den Angriff für einen Unfall. An wen können wir uns wenden?«

Francesca grinste. »Da kann ich aushelfen«,

sagte sie. »Ich habe schon meinen Freund Salvatore Provenza angerufen. Er ist ein *capitano* bei den *carabinieri*«, erklärte sie Donatella. »Er wird morgen früh hier sein, sobald er seinen Sonderdienst wegen der Bewachung eines hohen Tiers beendet hat. Er hat uns geraten, Fenster und Türen zu verriegeln und im Haus zu bleiben. Ein Streifenwagen wird einige Male in der Nacht vorbeifahren.«

Donatella gähnte und wurde an ihre Müdigkeit erinnert. »Darf ich die Nacht über bleiben?«, fragte sie.

»Natürlich, Donatella«, antwortete Kiki. »Francesca und ich haben auf dem Heimweg darüber gesprochen, noch bevor das alles geschehen ist. Warum ziehen Sie nicht bei uns ein? Wir haben ein Gästezimmer. Es ist nicht eingerichtet, aber das können wir morgen besorgen. Es ist Samstag, und wir fahren …« Sie ließ den Kopf hängen. »Oh, verdammt. Wir haben doch kein Auto mehr! Ich wollte sagen, wir können nach Montevarchi fahren, um dort die nötigsten Möbel zu kaufen. Und Kleider für Sie. Aber Designerklamotten haben sie da nicht.«

»Ich habe eine Idee«, warf Francesca ein. »Ich gehe morgen früh zu Marcellinos Werkstatt. Gewöhnlich hat er ein, zwei Autos da. Vielleicht leiht er uns eins. Er schuldet mir noch einen kleinen Gefallen«, sagte sie mit einem Lächeln.

Kiki grinste. »Und wenn nicht, wird er dir bald wieder was schuldig sein«, neckte sie die Freundin.

Donatella sah die beiden jungen Frauen stirnrunzelnd an. Würde Francesca wirklich auf die Idee kommen, einen Handel Sex gegen Auto vorzuschlagen? Das durfte doch nicht wahr sein. Donatella war sicher, etwas missverstanden zu haben. Sie warf einen flüchtigen Blick auf die junge Italienerin, die halb nackt am Tisch saß, die attraktiven Brüste deutlich sichtbar unter dem dünnen Hemdchen.

Kiki unterbrach ihre Gedanken. »Also, was sagen Sie, Donatella? Wollen Sie mit uns leben? Sie wären uns herzlich willkommen.«

Francesca stimmte zu. »Si, la mia cara. Es wird lustig, wenn Sie auch hier sind.« Sie langte zu ihr und strich Donatella über den Arm. Trotz ihrer Müdigkeit spürte Donatella leichte Schauer auf der Haut.

»Es gibt keinen anderen Platz, an dem ich im Moment lieber wäre als hier bei euch«, antwortete sie. Selbst in ihrem Zustand der Besorgnis fühlte sie sich in der Gegenwart der beiden beruhigt. Und ihre ungewöhnliche Einstellung zum Sex und zum Leben fand sie stimulierend. »Ich liebe Sie, Kiki«, fuhr sie fort. »Danke, Francesca. Was in den Tagen danach geschieht, darüber sollten wir später nachdenken. Aber ich bestehe darauf, dass ich ein Drittel zu Miete und Haushalt beitrage.«

»*Domani*«, sagte Francesca. »Morgen reden wir über die Einzelheiten. Es ist Wochenende, also haben wir viel Zeit.«

»Wo kann ich diese Nacht schlafen?«, fragte Donatella.

»Sie können in meinem Zimmer schlafen«, bot

Kiki an. »Ich habe heute die Wäsche gewechselt, und es ist ein bequemes Bett.«

»Oh, nein, das geht doch nicht«, protestierte Donatella. »Wo schlafen Sie denn?«

»Bei mir«, sagte Francesca lässig. »Ich habe ein breites Bett, nicht wahr, Kiki?«

Kiki grinste. »Oh, ja.«

Donatella war zu müde, um zu streiten. Kiki zeigte ihr das Bett und wo sie ihre Kleider aufhängen konnte, dann gab sie ihr ein paar Toilettensachen.

»Morgen gehen wir einkaufen«, sagte sie. »Während Francesca sich mit Marcellino mündlich beschäftigt, gehen wir zum Markt.« Sie lachte über den Ausdruck auf Donatellas Gesicht. »Keine Sorge, wir sind nicht ganz so verrückt, wie wir uns manchmal anhören. Ich freue mich darüber, dass Sie jetzt bei uns sind.« Die zierliche Frau umarmte Donatella und gab ihr einen Kuss auf die Wange. »Gute Nacht. Wir sehen uns morgen früh.«

Donatella zog sich rasch aus und legte sich nackt auf Kikis Bett. Die Laken dufteten nach frischer Maienluft, und bald war sie eingeschlafen, trotz der murmelnden Stimmen auf der anderen Seite der Wand.

Ein Albtraum, in dem sie von Temple-Clarke und Henry Fogg gejagt wurde, riss sie mitten in der Nacht aus dem Schlaf. Sie stand auf und ging barfuß in die Küche und trank ein Glas Wasser. Auf dem Weg zurück in ihr Bett öffnete sie lautlos die Tür zu Francescas Zimmer.

Sie lagen verschlungen auf dem Bett, die nackten Körper Haut an Haut. Kikis Oberschenkel lag zwischen Francescas gespreizten Beinen, und eine Hand lag auf der Brust der jungen Italienerin.

Donatella lächelte. Wahrscheinlich hatte der Barmann genau das gemeint, als er wissen wollte, ob sie eine ›spezielle Freundin‹ Francescas wäre.

Il Tormento di Gianfranco
(Gianfrancos Qualen)

Am nächsten Morgen ging Francesca in das Zimmer, das Donatella derzeit bewohnte. Zu ihrer Überraschung fand sie die amerikanische Professorin in der Brückenhaltung vor, eine der Grundstellungen beim Yoga. Francesca blieb stehen und bewunderte die angespannten Muskeln, den straffen Po und den dichten Busch krauser Locken sowie die festen, hübsch gerundeten Brüste.

»Frühstück in zehn Minuten«, sagte sie und riss Donatella aus ihrer Konzentration. Die Professorin fiel auf den Teppich und traf sofort Anstalten, ihre Blöße zu bedecken. Dann aber entspannte sie sich und lächelte dankbar, als Francesca ihr ein paar Wäschestücke hinhielt.

»Es sind nur Tangas, ist das schlimm?«, fragte Francesca.

Donatella schüttelte den Kopf. »Danke. Nein, es ist nicht schlimm, aber es ist schon eine Zeit lang her, dass ich solche Sachen getragen habe.«

Sie stand auf und schlüpfte in ein winziges Seidentanga. Sie überprüfte ihr Bild im Spiegel.

»Nicht schlecht«, sagte Francesca und bewunderte wieder die makellose Figur der Amerikanerin.

Donatella lächelte scheu. »Ich brauche nur ein paar Minuten«, sagte sie.

Kurz darauf saßen sie zu dritt am Frühstückstisch und genossen *panini* und Kaffee. Francesca und Kiki waren nur spärlich bekleidet, und Donatella konnte sehen, dass die blauen Flecken dunkler und giftiger geworden waren.

»Salvatore kommt erst nach dem Mittagessen«, teilte Francesca ihnen mit. »Er hat angerufen, als ihr unter der Dusche wart. Ich habe ihm über beide Zwischenfälle berichtet. Er klang besorgt, aber er muss den Politiker an diesem Morgen noch zum Florentiner Flughafen bringen. Sie fürchten wohl einen Überfall der Mafia oder so. Natürlich hält er nichts von der *polizia stradale.*«

»Die *carabinieri* halten alle anderen Polizeien für inkompetent«, sagte Kiki zu Donatella. »Und von der Verkehrspolizei halten sie am wenigsten.«

»Wie habt ihr Salvatore kennen gelernt?«, wollte Donatella wissen.

Francesca warf Kiki einen Blick zu. Was sollte sie der neuen Freundin erzählen? Kiki nickte kaum merklich, und Francesca fand, sie sollte die Wahrheit sagen. »Er hat sich um mich bemüht, als ich aus dem Gefängnis kam«, sagte sie.

Donatellas Mund klappte auf. »Gefängnis?«

Francesca nickte.

»Was haben Sie angestellt?«

»Ach, da waren einige Dinge«, sagte die

Italienerin achselzuckend. »Ich bin von allen Schulen geflogen, wurde in Jugendheime eingewiesen, bin immer wieder abgehauen, und als ich bei einem Einbruch in einem Computerladen erwischt worden bin, haben sie mich ins Gefängnis geschickt. Ich habe sechs Monate abgesessen, für den Rest habe ich Bewährung erhalten. Weil es keinen vollwertigen Bewährungshelfer in Arezzo gibt, landete meine Akte bei Salvatore. Wir freundeten uns an, und nach einiger Zeit, nun ja, da ist es eben passiert.«

Donatella war ganz gerührt. »Was ist mit Ihren Eltern? Wo leben sie?«

»Sie sind beide schon lange tot. Seit meinem zehnten Lebensjahr bin ich Vollwaise. Ich bin in den Straßen von Florenz groß geworden und lebte davon, den Touristen Geld abzuluchsen. Hiermit.« Sie legte ihre Hände um die Brüste. »Als junges Mädchen habe ich Männer mit meinen Brüsten spielen lassen. Für ein paar hundert Lire. Irgendwann habe ich dann herausgefunden, dass ich meinen Lebensunterhalt damit verdienen konnte, wenn ich den Männern mehr gab.«

Sie schaute in Donatellas Augen und sah dort Verständnis. »Es war ein schlimmes Leben, und das Gefängnis war noch schlimmer. Aber es hat mich wach gerüttelt, und ich nahm mir vor, nie wieder in den Bau zu gehen. Als ich Salvatore kennen lernte, war er gut zu mir. Er hat mir geholfen, den Weg zurück zu finden. Ich habe es ihm auf die einzige Art vergolten, die ich kenne. Aber mit ihm hat der Sex immer Spaß gemacht.«

Donatella rief: »Mein Gott, Sie haben einen

starken Willen, dass Sie das alles unbeschadet überlebt haben.«

Francesca lachte, um die Stimmung aufzuheitern. »Es ist ein himmelweiter Unterschied, ob man mit einem Mann schläft, weil man es will, oder weil man es muss. Ich habe auch Glück gehabt, dass ich Kiki kennen lernte. Sie war von Anfang an meine beste Freundin.« Francesca beugte sich zu ihr und wühlte im roten Haar der zierlichen Frau, die breit grinste. »Sie hat mir Englisch beigebracht und viel über Kunst erzählt. Ich habe sogar Vorlesungen im College besucht. Dabei habe ich Ian Ramsey kennen gelernt.«

Kiki nippte still an ihrem Kaffee.

Donatella sagte: »Was Sie beschrieben haben, hätte die meisten Menschen zerbrochen, und Sie sind relativ normal daraus hervorgegangen.«

Francesca lachte wieder. »Abgesehen davon, das ich eine exhibitionistische Nymphomanin bin?«

Donatella winkte den ironischen Einwand ab. »Sagen wir, Sie interessieren sich mehr für Sex als die meisten anderen Frauen. Aber eine Nymphomanin sind Sie nicht, denn eigentlich mögen die den Sex gar nicht. Sie benutzen Sex oft, um sich selbst zu erniedrigen. Aber Sie strahlen, wenn Sie vom Sex reden, und er scheint Ihnen großen Spaß zu machen.«

Francesca nickte. »Jetzt ja«, sagte sie. »Und da wir gerade davon reden – es ist Zeit, zu Marcellino zu gehen. Wir brauchen ein Auto.«

»Werden Sie es ihm wirklich mit dem Mund besorgen?«, fragte Donatella.

»Das kommt darauf an, in was für einem

Zustand sich das Auto befindet«, antwortete Francesca grinsend und weidete sich am Erröten der Amerikanerin. »Donatella, Sie müssen lernen, alles, was mit Sex zu tun hat, lässiger anzugehen. Sie haben einen großartigen Körper – ich weiß es, denn ich habe ihn heute morgen bewundern können.«

Donatella blickte auf die Tischplatte und sagte nichts.

»Meiner Meinung nach ist Ihr Problem ganz leicht zu lösen«, fuhr Francesca fort. »Sie müssen Ihre Sinnlichkeit akzeptieren und nicht so rigoros kontrollieren wollen.«

»Und das soll leicht sein?«

»Ja, ist es«, behauptete Francesca. »Sie brauchen nur einen Mann, der Sie flach legt.«

»Und Sie wollen mir bei der Aufgabe assistieren?«

»Ja, klar! Wollen Sie mit in die Werkstatt kommen?«, fragte Francesca neckend. »Marcellino sieht gut aus, und Mechaniker können gut mit ihren Händen umgehen.«

Es freute Francesca, Donatella lachen zu hören. Humor siegte über Verlegenheit. »Nein«, sagte sie, »diesmal noch nicht. Ich will diese schwierigen Verhandlungen Ihnen überlassen. Aber vielleicht können Sie mir nachher einen detaillierten mündlichen Bericht geben.«

Grinsend stellte Francesca das Geschirr in die Spüle, dann warf sie sich eine Jacke über, die tief ausgeschnitten war. Donatella selbst hatte einen etwas längeren Rock und eine weiße Seidenbluse gefunden, und dann gingen die drei Frauen aus dem Haus. Kiki und Donatella bogen zum Markt ab, während Francesca weiter geradeaus ging, an der Apotheke und beim Bäcker vorbei, ehe sie Marcellinos kleine Werkstatt erreichte.

An diesem Samstagmorgen war der Besitzer allein in seiner Werkstatt. Der große kantige Mann lächelte, als er Francesca sah. Er ging auf sie zu und küsste sie. Dabei achtete er darauf, dass er mit seinen Händen nicht an ihre Kleidung kam. Aber seine Blicke bissen sich an ihren Brüsten fest.

»Geh und wasch deine Hände, Marcellino«, sagte sie mit einem Grinsen, »dann kannst du mehr als nur gaffen.«

Innerhalb von wenigen Sekunden war er wieder zurück und roch nach Seife und Erregung. Er warf seinen Overall über die Motorhaube eines Autos, und Francesca sah die Umrisse seiner Erektion unter der Unterhose. Sie legte die Arme um seinen Hals und rieb den Unterleib gegen seine Erektion.

Seine warmen Hände drückten ihre Brüste. »Meine kleine Francesca«, schnurrte er, »womit habe ich dieses Vergnügen verdient? Hast du endlich begriffen, dass ich der Mann deiner Träume bin und du ohne mich nicht leben kannst?«

Francesca lachte. Marcellino war wirklich ein attraktiver Mann, aber zur Zeit war der Mann, mit dem sie längerfristige Pläne schmiedete, *capitano* Salvatore Provenza. »Eines Tages, Marcellino, eines Tages ... Nein, meine Freunde und ich brauchen ein neues Auto, und ich dachte, wir

könnten uns auf einen kleinen Handel einlassen.«
Sie seufzte, als er mit den Daumen über ihre
Nippel strich.

Marcellinos Grinsen breitete sich übers ganze
Gesicht aus. »Wir reden nicht über Geld, oder?«

Francesca zog den Leib vom Schoß des Mecha-
nikers zurück und ersetzte ihn durch ihre Hand.
»Nein, mein Lieber.« Sie massierte die dicke
Beule und spürte, wie sie sich unter ihren Fingern
noch ausbreitete. Er stöhnte.

»Mein Liebling Marcellino, hast du noch deinen alten Peugeot?«

»Ja, klar«, stöhnte er und stieß die Hüften
gegen ihre Hand.

»Würdest du ihn an drei Damen in Not aus-
leihen – gegen eine kleine Gefälligkeit?«

Er schien zu nicken.

Sie kniete sich und nahm ihn sanft in den
Mund. Die Zunge wischte leicht über die sam-
tene Spitze. Sie massierte seine Hoden und rieb
mit der anderen Hand am Schaft auf und ab.
Marcellino zog an ihren Haaren.

»Komm ins Büro«, sagte er.

Am Schlüsselbrett über dem Schreibtisch hin-
gen mehrere Schlüssel. Marcellino griff nach
einem und reichte ihn ihr. »Der ist für den Peugeot. Er steht draußen. Du kannst ihn ein paar
Wochen behalten, ich brauche ihn nicht. Und
samstags kommst du zu mir und arbeitest die
Leihgebühr ab, okay?«

Francesca lächelte. »Es wird mir ein Vergnügen
sein, Marcellino«, sagte sie. »Hier kommt die
Bezahlung für die erste Woche.« Sie schob ihren

willigen Partner auf den breiten Schreibtisch aus Eiche und grätschte verkehrt herum über ihn, wobei sie seinen Schaft tief einsaugte und den Schoß über seinen Mund sinken ließ.

Marcellinos erfahrene Zunge begab sich an die Arbeit, und die Berührungen ihrer Klitoris schickten Schauer der Lust durch ihren Körper. Wer zahlte hier wen?, fragte sie sich und stöhnte laut. Sie schmatzte und lutschte und schmeckte seine Seife – er hatte sich nicht nur die Hände gewaschen.

Seine Zunge glitt über die geschwollenen Labien und bohrte sich dann so weit hinein, wie es ihm möglich war. Die Bewegungen seiner Hüften wurden drängender, und bald ergoss er sich in ihren Mund. Francesca schluckte die Flut und pumpte den Schaft, bis sie den letzten Tropfen herausgesaugt hatte. Sie hielt ihn auf dem Schreibtisch fest, bis sie selbst zum Höhepunkt gekommen war.

Der Handel war besiegelt, und Francesca rutschte von ihm, stand auf dem Boden und strich ihren Rock glatt. Sie nahm den Schlüssel an sich und beugte sich noch einmal über seinen Penis. »Bis nächsten Samstag«, sagte sie. »*Ciao.*«

Später an diesem Tag fuhr Francesca das Trio zurück zum Haus. Sie hatten sich beim Mittagessen mit Salvatore, ihrem Polizistenfreund, unterhalten, dann waren sie zum Einkaufen in Montevarchi gewesen. Außer dem neuen Futon und der entsprechenden Bettwäsche hatten sie auf Salvatores Anregung neue Handys gekauft. Die Frauen waren jetzt mit Pfefferspray ausgerüstet, und in einem Elektronikfachgeschäft hatten sie Alarmsirenen gekauft, die mit den Türketten ihres Hauses verbunden waren.

Salvatore notierte sich die Beschreibung des alten Mercedes, aber er machte den Frauen wenig Hoffnung, das Auto aufzuspüren. In den ländlichen Bezirken gab es viele verbeulte Autos. Ein neuer Wagen wäre auffälliger gewesen.

»Ich glaube, wir sollten uns abstimmen«, meinte Francesca zu den beiden anderen, als sie den Peugeot durch die schmalen Gassen der Weinberge steuerte, die den wunderbaren Rendola erzeugten. Sie fuhren über den Hügel hinunter nach Bucine, an Feldern von Sonnenblumen vorbei, aber die Frauen hatten nicht die Muße, die Aussicht zu genießen.

»Wenn möglich, sollten wir den ganzen Tag zusammen bleiben«, schlug Francesca vor. »Niemand von uns sollte allein sein, wenn wir es vermeiden können.«

Kiki nickte. »Guter Gedanke, Fran.«

Es gefiel ihr, wenn Kiki sie Fran nannte. Sie fühlte sich dann fast wie eine Amerikanerin. »Weißt du, Kiki, obwohl Salvatore glaubt, dass der Unfall kein normaler Unfall war, will er nicht einsehen, dass Temple-Clarke dahinter steckt.«

»Damit habe ich gar nicht gerechnet«, antwortete Kiki. »Er glaubt auch nicht an einen Zusammenhang zwischen den beiden Verbrechen.«

»Vielleicht können wir ihn heute Abend überzeugen«, sagte Francesca. »Er will in unserem Haus wohnen und seine dienstfreien Nächte bei uns verbringen. Er sagt, auf diese Weise kann er uns am besten beschützen – und gleichzeitig mit mir schlafen. Wie nennt ihr das in Amerika?«

Donatella lachte. »Wir nennen das einen Deal, bei dem du nicht verlieren kannst.«

»Ja, richtig«, sagte Francesca grinsend. »Ich lasse ihn ein paar Nächte bei mir übernachten, wenn ihr nichts dagegen habt. Mir gefällt es, wenn ich ihn in unserer Nähe weiß.«

Francesca und Donatella tauschten Blicke, dann sagte Kiki: »Ja, hört sich gut an. Seine Uniform ist beeindruckend, und er ist gut im Bett.«

Am Montag, als Salvatore wieder zum Dienst musste, fuhr Francesca ihre Freundinnen nach Arezzo und parkte auf einem anderen Platz nahe beim alten Krankenhaus. Als sie in die Stadt gingen, hatte Francesca eine Idee.

»Das ganze Wochenende sind wir so nachdenklich und ernst gewesen«, sagte sie. »Wir brauchen mehr Spaß, um uns ablenken zu können.«

»Ich habe den Ernst nicht so richtig feststellen können, wenn Salvatore Ihnen in die Augen geschaut hat«, meinte Donatella lachend.

»Ja, es ist schwer, ernst zu sein, wenn man nackt ist«, fügte Kiki hinzu.

Francesca schmollte. »Also gut, wenn ihr meinen Vorschlag nicht hören wollt ...«

Kiki lachte. »Natürlich wollen wir ihn hören, wir wollten dich nur ein bisschen auf den Arm nehmen. Schließlich hast du das ganze Wochenende mit Salvatore herumgetollt, und Donatella und ich hatten keinen Mann.«

»Aber ich habe an Ian Ramsey gedacht«, gab Donatella zu.

»Das zählt nicht.« Sie führte die Gruppe auf einer Abkürzung zum College. »Selbst wenn du masturbierst, zählt es nicht.«

Francesca sah die Röte in Donatellas Gesicht steigen. »Kiki«, rief sie, »ich glaube, Donatella hat es sich selbst besorgt, während sie von Ian geträumt hat.« Sie wandte sich an die Freundin. »Los, geben Sie es zu.«

Donatellas Gesicht verfärbte sich noch mehr. »Okay, okay, so eine große Sache war es nun auch wieder nicht. Er ist der einzige Professor des Colleges, der nett zu mir gewesen ist, und seit ich ihn mit Jennifer gesehen habe …«

»Ich weiß, wovon du sprichst«, sagte Francesca. »Ich muss auch oft an sein dickes Gerät denken.«

»Hör schon auf«, schimpfte Kiki. »Erzähle uns deine Idee.«

»Es geht um Gianfranco.«

»Und?«

»Nun, ich stehe heute Morgen in seiner Klasse Modell.«

»Und?«

»Gianfranco hat immer was Hartes in der Hose, wenn er mich ansieht. Er versucht es zu kaschieren, aber alle wissen es. Also, ich dachte mir, dass wir ihm nach dem Unterricht ein paar zusätzliche Instruktionen geben könnten.«

»Ohne mich«, sagte Donatella mit einem bedauernden Lächeln. »Nachdem ich mich dem jungen Mann schon halb nackt in meinem Büro gezeigt habe, halte ich es nicht für eine gute Idee, wenn ich dabei wäre. Außerdem kann ich bei solchen sexuellen Eskapaden nicht mitmachen.«

Die beiden jüngeren Frauen sahen sich lächelnd an.

»Aber ihr zwei könnt ruhig loslegen«, sagte Donatella. »Aber denkt dran, dass ich von nichts weiß. Ich will heute Morgen mit den Einzelgesprächen beginnen. Darauf freue ich mich genauso wie auf den Besuch beim Zahnarzt.«

Ein wenig wehmütig verabschiedete sie sich von den neuen Freundinnen und ging die Treppe zu ihrem Büro hinauf.

Kiki half der Putzfrau beim Saubermachen nach der Zeichenstunde bei Professor Sanzio. Der Professor neigte dazu, immer unter einem Vorwand zu verschwinden, bevor er seine Utensilien wegräumen konnte.

»Was für eine Ausrede hatte er heute?«, fragte Kiki die spärlich bekleidete Francesca.

»Er hat ein wichtiges Arbeitsessen mit dem Direktor«, teilte Francesca mit und verdrehte die braunen Augen. Die junge Italienerin trug nichts außer einem Bademantel über dem langen T-Shirt.

»Ich sehe unseren Jungen«, raunte Kiki und wies mit dem Kopf auf den Lagerraum, wo Gianfranco seine Zeichensachen verstaute.

»Komm«, sagte Francesca entschlossen und

griff nach Kikis Arm. Sie trat hinter den Studenten und sprach ihn leise an. »Gianfranco, bleib noch eine Weile bei uns, wir möchten uns mit dir unterhalten.«

Gianfranco zuckte erschrocken zusammen. »Oh, Signorina Francesca«, murmelte er und drehte sich schnell um. »Ich ... eh ... ich muss gehen.«

»Warum diese Eile, Gianfranco?«, fragte Kiki. »Willst du nicht lieber bleiben und dir die Brüste meiner Freundin ansehen? Du kannst vielleicht noch ein paar Bilder von ihr malen. Vielleicht auch ganz aus der Nähe.«

»Ja, aber ... ich meine nein!«, stieß der hoch aufgeschossene junge Mann hervor und starrte auf Francescas Nippel, die sich durch die dünne Baumwolle drückten.

»Komm schon, Gianfranco«, lockte Kiki und strich mit den Fingern über seinen Arm. »Alle guten Künstler haben jede Chance wahrgenommen, am lebenden Modell zu arbeiten. Francesca und ich wollen dir so eine Gelegenheit bieten.« Sie sah auf die strotzende Erektion, die in seiner Hose gewachsen war.

Francesca schlüpfte aus dem Bademantel und schritt um ihn herum, bis er nicht mehr übersehen konnte, dass sie unter dem T-Shirt nackt war. Man konnte ihre blonden Schamhaare sehen.

»Oh, verdammt«, murmelte Gianfranco.

»Es ist wirklich schade«, klagte Kiki sarkastisch, dass du nicht weißt, was du mit deinem dicken Ding anstellen sollst.«

Ungewollt schaute Gianfranco an sich hinab.

»Oh, ja, das ist eine gewaltige Erektion, die du uns da zeigst«, sagte Kiki, die ihn erbarmungslos neckte. »Wir Feministinnen bezeichnen einen Schwanz wie deinen als eine phallusorientierte Fixierung männlicher Lust.« Sie wartete auf seine Reaktion, und als keine kam, fuhr sie fort: »Bist du auch scharf auf mich, Gianfranco, oder nur auf Francesca? Oder doch nur auf« – sie lächelte boshaft – »la Dottoressa di' Bianchi? Sie hat mir gesagt, dass du neulich ihre Brüste gesehen hast.«

Der junge Italiener schnappte nach Luft. »Ich … Ich wollte das nicht«, platzte er heraus. Er war puterrot geworden, vor allem auch, weil Francesca jetzt dicht vor ihm stand. Sie dachte schon, dass man nicht stärker erröten könnte, aber die Farbe der Gesichtshaut glich jetzt einer Roten Beete. Er schwieg weiter und wandte den Blick ab.

Die beiden jungen Frauen schauten bewundernd auf die Länge seiner Erektion.

»Hast du diesen Hammer auch der Dottoressa gezeigt?«, fragte Kiki und fuhr sanft mit einem Fingernagel über die Beule. »Hast du ihn rausgenommen und dich genüsslich gerieben, während sie zuschaute?«

»Nein, nein, niemals!«, rief Gianfranco entsetzt. Nie …«

»Oh, ich verstehe«, fuhr Kiki fort. »Du hast bis in die Dunkelkammer gewartet, und da hast du dein schönes Organ an die frische Luft gelassen und es so lange gerieben, bis dir der Saft über die Finger gelaufen ist.«

»Ha!«, rief Francesca triumphierend, »genau das hast du getan, du böser Junge.«

»Dann spiel jetzt auch damit, Gianfranco«, befahl Kiki, und Francesca streifte sich das dünne T-Shirt ab.

»Du kannst mit dir spielen und meine Nippel saugen«, schlug sie dem Jungen vor.

»Ich habe eine bessere Idee, *la mi' amica*«, sagte Kiki. Von Francescas Nacktheit inspiriert, zog sie den Reißverschluss von Gianfrancos Hose auf. Der Junge stand wie erstarrt da, sein Gesicht zeigte eine Mischung aus Furcht und Lust, und wie gebannt starrte er auf die zierliche Rothaarige, die ihm den Schaft aus der Hose holte.

»Mmm«, murmelte Kiki. Sie schloss die Hand um den kräftigen Stamm und fuhr langsam auf und ab. »Richtige Männer wissen, wie man eine Frau liebt«, murmelte sie weiter, den Mund ganz dicht an seinem Ohr. »Aber du schüttelst dir lieber in der Dunkelkammer von der Palme.«

»Wir könnten ihm so viel mehr beibringen.« Francesca kniete sich zwischen Gianfrancos Beine und drückte ihren Busen um seinen Schaft. »Willst du auf meinen Titten kommen, Gianfranco?«

Kiki pumpte den Schaft des armen Kerls immer härter und schneller, ihre Hand nur noch ein Schemen.

Mit einem erstickenden Schrei wand sich Gianfranco aus Kikis festem Griff, aber da schoss es auch schon aus ihm heraus; er traf Kikis Oberarm und Francescas Schulter. Als wäre der Teufel hinter ihm her, packte der junge Student den Penis zurück in die Hose und rannte aus dem Zimmer.

Die beiden Frauen säuberten sich mit Papiertüchern und hörten die hastig fliehenden Schritte auf dem Flur. Kiki und Francesca schauten sich schuldbewusst an, aber dann mussten sie lachen.

»*Che peccato!*«, rief Francesca. »Glaubst du, wird sind etwas zu weit gegangen?«

L'Obsessione
(Die Obsession)

Zwei Tage später saßen Donatella und Kiki in einer kleinen Bäckerei an der Corsa Italia beim Frühstück. Donatella, lässiger gekleidet als sonst, trug ein T-Shirt aus leichter Baumwolle mit einem kurzen Sommerrock und Sandalen mit feinen Riemchen. Sie wollte sich von der toskanischen Sonne bräunen lassen.

Kikis Tank Top ließ mehr als eine Handbreit Bauch frei, dazu trug sie die unvermeidliche Radlerhose, dicke schwarze Socken und schwarze Joggingschuhe. Wie gewöhnlich drückten sich die Nippel durch das dünne Gewebe des Tops und lenkten die Blicke der Männer auf sich.

Seit sie mit den Frauen im Haus lebte, war es für Donatella schon ein gewohnter Anblick, die beiden mehr oder weniger nackt zu sehen. Aber im Moment waren ihre Gedanken mit anderen Dingen beschäftigt.

»Es läuft, wie ich geahnt habe«, meinte die amerikanische Professorin. »Meine Gespräche, die ich in den letzten Tagen geführt habe, bringen keine brauchbaren Informationen. Einige Profes-

140

soren waren ausgesprochen feindselig. Ich dachte, sie würden wenigstens höflich sein, schließlich könnte ihre Karriere von meinem Bericht abhängen. Sie werden von den Treuhändern bezahlt, aber sie reden, als wäre Temple-Clarke ein Gott für sie. Ich werde noch wahnsinnig.« Sie brach ein Stück Brot ab und kaute wütend.

Kiki sagte nachdenklich: »Ich habe weiter an meiner Theorie gearbeitet. Salvatore und die *polizia* mögen es nicht glauben, aber ich bin davon überzeugt, dass der Einbruch in Ihr Zimmer einzig aus dem Grund geschah, Sie in die Flucht zu treiben. Je länger ich über unseren ›Unfall‹ nachdenke, desto sicherer bin ich, dass der Fahrer uns aus voller Absicht von der Straße gedrängt hat. Wenn er nur zwei Sekunden länger gewartet hätte, wären wir die steile Böschung hinunter auf die Felsen geknallt.«

»Aber das muss nicht heißen, dass beide Vorfälle in einem Zusammenhang stehen.«

»Ach, Donatella!«, rief Kiki verärgert. »Kapieren Sie denn nicht? Temple-Clarke ist wütend auf mich, weil ich diese Untersuchung in Gang gesetzt habe. Er wäre mich wahnsinnig gern los.«

»Ja, gut. Aber daraus können Sie nicht schließen, dass er Sie umbringen will«, widersprach Donatella. »Er wird sicher nicht im Mercedes gesessen haben. Zur Tatzeit haben mehrere Professoren ihn bei einem Empfang in der Stadt gesehen. Und als mein Zimmer auf den Kopf gestellt wurde, hatte er eine Vorlesung.«

Kiki schob den Einwand mit einer Handbewegung fort. »Er brauchte nicht selbst den

Mercedes zu fahren oder in Ihr Zimmer einzubrechen. Er hat jemanden dafür bezahlt. Ob er mich umbringen wollte, weiß ich nicht, aber in jedem Fall wollte er mir Angst einjagen, damit ich mich von der Untersuchung zurückziehe.«

Donatella blieb skeptisch. »Sie meinen, Temple-Clarke hätte professionelle Attentäter und Einbrecher angeheuert, um uns Angst einzujagen? Das kann ich nicht glauben. Himmel, der Mann ist Kunsthistoriker.«

Kiki schnaufte verächtlich. »TC ist ein böser, gerissener Bastard. Er ist schon lange hier und kennt viele Leute. Ich traue ihm alles zu. Wir müssen sehr vorsichtig sein.«

Donatella nickte zustimmend. »Wenn es nur mehr Leute gäbe wie Professor Ramsey. Ich habe ihn gestern gesehen, da war er im Archiv hinter seinem Büro und suchte irgendwas. Ich muss ihn wohl erschreckt haben, denn er starrte mich an wie ein Schulkind, das mit der Hand im Marmeladenglas erwischt worden ist. Trotzdem blieb er freundlich.« Donna fügte nicht hinzu, dass sie versucht gewesen war, den Engländer in eine Ecke zu zerren und zu küssen. Sie schob die verlockenden Bilder aus ihren Gedanken und bemühte sich um mehr Professionalität.

Als Kiki nichts sagte, fuhr Donatella fort: »Ich habe noch nicht herausgefunden, wohin das Geld fließt. Das ist der Kern meiner Untersuchung. Ich habe die exakten Daten aus Boston, aber hier erhalte ich keine Informationen. Im letzten Jahr war nichts Auffälliges in der Bilanz, aber ich möchte, dass Sie sich heute wieder mit den

Zahlen beschäftigen. Wir sollten die letzten fünf Jahre unter die Lupe nehmen und alle Unterlagen auftreiben – vor allem jene, die Temple-Clarke uns nicht zeigen will.«

»Ich werde mit Gina und Sophia reden«, sagte Kiki. »Sie werden wissen, wo solche Unterlagen sind. Vielleicht hat er die brisanten Belege gar nicht ins Archiv bringen lassen. Er wird sie sonstwo versteckt haben. Was steht heute auf Ihrer Tagesordnung?«

Ein Lächeln legte sich über Donatellas Gesicht. »Heute werde ich Professor Ramsey befragen. Ich bin gespannt, ob er mir helfen kann.« In doppelter Hinsicht, dachte sie. Sie sah immer noch seinen gewaltigen Schaft, der in Jennifer Wrenn pumpte. Ein Lustschwall schoss durch ihren Leib.

»Erinnern Sie sich an Jennifer Wrenn?«, fragte Kiki.

Donatella nickte, verdutzt von Kikis Frage. Es war, als hätte ihre Freundin ihre Gedanken gelesen.

»Nun, ich habe ein Treffen mit ihr und einigen anderen Studenten arrangiert. Für morgen Nachmittag. Passt Ihnen das?«

Donatella war erleichtert. »Fein. Männer und Frauen?«

»Hauptsächlich Frauen. Warum?«

Ein Stich der Eifersucht fuhr durch Donatella, als sie sich fragte, wie viele der älteren Studentinnen schon mit dem gut aussehenden Engländer geschlafen hatten. »Ach, nichts«, sagte sie. »Nicht wirklich wichtig.«

»Wenn Sie Ian auf einen Drink einladen«, sagte Kiki mit einem Glitzern in den Augen, »könnten Sie ihn mit ins Haus bringen, oder? Wir hätten nichts dagegen.«

»Davon bin ich überzeugt«, antwortete Donatella lachend. »Er ist sehr beliebt, aber wieso kommen Sie auf die Idee, ich würde ihn auf einen Drink einladen?«

Jetzt war es an der jüngeren Frau zu lachen. »Wir haben erst vor ein paar Tagen gehört, dass Sie sich streicheln, wenn Sie an ihn denken. Was also wäre der nächste logische Schritt, Professor di' Bianchi?«

Donatella musste lachen. Noch vor einer Woche hätte eine solche Unterhaltung sie zutiefst schockiert. Aber jetzt, seit sie in der Toskana bei Kiki und Francesca lebte, schien es fast selbstverständlich zu sein, über Masturbationsfantasien zu reden und darüber, mit einem gut aussehenden Kollegen zu schlafen.

Und ich will mit ihm schlafen, gestand Donatella sich ein. Ihre Loyalität zu Henry Fogg in Boston schwand, je intensiver ihr Verlangen wurde. Ihre Fantasien waren immer verrückter geworden, erst vergangene Nacht hatte sie sich zu einem besseren Orgasmus gebracht, als es Henry je geschafft hatte. Im großen Spiegel hatte sie sich beobachtet, wie sie die Klitoris gereizt hatte. Donatella stimulierte sich mit diesem Bild, sie brauchte sich nur vorzustellen, dass Ian Ramsey unter ihr lag und tief in sie eindrang – so tief wie ihr Dildo.

»Haben Sie einen süßen sexy Tagtraum?«, fragte

Kiki. »Leugnen Sie es nicht«, warnte sie, als Donatella den Mund öffnete, um genau das zu tun. »Ich bin Expertin auf diesem Gebiet. Ich erkenne den Blick, wenn ich ihn sehe. Sie haben gerade daran gedacht, wie es wäre, seinen Schwanz zu spüren. Wie er Sie ausfüllt, wie er Sie zum Orgasmus bringt. Kein Grund, sich zu schämen. Ich lebe auch in solchen Fantasien, manchmal sogar, wenn ich gerade mit einem anderen Kerl im Bett liege.«

Donatella wollte ihr sagen: Ja, genau so war es. Ich spielte mit mir selbst, während ich mir vorstellte, auf ihm zu reiten. Aber das brachte sie nicht fertig. Selbst Kiki gegenüber nicht. Noch nicht.

Später an diesem Morgen wurde Donatella durch ein Klopfen an ihrer Bürotür gestört. Irritiert blickte sie auf, dann wurde ihr bewusst, dass es schon halb zwölf war, Zeit für ihr Gespräch mit Ian Ramsey. Sie hatte vorgehabt, ihre Haare zu frisieren und eine zurückhaltende Bluse anzuziehen, die sie eigens für die Begegnung mit ihm mitgebracht hatte.

Donatella setzte rasch einen alternativen Plan in die Tat um; sie langte unter ihr T-Shirt, zog den Büstenhalter aus und versteckte ihn in der Schublade. Sie sah, wie ihre Brüste frei schwangen. Sie zwickte die Nippel, bis sie sich gegen den Stoff des T-Shirts aufrichteten. Dieses Signal würde Ian Ramsey nicht übersehen können.

»Kommen Sie herein«, rief sie.

Ramsey betrat ihr Büro mit einstudierter Lässigkeit, ein freundliches Lächeln auf dem Gesicht. Er setzte sich und schlug die Beine übereinander, eine übertriebene Geste scheinbarer Entspannung. Er lehnte sich zurück, die Hände hinter dem Kopf verschränkt. Donatella schaute ihn an und sah, wie er ihre Brüste anstarrte. Sein Lächeln wurde breiter.

»Schießen Sie los, *Dottoressa*«, sagte er, »ich bin ganz Ohr.« Er schaute auf seine Uhr. »Wenigstens eine halbe Stunde lang. Ich bin zum Mittagessen verabredet.«

Die Mittagspause reicht für einen Quickie, dachte Donatella und stellte sich vor, wie sein Schaft in ihr steckte. Sie schüttelte sich. »Professor Ramsey, ich …«

»Nennen Sie mich Ian, bitte. Darf ich Sie Donatella nennen?«

»Danke, Ian. Darf ich Sie fragen, aus welcher Gegend Englands Sie kommen? Ich kann Ihren Akzent nicht zuordnen.«

Ramsey lächelte. »Ich höre gern, dass der Akzent noch da ist, nachdem ich schon viele Jahre hier lebe«, sagte er. »Ich komme aus Newcastle. Meine Aussprache ist typisch für Yorkshire.«

»Und wie ist Ihr Italienisch?«

»Ganz gut. Ihres ist übrigens ausgezeichnet.«

»Danke«, sagte Donatella und schaute auf Ihre Notizen. »Sie arbeiten seit drei Jahren an diesem College.«

Ramsey nickte. »Davor habe ich in Florenz und Siena gearbeitet, und davor an der Universität in

Cortona. Aber dann entschied ich mich, in Arezzo sesshaft zu werden. Mir gefällt es hier. Nicht allzu viele Touristen.«

Donatella lächelte. »Und was halten Sie vom College? Warum sind Sie hergekommen?«

»Temple-Clarke hat mir den Job angeboten, so einfach war das. Ich fand es eine Verbesserung für mich, weniger Reisen, mehr Ruhe. Das College hat eine Menge Möglichkeiten.«

»Die aber noch nicht ausgereizt sind, oder?«

»Nein, noch nicht. Ich glaube, wir sollten mehr tun. Aber solche Dinge kann ich nicht entscheiden. Ich bin nur ein kleiner Professor. Stewart sagt, wo es lang geht.«

»Kennen Sie ihn schon lange?«

»Wir sind uns im Laufe der Jahre einige Male begegnet. Zwei englische Keramikkünstler arbeiteten damals an einem College, an dem Temple-Clarke und ich unterrichteten.«

»Und was halten Sie von ihm? Glauben Sie, dass er diesen Job hier gut ausfüllt?«

Falls Ramsey ihre Untersuchung für überflüssig hielt, ließ er sich das nicht anmerken. »Er ist ein wenig arrogant, wenn Sie meine Meinung hören wollen, aber er ist ein guter Lehrer. Leider auch einer, mit dem die Studenten nicht warm werden.«

Das genaue Gegenteil von dir, dachte Donatella. Ich wette, Jennifer Wrenn wird's ganz warm ums Herz, wenn du sie mit deinem Schaft zum Glühen bringst. Statt dessen fragte sie: »Verfügen Sie über das Material, das Sie für Ihre Klasse brauchen?«

»Seltsam, dass Sie mich das fragen«, antwortete Ramsey. »Geld ist immer knapp. Stewart schiebt es auf die Leute in Boston zurück. Er sagt, sie hätten keine Ahnung, was es kostet, den Lehrplan zu erfüllen, sie berücksichtigten nicht die verschiedenen Umrechnungskurse und so weiter. Ich sehe zu, dass ich mit meinem Etat über die Runden komme, aber jetzt brauche ich neue Brennöfen für die Keramikklasse. Sie kosten Millionen von Lire.« Er zeigte ihr ein strahlendes Lächeln. »So genau kenne ich mich mit Zahlen nicht aus. Ich bin wohl keine große Hilfe für Sie?«

Donatella lehnte sich zurück und schob ihren Stuhl vom Schreibtisch zurück. Ihr T-Shirt hob sich und gab den Nabel frei, und die Nippel stießen frech gegen den Stoff. Donatella war von Ramseys bewundernden Blicken verzückt.

Sie schlug die Beine übereinander. Der Rocksaum rutschte noch ein wenig höher und enthüllte mehr von ihren kräftigen Schenkeln. »Jede Kleinigkeit hilft mir, ein Bild zusammenzufügen«, sagte sie. »Ich möchte gern wissen, wofür die Gelder aus Boston verwendet werden, wohin sie fließen. Aber Temple-Clarke erweist sich nicht als kooperativ. Sie sind einer der wenigen Menschen an diesem College, die freundlich mit mir reden. Deshalb möchte ich mich länger mit Ihnen unterhalten, ob Sie nun was von Zahlen verstehen oder nicht.« Sie lächelte. »Vielleicht heute Abend bei einem Glas Wein? Was halten Sie davon?«

Ramsey sah sie bedauernd an. »Das wäre schön, aber heute Abend geht es leider nicht.«

»Oh. An irgendeinem anderen Abend?«

»Ich werde in meinem Kalender nachschauen, dann melde ich mich bei Ihnen.«

»Ja, fein.« Aber der Ton in Ramseys Stimme hatte sich verändert, sie wusste, dass er sich nicht bei ihr melden würde. Verdammt, dachte sie. Er hatte ihr einen höflichen Korb verpasst.

Sie suchte Zuflucht bei einer professionellen Haltung. »Ich bin sicher, dass ich noch einmal mit Ihnen sprechen muss, sobald es um die Inhalte und Lernziele geht. Ich lasse Sie wissen, wann ich so weit bin.« Ohne auf eine Antwort zu warten, stand sie auf, um zu zeigen, dass das Gespräch beendet war. »Ich will Sie nicht von der Verabredung zum Mittagessen abhalten.« Ihre verräterischen Nippel zeigten ihre sexuelle Erregung. Sie streckte ihre Hand aus. »Wir sehen uns in ein paar Tagen, Professor Ramsey.«

»Es wird mir ein Vergnügen sein, Donatella«, erwiderte der Engländer, nahm ihre Hand und hielt sie einen Moment länger, als die Höflichkeit verlangte. Seine Finger strichen leicht über ihre Handfläche.

Trotz ihrer Verärgerung schlug ihr Herz schneller, weil ihr Gehirn die widersprüchlichen Signale registrierte, die er aussandte. Erst wies er sie ab, dann flirtete er mit ihr, dass es unter ihrer Haut zu glühen begann.

Verdammt, verdammt, verdammt.

In ihr tobte ein heftiger Tumult, als Ramsey gegangen war. Sie griff ihre Aktentasche und verließ ihr Büro, entschlossen, herauszufinden, wohin Ramsey so eilig unterwegs war. Sie blieb abrupt stehen, als sie ihn zusammen mit dem Direktor aus dem Gebäude treten sah, beide in ein Gespräch vertieft. Sprachen sie über sie?

Sie blieb in diskretem Abstand und sah, wie die beiden eine kleine *trattoria* betraten, offenbar, um dort zu Mittag zu essen. Sie schaute unauffällig durchs Fenster, als sie vorbeiging. Das Lokal war zu klein, als dass sie heimlich das Gespräch der beiden Engländer hätte belauschen können. Verärgert stampfte sie zurück und hoffte, Kiki zu finden.

Ihre Assistentin saß bei Gina und Sophia im Vorzimmer. Sie teilten sich einen *insalata caprese* und eine Flasche Chianti. »Wenn die Katze aus dem Haus ist«, sagte Kiki grinsend. »Temple-Clarke ist für eine Weile außer Haus. Möchten Sie auch was?«

Ohne auf eine Antwort zu warten, fand sie ein sauberes Glas und schenkte den klassischen Rotwein ein.

Donatella sah zu, wie Kiki Tomatenscheiben auf einen Teller legte, eine Hand voll Mozzarella dazu gab und den Teller mit Basilikum verzierte und mit etwas Olivenöl übergoss. Erst jetzt spürte Donatella, dass sie riesigen Hunger hatte.

»Greifen Sie auch zum Brot«, forderte Kiki sie auf und wies auf das noch warme *ciabatta*.

»Haben Sie etwas gefunden?«, fragte Donatella, bevor Kiki die Frage nach dem Verlauf des Gesprächs mit Ramsey stellen konnte.

Kiki richtete sich stolz auf. »Mit der Hilfe meiner beiden Assistentinnen hier«, sagte sie und legte je einen Arm um Ginas und Sophias Schulter. »Ich habe einige Dinge gefunden, die wir in Temple-Clarkes Augen besser nicht gefunden hätten, Donatella. Am Vormittag hat Gina nach den Unterlagen gesucht, aber hat zunächst nichts gefunden. Aber bei der Suche fiel ihr auf, dass einige Ordner falsch beschriftet waren – mit voller Absicht, wie ich glaube. Hätte Gina nicht so intensiv Akte für Akte in die Hand genommen, wäre sie nicht auf das gestoßen, was wir suchen.«

Donatella war beeindruckt, und Kiki fügte hinzu: »Sobald Temple-Clarke sein Büro verlassen hatte, hat Sophia Kopien aller Belege angefertigt und die Akte wieder an ihren Platz gestellt, deshalb wird niemand wissen, dass wir sie gefunden haben.«

»Was belegen die Unterlagen?«, wollte Donatella wissen.

»Ich hatte nur ein paar Minuten, aber beim flüchtigen Durchblättern ist mir aufgefallen, dass seit einigen Jahren eine beträchtliche Summe nach Rom fließt. Für nicht näher aufgeführte ›Künstlerische Dienste und Geräte‹. Wenn wir herausfinden, welche Dienste und Geräte das waren, sind wir unserer Sache schon ein Stück näher. Und wir müssen uns davon überzeugen, ob es die Firma überhaupt gibt. Aber jetzt haben wir einen Anhaltspunkt, und wir können endlich einen bestimmten Fall untersuchen.«

Donatella stimmte zu. »Großartige Arbeit, Kiki. *Grazie, Gina, e tu, Sophia.*«

»Gern geschehen, Donatella«, erwiderten die Sekretärinnen wie aus einem Mund.

»Ich habe ihnen gesagt, dass Sie auf der richtigen Seite stehen«, sagte Kiki grinsend. »Jetzt gehören Sie zum Team.«

Donatella lächelte. »Es ist mir eine Ehre.«

Die vier Frauen plauderten eine halbe Stunde lang über Klatsch und Tratsch am College. Donatella erfuhr, dass der Direktor vor ein paar Jahren, als einige der älteren Professoren in Pension gegangen waren und durch jüngere ersetzt wurden, die Struktur der Finanzverwaltung verändert hatte – der Einfluss und die Einsicht des Lehrkörpers war aufs Minimum beschränkt, und niemand hatte protestiert.

»Gehen wir an die Arbeit«, sagte Donatella nach einer Weile. »Ich kann es nicht erwarten, die neuen Belege kennen zu lernen. *Ciao, Gina, ciao, Sophia. Tante grazie.*«

»*Prego, Donatella, ciao, Kiki.*«

Zwei Stunden später hatten Kiki und Donatella den Teppich des Büros mit Daten und Belegen bedeckt und versuchten, ein Ordnungssystem zu finden. »Was für ein wildes Durcheinander!«, rief Kiki, die mitten zwischen den Unterlagen auf den Knien lag.

»Nur Geduld«, mahnte Donatella. Sie saß am Schreibtisch und ließ die Finger über die Tastatur flitzen. »Wir haben den Anfang einer Liste der Zahlungen an die römische Firma. Falls das fingierte Rechnungen oder Zahlungen sind, werden wir es bald herausfinden. Ich habe die Zahlen schon in meinen Laptop eingegeben und kann

Ihnen eine Liste ausdrucken. Das ist besser, als auf den Knien zu rutschen.«

Kiki richtete sich auf, und dabei fiel ihr Blick auf etwas, was aus einer Schublade baumelte. Mit einem breiten Grinsen zog sie den Büstenhalter der Freundin heraus und hielt ihn an einem Finger fest. »Was haben wir denn hier?«, fragte sie spöttisch. »Noch ein Striptease im Büro?«

Donatella wollte sich zuerst herausreden, aber dann sagte sie die Wahrheit. »Ich habe ihn kurz vor meinem Gespräch mit Ramsey ausgezogen«, gab sie zu. »Ich dachte …« Ja, was hatte sie sich dabei gedacht?

»Sie haben gedacht, Sie wackeln ein bisschen mit den Brüsten, und schon würde er in Ihrem Bett landen«, was sehr genau Donatellas Absicht beschrieb. »Und? Hat es gewirkt? Treffen Sie ihn heute Abend?«

»Aber nein!«, rief Donatella. »Er war sehr nett, bis ich davon sprach, ihn auf einen Drink einzuladen.«

»Nur auf einen Drink?«

»Nun, zuerst den Drink, und dann …« Sie hob die Schultern. »Also, ich habe meine Absichten schon deutlich gemacht.«

»Und er hat nein gesagt?«

»So gut wie. Er sagte, heute Abend hätte er keine Zeit, und als ich sagte, er sollte einen anderen Termin nennen, blockte er ab. Vielleicht bin ich nicht sein Typ. Vielleicht bin ich zu alt. Ich weiß es nicht.« Donatellas Stimme ließ Unmut erkennen. »Ich finde, ich habe noch eine gute

Figur, oder? Stimmt was nicht an mir?« Sie sah Kiki hilflos an.

Kiki lief rasch zur Freundin. »Sie sehen großartig aus«, sagte sie. »Unheimlich cool. Mit den offenen Haaren sind Sie noch mehr sexy. Ein Kerl, der nicht mit Ihnen ausgehen will, hat nicht alle Tassen im Schrank. Das hat Francesca vor ein paar Tagen auch gesagt. Sie sagt, sie würde bestimmt noch versuchen, Sie zu verführen.«

Donatella errötete. »Seid ihr … ich meine …«

»Gehen wir zusammen ins Bett? Sind wir lesbisch? Sind wir bisexuell? Welche Frage soll es sein?«

»Jede.«

»Ja, manchmal. Nein, definitiv nicht. Ja, ich schätze, das müssen wir wohl sein. Alle Fragen beantwortet«, schloss die zierliche Rothaarige.

Bevor Donatella das alles verdaut hatte, fuhr Kiki fort: »Franny hat im Gefängnis mit Mädchen angefangen. Ich glaube, das ist im Knast wohl unvermeidlich und wird dir von deinen Überlebensinstinkten eingegeben. Ich selbst war strikt hetero, bevor ich mit Fran zusammenzog. Sie ist eine schöne Frau, und sie strahlt Sex aus, ganz egal, was sie tut. Eines Abends waren wir beide high und haben uns ins Bett fallen lassen. Und dann erlebte ich eine der besten Zeiten meines Lebens. Fran ist eine talentierte junge Frau. Sie ist die einzige Frau, mit der ich bisher zusammen war. Ich glaube, ich würde einen Mann vermissen, aber nach dem katastrophalen Fehler mit Claudio überlege ich schon, ob ich nicht für eine Weile die Finger von Männern lassen soll.«

Jede Reaktion auf diese Bekenntnisse blieb Donatella im Hals stecken, denn mit einem Knall wurde die Bürotür aufgestoßen, und urgewaltig wie ein Gewittersturm fegte Temple-Clarke ins Zimmer. Wirkte er bisher gelangweilt feindselig auf Donatella, so beherrschte jetzt wilder Zorn das rote Gesicht.

»Zur Hölle, was soll das denn alles?«, rief er und zeigte auf die Papiere auf dem Boden. Er bückte sich und griff wahllos einige Papiere, wodurch Kikis Ordnungsversuche zerstört wurden. »Woher haben Sie diese Unterlagen?«

»Ich habe sie gefunden«, sagte Kiki trotzig. »In den Unterlagen des Colleges.«

»Sie hat in meinem Auftrag gehandelt«, stellte Donatella rasch fest, bevor Kiki etwas sagen konnte, was sie später bedauern würde. Vor allem wollte sie Gina und Sophia vor dem Zorn dieses Mannes schützen. »Haben Sie damit ein Problem?« Ihre diamantharte Stimme verdutzte Temple-Clarke für einen Moment.

»Sie haben kein Recht!«, fauchte er dann. »Das sind private Papiere! Ich bestehe darauf, dass Sie sie sofort zurückgeben!«

»Den Teufel werden wir tun!«, rief Kiki. »Das sind die Beweise dafür, dass Sie das College betrogen haben. Auf Kosten unserer Ausbildung. Wir werden das genau prüfen und Sie dann bloßstellen, Sie verdammter Betrüger!«

Temple-Clarke wandte sich an die junge Studentin. »Raus!«, brüllte er. »Raus aus diesem Büro! Raus aus diesem College!« Er hob eine Hand, als wollte er sie schlagen.

Kiki nahm sofort eine Haltung ein, die sie von ihrem Kampfsport kannte. Ihr goldener Nasenring glitzerte, als sie geduckt aus seiner Reichweite tänzelte.

Donatella nutzte den Platz, der zwischen ihnen entstanden war. Sie fixierte den Direktor mit ihrem strengsten Blick, den sie gewöhnlich für aufsässige Studenten reservierte. »Hören Sie mir gut zu, Mister Temple-Clarke. Wer diesen Raum verlässt, sind Sie«, sagte sie leise, und ihre Stimme zerschnitt das angespannte Schweigen wie ein Messer. »Entfernen Sie sich auf der Stelle aus meinem Büro!«

Der hagere Engländer wich zurück, für einen Augenblick verwirrt und sprachlos.

Donatella setzte sofort nach. »Wir sollten ein paar Fakten klarstellen. Sie kommandieren meine Assistentin nicht herum. Und Sie heben erst recht nicht die Hand gegen sie. Sie arbeitet für mich und für die Treuhänder in Boston. Ich bin Ihnen gegenüber weisungsbefugt. Dies ist nicht Ihr College.«

Absolute Stille. Temple-Clarkes Mund bewegte sich wie bei einem Fisch. Er rang nach Luft. Donatella roch Alkohol in seinem Atem.

»Sie sind nur ein gut bezahlter Angestellter«, fuhr sie fort. »Und dazu noch ein lausiger Direktor dieses Colleges. Noch ein Anzeichen von Gewalt, und ich werde Ihren Vertrag schneller auflösen, als Sie laufen können. Ich werde Sie aus Ihrem Büro werfen und die Schlösser austauschen. Sie werden Ihre Habe auf der Straße wiederfinden, und eine Anklage hänge ich Ihnen auch noch an. Haben Sie mich verstanden?«

Kein Wort drang aus dem Mund des Direktors, obwohl sich seine Lippen einige Male verzogen.

»Die Antwort, die ich hören will, lautet: ›Ja, ich verstehe, Doktor di' Bianchi.‹ Können Sie das sagen?«

»Du verdammtes Luder! Du verdammtes amerikanisches Luder!«, kreischte Temple-Clarke, als er endlich die Stimme wiedergefunden hatte. Seine gut aussehenden Gesichtszüge waren zu einer Fratze verzerrt. »Niemand spricht so mit mir. Ich werde dir das verdammte Maul stopfen, dir und deiner Schlampe von Assistentin.«

Ein tiefes Knurren ließ befürchten, dass Kiki drauf und dran war, sich auf den Engländer zu stürzen. Obwohl Donatella kaum bezweifelte, dass die junge Frau in der Lage war, ihren Gegner in die Knie zu zwingen, streckte sie einen Arm aus, um die Freundin zurückzuhalten.

»Das reicht!«, sagte Donatella, und ihre Stimme klang so giftig, dass sie selbst überrascht war. »Betrachten Sie sich ab sofort als suspendiert, Professor. Bis zur formellen Anhörung. Ich werde sofort einen Bericht nach Boston schicken. Ich habe die Befugnis, Sie vom Dienst zu entbinden.« Donatella war nicht sicher, ob das tatsächlich in ihrer Kompetenz lag, aber davon ließ sie sich im Moment nicht irritieren. »Verlassen Sie auf der Stelle dieses Gebäude.« Sie hielt ihm die Tür auf.

»Du dumme Kuh!«, zischte Temple-Clarke. »Du weißt ja nicht, was du sagst. Du hast keine Ahnung, mit wem du es zu tun hast!«

Er bückte sich schnell, packte so viele Papiere,

wie er fassen konnte, zerriss sie und ließ sie auf den Boden fallen. Ein Papier behielt er in der Hand und hielt die Feuerzeugflamme daran, ehe er es auf den Teppich warf. Die Flamme breitete sich schnell aus, während Kiki und Donatella verzweifelt versuchten, das Feuer auszutreten.

Temple-Clarke lief hinaus und rief noch eine Warnung: »Passt gut auf euch auf, es kann schnell was passieren, ihr verdammten Weiber!«

Der hektische Tanz der Frauen über den Flammen war nicht erfolgreich, deshalb zog Donatella kurz entschlossen ihr T-Shirt aus und erstickte damit die letzten Feuer. Kiki trat auf ein paar glimmende Seiten, damit sich keine neuen Feuer entzünden konnten. Donatella hustete vom Rauch und öffnete das Fenster, damit frische Luft hereinwehen konnte. »Schließen Sie die Tür, Kiki.«

Sie ließen sich müde in ihre Sessel fallen und betrachteten das Chaos. Schweiß rann zwischen Donatellas Brüsten hinunter.

»Ich wäre mit ihm fertig geworden«, protestierte Kiki. Man hörte ihr an, dass sie verärgert war.

»Das weiß ich«, sagte Donatella. »Er läge jetzt im Krankenhaus, und Sie würden im Gefängnis landen. Solche Sachen will ich nicht, verstanden?«

Kiki nickte.

»Gut. Jetzt müssen wir schnell vorgehen. Ich bringe das hier in Ordnung. Sie gehen zu Gina und Sophia. Sie sollen mehrere Zettel ausdrucken mit der Nachricht, dass Temple-Clarke suspendiert ist und dass morgen um zwölf Uhr eine dringende Sitzung des Lehrkörpers stattfindet. Sie sollen an den üblichen Stellen ausgehängt werden. Ich fürchte, unser Treffen mit den Studenten müssen wir verlegen. Ich treffe Sie später im Vorzimmer, oder, wenn ich Sie dort verpasse, um Viertel vor acht im Bahnhof, okay?«

Langsam wich die Anspannung von Kiki. Sie nickte. »Übrigens – hübsche Titten«, sagte sie, dann drehte sie sich um und grinste von Ohr zu Ohr.

Donatella betrachtete sich. Die Sandalen waren versengt, ihre Fußsohlen prickelten, aber die Haut war nicht verbrannt. Ihr T-Shirt war allerdings ruiniert, aber bevor sie in Panik geraten konnte, fiel ihr ein, dass sie eine Bluse für ihr Gespräch mit Ramsey mitgebracht hatte. Erleichtert zog sie die Bluse an und verstaute den Büstenhalter in ihrer Aktentasche.

Als sie die beschädigten Papiere einsammelte, stellte Donatella fest, dass die relative Abgeschiedenheit ihres Büros auch Vorteile hatte. Niemand schien das dramatische Geschehen gehört zu haben. Sie ordnete die Papiere auf ihrem Tisch, überprüfte noch einmal den Computer, nahm die Diskette heraus und legte sie in ihre Aktentasche. Dann zog sie noch ein paar digitale Kopien und ließ sie in Kikis Rucksack gleiten.

Sie öffnete die E-Mail-Verbindung und schickte einen Bericht über die jüngsten Geschehnisse nach Boston, wobei sie Temple-Clarkes Verhalten penibel schilderte. Sie beschrieb seine Drohungen den beiden Frauen gegenüber. In der politisch korrekten Atmosphäre der Universität von

Charlestown war ein solches Verhalten nicht zu akzeptieren, da war sich Donatella ganz sicher.

Sie lockerte ihre Haare und trat ans Fenster. Vertraute Stimmen riefen sie in die Gegenwart zurück. In ihrer kupferfarbenen Bluse mit dem tiefen V-Ausschnitt fühlte sie sich sehr sexy.

Unten im Park betrieben Ian Ramsey und Jennifer wieder ihr Training. Seltsam kindisch kam ihr dieses banale Spiel vor, verglichen mit der Dramatik, die sich gerade in diesem Raum abgespielt hatte. Der Engländer schien besessen zu sein von der albernen Routine, die sein Spiel diktierte. Ob er die Routine auch nach dem Training beibehielt? Würde er seine Torfrau wieder mit hinunter in den Flur nehmen?

Und würde sie, Donatella, wieder zuschauen? Sie wusste, dass die Antwort ja lautete, obwohl sie einen Moment lang versuchte, gegen ihre Obsession mit Ian Ramsey anzukämpfen.

Nach einer kurzen Notiz an Kiki, in der sie die Verabredung am Bahnhof bestätigte, griff Donatella zur Aktentasche, eilte den Flur entlang und fand die alte Treppe wieder. Diesmal entdeckte sie das perfekte Versteck: Hinter einer Tür, nicht weit von der Stelle entfernt, an der sie das Paar zuletzt beobachtet hatte, befand sich eine kleine, nicht mehr genutzte Besenkammer. Die alte Holztür hatte sich gewölbt und zeigte einige Risse, und selbst wenn sie geschlossen war, blieben genug Spalten, um den genauen Überblick zu haben, ohne selbst gesehen zu werden.

Sie stand in dem engen Raum und lauschte auf Schritte. Sie wusste, das Paar trainierte etwa eine halbe Stunde, also blieb noch Zeit, den Slip auszuziehen. Dabei fuhr sie mit einem Finger über die Labien und stellte fest, wie feucht sie schon war. Ihr ganzer Körper kribbelte vor Erwartung. Die Nippel versteiften sich vor frustriertem Verlangen, und ihre Finger rieben heftiger.

Zehn Minuten später dachte Donatella darüber nach, wie lächerlich sie sich verhielt. Sie hockte in diesem Gefängnis wie eine Spionin in einem schlechten B-Film. Innerlich verfluchte sie ihre Obsession, und endlich rang sie sich durch, aufzugeben und zu gehen.

Aber dann hörte sie die Geräusche, auf die sie gewartet hatte – Fußballstiefel auf dem alten Fliesenboden.

L' Imboscata
(Der Hinterhalt)

Donatella hielt den Atem an und ein Auge gegen die Ritze im Holz der Tür gepresst. Als Ramsey und die Torfrau um die Ecke bogen, war Jennifer bis auf Socken und Fußballstiefel schon nackt.

Trotz des neuerlichen Stichs der Eifersucht musste Donatella die Schönheit ihres Körpers bewundern, die steil nach oben gerichteten Brustwarzen auf den kleinen festen Brüsten, die schlanke Taille, die prallen muskulösen Pobacken, denen das Training offenbar gut bekam. Ihre Schamhaare waren voll und buschig, ein wenig dunkler als die blonden Haare auf dem Kopf.

Donatellas Lustgefühle intensivierten sich noch, als sie sah, wie sich Ramseys Schaft aus den Shorts erhob; ebenso stattlich und begehrenswert wie beim letzten Mal, lang, dick und hart und mit einer purpurnen Eichel gekrönt.

In der Nähe des Fensters, das beim letzten Akt die Szene beleuchtet hatte, hielten sie an. Nachdem sich Jennifer kurz nach allen Seiten umgesehen hatte, spielte sie mit Ramseys Hoden und glitt an dem Schaft auf und ab.

Er drückte ihre Brüste und langte zwischen

ihre Schenkel. »He, du bist ja schon ganz nass«, murmelte er.

Donatella erforschte ihr eigenes Geschlecht und hätte diese Aussage von sich selbst machen können. Sie schaute zu, wie Ramseys Finger in der dichten Haarmatte verschwanden und dann in Jennifers nasse Höhle tauchten.

Die junge Frau bückte sich, um Ramseys schwarze Shorts nach unten zu ziehen, dann streifte sie sein Trikot über den Kopf. Donatella bewunderte seinen nackten Körper. Die braunen Haare legten sich wie ein seidiger Schimmer über seinen muskulösen Brustkorb.

Er hatte einen schön gerundeten Hintern und nur den kleinsten Ansatz eines Bauchs, der daran erinnerte, dass er sich der Mitte seines Lebens näherte. Donatella war bereit, diesen kleinen Makel zu verzeihen, denn der herrliche Penis entschädigte dafür.

In dem Moment verschwand dieser herrliche Penis in Jennifers Mund; es war, als wollte sie für eine Karriere als Schwertschluckerin trainieren. Ihr Kopf ruckte vor und zurück.

»Ich will dich auch schmecken«, raunte Ramsey. »Komm her.«

Die junge Frau löste sich von ihrem oralen Streicheln und richtete sich auf. Der Engländer hob sie an, drehte sie herum, und sie schlang sofort ihre Schenkel um seinen Nacken. Ihr Geschlecht lag direkt vor seiner Zunge, die er tief in sie hineinbohrte. Das geschmeidige Mädchen nahm die Fellatio wieder auf und hielt sich mit den Armen an Ramseys Hüften fest.

Donatella war perplex. So etwas hatte sie noch nicht gesehen. Die Missionarsstellung, die Henry Fogg mit ihr exerzierte, war unerträglich zahm im Vergleich. Ihr Atem kam stoßweise, und sie brachte sich zu einem Plateau der Erregung, das dem der beiden ebenbürtig war. Vielleicht würde es ihr auch schneller kommen.

Aber Jennifer kam ihr zuvor. Das kräftige Saugen ihrer Klitoris und das tiefe Reiben der Finger in ihrem Geschlecht hoben die junge Athletin über die Klippe. Sie wurde geschüttelt und schrie auf und verlor dabei Ramseys Schaft aus dem Mund.

»Himmel, Ramsey! Das war gut! Deine Zunge ist genauso agil wie dein Schwanz.«

»Das war doch nur zum Aufwärmen, mein Schatz«, gluckste Ramsey. »Bist du bereit für die Hauptattraktion?«

»Ja, verdammt.« Jennifer stand wieder auf beiden Beinen, aber nicht lange, dann kniete sie sich. »Besorg's mir schon, du Bastard.«

Donatellas Sicht hätte nicht besser sein können. Sie verfolgte das animalische Geschehen auf dem Flurboden und spürte, wie sie sich dem Orgasmus näherte. Sie wollte nicht vor den beiden kommen, sondern gemeinsam mit ihnen. Jennifers Schreie wurde immer lauter, klangen abgehackter, während Donatella mit glänzenden Augen das unermüdliche Stoßen des prächtigen Schafts beobachtete, und als Jennifer ihren Orgasmus ankündigte, hämmerte er noch kräftiger in sie hinein, bis auch er sich grunzend und stöhnend die Erlösung brachte.

Donatella stieß zwei Finger tief in sich hinein, während der Daumen über der Klitoris kreiste. Ihre Pussy zuckte, schloss sich um ihre Finger und floss aus. Ermattet sackte sie gegen die Wand.

Die beiden Akteure hielten sich noch eine Weile umschlungen, dann zogen sie sich gegenseitig an, immer wieder von Küssen und Umarmungen unterbrochen. Sie bewegten sich wie Tänzer in Zeitlupe, während Donatella sich kaum traute, in ihrem Versteck laut zu atmen. Dann war das Paar verschwunden.

Noch volle fünf Minuten blieb sie in der Besenkammer hocken, bis ihre Beine nicht mehr zitterten und ihr Puls sich beinahe normalisiert hatte. Sie empfand eine Lüsternheit, die sie seit Jahren nicht mehr empfunden hatte. Es war, als lebte sie im Rausch, und vielleicht war das die Erklärung dafür, dass sie auch ihren Slip in die Aktentasche steckte. Langsam schritt sie aus dem Gebäude und in die Stadt.

Zum ersten Mal seit einer hemmungslosen Affäre während ihrer Collegezeit ging sie mit nichts zwischen ihrer Pussy und der großen weiten Welt durch die Stadt. Damals hatten sie und ihr Freund es an einer einsamen Straßenecke getrieben, und die Möglichkeit, dort erwischt zu werden, hatte ihre Erregung noch gesteigert. Jetzt bauschte sich ihr kurzer Rock auf, und insgeheim wünschte sie, der Wind würde stärker und irgendein Fremder könnte einen flüchtigen Blick auf ihre feuchte Pussy erhaschen.

Donatella ging den Hügel zum Bahnhof hinunter. Es dauerte eine Weile, bis sie in der Lage war, ihre Umwelt wieder wahrzunehmen. Vor ihr lagen die Ruinen des *anfiteatro Romano*, das von den großen vergangenen Zeiten kündigte.

Sie ging langsam, denn sie hatte noch Zeit bis zur Abfahrt des Regionalzugs, und sie wusste nicht, ob Kiki schon so früh am Bahnhof war. Sie sah noch einmal die Bilder der letzten halben Stunde vor sich, als ein Schatten ihren Weg blockierte.

»*Scusi*«, sagte sie und trat zur Seite.

Aber der Schatten folgte ihr.

Sie blickte auf, und ihr Herz gefror. Vor ihr erhob sich eine hohe Gestalt mit einer schwarzen Skimaske; das ganze Gesicht war bedeckt, ausgenommen die Schlitze für Augen und Mund. Donatella wollte schreien, aber da legten sich schon zwei Hände von hinten über ihren Mund. Sie wehrte sich verzweifelt, aber der Kerl vor ihr riss ihre Seidenbluse hoch und entblößte ihre Brüste. Mit einer Hand quetschte er eine Brust, mit der anderen griff er ihr zwischen die Beine, wo sie immer noch nackt und feucht war.

»*Puttana!* Hure!«, zischte er. »Die *Americana* ist scharf wie eine läufige Hündin!«

»*Di cosa stai parlando?*«, fragte der andere Mann mit verzerrter Stimme.

»Sie ist nass wie eine kleine *puttana!*«

Donatella krümmte sich und warf sich zur Seite. Der große Kerl vor ihr verlor seinen Griff an ihrem Geschlecht, aber der Kerl, der von hinten seine Hände auf ihren Mund drückte, wich nicht zurück. Donatella öffnete den Mund, erwischte einen Finger und biss so hart zu, wie es ging. Sie spürte Blut auf der Zunge.

»*Cazzo!*«, kreischte der hintere Angreifer und ließ sie los.

Sie wand sich aus seinem nur noch halbherzigen Griff, suchte nach dem Pfefferspray und setzte es ein, bevor es den Männern gelungen war, ihre Arme festzuhalten. Donatella blendete den ersten Angreifer mit einer vollen Ladung ins Gesicht. Er torkelte gegen eine Hauswand.

Der zweite Mann wollte ihr das Spray entreißen, aber während sie miteinander rangen, gelang es Donatella mit einem geschickten Kopfstoß, dem Kerl die Nase zu brechen. Er fiel zurück und drückte beide Hände gegen sein Gesicht. Donatella richtete das Pfefferspray auf seine Augen. Er schrie wieder und wälzte sich auf die Seite.

Wütend über die Attacke stieß Donatella ihm einen Fuß in den Schoß. Sie wurde durch einen weiteren Schmerzensschrei belohnt. Sie bückte sich und riss dem Kerl die Maske vom Gesicht. Erschrocken wich sie zurück.

»Claudio!«, rief sie, völlig verwirrt. »Was soll das, zum Teufel?«

Obwohl sein Gesicht eine verzerrte Maske war, bestand kein Zweifel daran, dass es sich bei dem Angreifer um Kikis Ex-Geliebten handelte. Was wollte er mit diesem unsinnigen Überfall bezwecken? Sie hatte keine Zeit, ihn zu befragen, denn der größere der beiden Typen zeigte erste Anzeichen einer Erholung und schwankte auf sie zu. Seine Augen mussten brennen und beißen, aber plötzlich funkelte eine Klinge in seiner Hand.

»Damit werde ich dir dein hübsches Gesicht ritzen«, keuchte er und schwankte auf Donatella zu.

Sie schrie und drückte wieder auf den Spraydosenknopf, dann rannte sie so schnell die Straße hinunter, wie ihre Beine sie tragen konnten. Sie blieb erst stehen, als sie den Bahnhof erreicht hatte. Zu ihrer immensen Erleichterung sah sie Kiki neben dem Zeitungskiosk stehen. Sie blätterte in einer Zeitschrift.

Der entsetzte Blick in Kikis Augen machte Donatella auf ihren Aufzug aufmerksam. Ein Blick ins Fenster des Cafés zeigte ihr, warum die anderen Reisenden vor der wild starrenden Frau zurückwichen, die Bluse aus dem Rock gezerrt, die Haare zerzaust, Blut auf den Lippen und eine Dose mit Pfefferspray in der Hand.

Hysterisches Lachen blubberte hoch, dann brach sie auf einer Bank zusammen, und aus dem irren Lachen entwickelte sich ein erschütternder Weinkrampf.

Sie spürte Kikis Arme um ihre Schultern. Eine Hand streichelte über ihre Haare, die andere Hand richtete ihre Kleider notdürftig her.

»Donatella, *la mia cara*«, sagte sie leise und eindringlich. »Was ist geschehen?« Sie öffnete die Faust und fand den Pfefferspray zwischen den Fingern der Freundin. »Oh, nein! Sie haben es fast ganz aufgebraucht! Sind Sie angegriffen worden? Wer war es? Sind Sie verletzt?«

Donatella schüttelte den Kopf. Sie brachte keinen Laut heraus.

»Sie wissen nicht, wer es war? Oder wissen Sie nicht, ob Sie verletzt sind?«

Das Entsetzen und die Sorge in Kikis Stimme zwangen Donatella, sich zusammenzureißen. »Ich bin nicht verletzt, nur völlig erschüttert. Ja, ich wurde angegriffen, unten am Amphitheater in der kleinen Seitenstraße, aber ich bin ihnen entkommen«, sagte sie mit mechanischer Stimme. »Einer von ihnen war Claudio.«

»Was?« Kiki sah rot vor Wut. »Dieser kleine Wichser? Sind Sie sicher?«

»Absolut«, antwortete Donatella. »Er hatte eine Skimütze über den Kopf gezogen, aber ich habe sie ihm vom Gesicht reißen können. Dann war da noch ein anderer Kerl, größer. Sein Gesicht habe ich nicht gesehen. Er hatte ein Messer.« Sie schüttelte sich bei der Erinnerung.

»Es ist alles gut«, sagte Kiki und strich wieder über die Haare der Freundin. Sie hauchte einen Kuss auf ihren Kopf, und Donatella lehnte sich dankbar an die junge Kiki. Aus den Augenwinkeln nahm sie zwei Jugendliche wahr, die an einem Pfeiler lehnten und sie neugierig betrachteten.

»*Due lesbiche*«, sagte einer von ihnen und stieß seinem kichernden Freund in die Rippen.

»Fick dich ins Knie«, fauchte Kiki ihn an. Sie stand auf und half Donatella die Stufen hinab zum Tunnel und dann wieder hoch zu ihrem Bahnsteig. Der kurze Regionalzug wartete schon. Erleichtert ließ sich Donatella in eine Ecke fallen. Kiki schaute aus dem offenen Fenster.

»Von Claudio ist weit und breit nichts zu

sehen«, sagte sie. »Sie müssen ihn außer Gefecht gesetzt haben.«

Donatella lächelte müde und sah zu, wie Kiki in ihrem Rucksack nach ihrem Handy kramte. Sie drückte eine Kurzwahl.

»Salvatore? Gott sei Dank, dass du Dienst hast! Kannst du uns im Haus treffen? Donatella ist angegriffen worden. Nein, sie ist nicht verletzt, nur ziemlich erschüttert. Wir kennen einen der Angreifer. Claudio Pozzi, ein kleiner Gauner, den ich mal mit nach Hause genommen habe. Nein, nur dieses eine Mal. Klein, gedrungen, hübsches Jünglingsgesicht. Braune Haare, glatt rasiert. Okay? Wir sind in dreißig Minuten in Bucine. Der Zug fährt gerade in Arezzo ab. Großartig. Danke. Bis nachher. *Ciao.*«

Kiki wandte sich an Donatella. »Er sagt, er wird uns am Bahnhof abholen.«

Donatella nickte und spürte, wie der Zug ruckend anfuhr. Langsam glitt der Bahnsteig an ihnen vorbei, dann ging es durch die wenig ansprechenden Industriegebiete der Vororte. Sie fühlte sich jetzt, da der Zug fuhr, in Sicherheit. Sie lächelte ihre Freundin an, die ihr gegenüber saß und sich den Wind durch die kurzen roten Haare wehen ließ.

Donatella schlug ein Bein über das andere und lehnte sich zurück. Sie schloss die Augen und spürte, wie die Müdigkeit sich bleiern auf ihre Lider legte.

Kiki sog geräuschvoll den Atem ein, denn Donatellas neue Position bot ihr einen unglaublichen Einblick.

»Donatella, du trägst keinen Slip!«, rief sie. »Was hast du angestellt?«

Zu erschöpft, um die Beine zu bewegen, murmelte Dr. Donatella di' Bianchi, Professorin und anerkannte Kunsthistorikerin: »Ich habe Ramsey und Jennifer wieder beim Vögeln zugesehen«, dann schlief sie ein.

I Carabinieri Provocanti
(Die scharfen Polizisten)

Francesca stand nur mit einer Leinenschürze bekleidet in der Küche und bereitete das Abendessen vor. Die Schürze sollte ihre nackte Haut vor den Spritzern des Olivenöls schützen. Sie dachte noch an Nico, den Mann von der Telefongesellschaft. Es war ein aufregender Nachmittag mit ihm gewesen.

Er hatte schnell gelernt, auf was es ihr ankam und wie sie es am liebsten hatte. Francesca hatte seinen Körper genossen, und nun war ihr Computer mit einer eigenen Telefonleitung verbunden.

Nach den beiden Telefongesprächen – zuerst von Salvatore, dann von Kiki – lief Francesca rasch ins Schlafzimmer, um sich anzuziehen. Knappe Shorts, tief ausgeschnittenes Seidentop. Donatella schien sich in einer ernsten Lage zu befinden, deshalb war ein gutes Abendessen am wichtigsten, danach konnten sie der Welt wieder die Stirn bieten.

In der Küche legte sie ein paar zusätzliche Hähnchenstücke ins heiße Öl der Pfanne, sie zerhackte noch ein paar Zwiebeln und Knoblauchzehen mehr und fügte auch noch etwas Rosmarin dazu. Das sollte reichen für die Hausbewohner plus Salvatore und seinen Kollegen Sandro Tirabosco, den sie noch nicht kennen gelernt hatte.

Sie blickte auf die Wanduhr. In zehn Minuten würde der Zug in den Bahnhof einlaufen, und die Fahrt vom Bahnhof zum Haus würde in Salvatores Streifenwagen nur ein paar Minuten dauern.

Francesca stellte die Hitze unter der Pfanne höher und fügte Knoblauch und Zwiebeln hinzu. Das zarte Fleisch war schon ziemlich gebräunt. Das Wasser für die Pasta wurde heiß; sobald es kochte, würde sie es von der Platte nehmen und die Nudeln erst dazu geben, wenn die anderen schon im Haus waren.

Als alles unter Kontrolle war, schenkte sie sich ein Glas Vernaccia ein, ein guter Weißwein aus dem nahen San Gimignano, dann stellte sie zwei weitere Flaschen in den Kühlschrank. Sie schwenkte den Wein im Glas, aber dann entschloss sie sich spontan, den größten Teil der Sauce zuzugeben, die um die Hähnchenteile schwappte. Kochen war Francescas zweitliebste Beschäftigung, aber sie hasste Rezepte. Kiki neckte sie oft damit, dass keines ihrer Gerichte so schmeckte wie beim letzten Mal.

Kurz darauf hörte sie den Streifenwagen mit quietschenden Reifen anhalten, und Francesca schob die *focaccia* in den Ofen. Sie lief zur Tür, die Donatella gerade geöffnet hatte, und führte die Prozession ins Haus.

Francesca hatte sich davor gefürchtet, Donatella traurig und entmutigt zu sehen, aber ihre Freundin sah fast wie vorher aus, sie hatte sich vom Schock gut erholt. Nur ein paar angespannte Falten um den Mund verrieten ihre Ängstlichkeit.

»Ist alles in Ordnung mit Ihnen?«, fragte sie und schlang die Arme um die ältere Frau und wiegte sie lange, küsste sie auf die Lippen und streichelte ihr über die Haare. »Haben sie Ihnen wehgetan?«

»Nein«, sagte Donatella lächelnd. »Nein, ich bin okay, Fran. Ich habe im Zug ein wenig schlafen können, jetzt geht es mir schon viel besser. Wie man bei solchen Gelegenheiten sagt – Sie hätten mal die anderen Kerle sehen müssen!«

Kiki erklärte: »Donatella hat sich mit dem Pfefferspray zur Wehr gesetzt. Einer von ihnen war der miese Claudio, aber den anderen kennen wir nicht. Salvatore hat das Krankenhaus alarmiert für den Fall, dass sie dort einen Mann behandeln, dem die Augen vom Pfefferspray tränen.«

Salvatore trat vor und küsste Francesca. »Mein Darling, jetzt sind wir hier, und alles wird gut.« Seine Hände strichen wie selbstverständlich über ihre Brüste, die sich unter dem dünnen Top deutlich abzeichneten. »Es duftet fantastisch. Hast du auch noch für Sandro genug? Er ist mein neuer Partner. Die anderen kennen ihn schon, jetzt möchte ich ihn dir vorstellen.«

Francesca löste sich nur ungern aus der Umarmung ihres Geliebten und lächelte den Neuen an. Der zweite *carabiniere* trat ins Licht. Groß und schlank, krause, dunkle Haare. Er schaute auf die spärlich bekleidete Blondine, verbeugte sich und küsste Francescas Hand mit untadeligen Manieren. »Mein Vergnügen, Signorina«, sagte er. »Ich habe schon viel von Ihnen gehört.«

Francesca gefiel, was sie sah. Sie strahlte ihn an und fragte lockend: »Hat Salvatore Ihnen wirklich alles erzählt?«

»Nur soviel, wie er glaubt, dass ich vertragen kann«, sagte Sandro und bemühte sich, keine Miene zu verziehen.

»Soviel Sie vertragen können, ohne im Streifenwagen einen Steifen zu kriegen, was?«, fragte Kiki und grinste keck.

Sandro errötete. Seine Blicke huschten zu den drei Frauen, die laut lachten.

Donatella zeigte aufs Bad. »Ich werde schnell unter die Dusche gehen und mich umziehen. Habe ich noch fünf Minuten bis zum Essen, Francesca?«

»Ja, aber nicht länger. Ich werfe die Pasta ins Wasser.«

Francesca bemerkte, dass Sandro der Amerikanerin hinterher sah, ein Lächeln um die Lippen. Salvatore gab seinem Kollegen einen Klaps auf den Rücken. »Du solltest dir eine gute Frau suchen, Sandro. Francesca macht jeden Morgen einen neuen Mann aus mir.«

Francesca schob die beiden Polizisten ins Wohnzimmer, drückte ihnen je ein Glas Wein in die Hand und ging in die Küche. Als sie die *linguine* ins Wasser legte, stellte sich Kiki neben sie.

»Fran«, sagte die Rothaarige atemlos. »Du wirst nicht glauben, was Donatella angestellt hat.«

»Was? Wann?«

»Am Nachmittag. Sie hat wieder zugesehen, wie Ramsey es mit Jennifer getrieben hat. Und im Zug habe ich bemerkt, dass sie keinen Slip trägt. Hättest du das für möglich gehalten?«

»Nun ja, wenn sie einmal zusieht, kann sie es auch ein zweites Mal tun. Aber ich halte das nicht für so gut. Sie braucht ein Erlebnis mit einem anständigen Mann. Es muss nicht Ian sein, den schätzt sie viel zu hoch ein. Donatella hat was Besseres verdient« Sie rührte die Nudeln um. »Manchmal braucht man einfach einen Mann im Bett. Ihr Freund in Boston scheint ziemlich unfähig zu sein. Dabei habe ich immer gedacht, amerikanische Männer mögen Sex.«

»Oh!«, rief Kiki. »Das habe ich ganz vergessen. Heute Nachmittag kam ein Brief für sie aus Boston an.«

»Von ihrer Uni?«

»Nein, ich glaube nicht. Der Umschlag hatte nichts Offizielles. Blaue Luftpost. Vielleicht ein Brief von Henry. Aber ist das der richtige Moment, ihr den Brief zu geben?«

»Damit beschäftigen wir uns nach dem Essen«, sagte Francesca und schob Kiki aus der Küche. »Geh raus zu ihnen, sonst trinken sie noch den ganzen Wein. Hier, öffne noch eine Flasche. In zwei Minuten sind die Nudeln fertig.«

In diesem Augenblick trat Donatella frisch geduscht in die Küche. Ihrer Haare waren noch feucht, und ihr Gesicht sah erfrischt aus. Francesca lächelte. Ihr fiel auf, dass die ältere Frau unter dem schlichten Top auf den Büstenhalter verzichtet hatte.

Donatella las ihre Gedanken und grinste. »Ja, ich trage ein Höschen«, sagte sie. »Ich wette, Kiki hat schon alles erzählt, was vor dem Unfall passiert ist.«

Kiki errötete, aber Francesca reagierte auch mit einem Grinsen. »Ich hoffe, es hat Ihnen Spaß gemacht.« Sie öffnete die Tür zum Wohnzimmer, beugte sich zu Donatella und raunte: »Wenn ich je eine Frau gesehen habe, die einen Mann braucht, dann sind Sie das.« Sie sagte es so laut, dass die Gäste im Wohnzimmer es hören konnten.

Sandro war ganz Ohr. »Wer braucht einen Mann?«

Francesca stellte das Essen auf den Tisch und wandte sich an den Polizisten. »Wir alle brauchen einen guten Mann, Sandro. Aber ich habe schon Salvatore, deshalb glaube ich, dass es eher Donatella ist, auf die Sie es abgesehen haben.«

Ihre Freundin hörte die Bemerkung und errötete, aber Francesca bemerkte auch, dass die Professorin keinen Einwand erhob. Sie war sicher, dass Sandro das auch aufgefallen war. »Donatella«, sagte sie lauter, »Sie sehen atemberaubend aus.«

Die beiden Männer klatschten Beifall.

»Einen Toast auf Donatella«, sagte Salvatore. »*Salute! La professoressa la più bellissima in Toscana.*«

Donatella freute sich über das Kompliment. Der Angriff aus dem Hinterhalt hatte sie nicht eingeschüchtert, fand Francesca. Im Gegenteil, sie schien noch ein wenig selbstbewusster geworden zu sein, weil sie sich so energisch und erfolgreich gewehrt hatte.

»Setzt euch alle«, ordnete Francesca an. »Donatella, Sie setzen sich neben Sandro. Kiki, du setzt dich ans Kopfende, und Salvatore, du bleibst hier, damit du mir helfen kannst.«

Sie freute sich, dass alle ihr Essen lobten. Sie selbst konnte sich auf die einzelnen Gänge kaum konzentrieren, weil Salvatores Hand an ihrem Schenkel hinauf strich, in ihre Shorts griff und sich zwischen ihren Beinen einnistete. Im Gegenzug drückte sie seinen Schaft durch die Hose seiner Uniform. Sie beugte sich zu ihm und gab ihm einen nach Knoblauch riechenden Kuss. »Da unten rieche ich nicht nach Knoblauch«, raunte sie ihm zu.

So sehr sie auch mit dem eigenen Vorspiel beschäftigt war – sie bemerkte doch, dass Sandro seinen Stuhl näher an Donatellas gerückt hatte. Francesca ließ die Serviette auf den Boden fallen, bückte sich und sah, wie Sandros Hand zwischen ihren Schenkeln spielte. Ihre amerikanische Freundin schien nicht unglücklich über die Tischordnung zu sein.

Nach dem Essen und einer weiteren Flasche Wein räumten Francesca und Kiki den Tisch ab, dann fand sich die Gruppe zu ernsthaften Gesprächen. Salvatore übernahm die Regie. Francesca saß neben ihm und bewunderte die Autorität des Geliebten. Das Mädchen aus Florenz hätte gern gewusst, was die Professorin alles über ihre sexuellen Empfindungen beim Zusehen gestehen würde, wenn erfahrene Polizisten sie befragten.

»Erzählen Sie mir alles über die Attacke, Donatella. Sandro, mach dir Notizen.«

Sandro zog widerwillig die Hand von Donatellas Schenkeln zurück und setzte sich aufrecht hin. Er schlug sein Notizbuch auf. »Sprechen Sie nicht so schnell, Donatella«, sagte er, »denn mein Englisch ist nicht so gut wie Salvatores.«

Donatella lachte. »Wenn es leichter ist, können wir uns auch in Ihrer Sprache verständigen.«

Die Gruppe hörte gespannt zu, als Donatella die Umstände des Hinterhalts in allen Einzelheiten schilderte. Sandros Bleistift flog über das Papier.

»War das Ihr gewöhnlicher Weg zum Bahnhof?«, wollte Salvatore wissen.

Donatella errötete. »Nein, eigentlich nicht«, gab sie zu, »aber spielt das eine Rolle?«

»Nun, wenn es Ihre gewöhnliche Route gewesen wäre, hätte sie den Angreifern bekannt sein können. Wenn es aber ein anderer Weg war, sind Ihnen die beiden vielleicht schon vom College aus gefolgt.«

Donatella nickte. »Es war ein anderer Weg als sonst.«

»Sind Sie sicher, dass die Angreifer Sie kannten? Ich meine, es kann sich ja auch um einen Versuch handeln, eine attraktive Frau vergewaltigen zu wollen. Solche Verbrechen geschehen, so sehr wir sie auch bedauern.«

»Sie haben mich nicht beim Namen genannt«,

antwortete Donatella, »und ich hatte auch nicht das Gefühl, dass sie mich vergewaltigen wollten. Sie haben auch nicht meine Geldbörse stehlen wollen. Sie wollten mich verletzen. Und sie wussten ganz genau, wer ich war. Einer nannte mich ›das amerikanische Luder‹.«

»Ich verstehe. Und was war mit Claudio?«

»Er kannte mich«, sagte Donatella.

Francesca war beeindruckt von Donatellas Gelassenheit angesichts der enormen Bedrohung. »Wenn ich diesen Claudio das nächste Mal sehe, schneide ich ihm die kleinen Eier ab.«

Donatella lächelte. »Ich hoffe, dass es dazu nicht kommen wird. Es war der andere Kerl, der größere, der mir Angst eingejagt hat.«

»Wir müssen davon ausgehen, dass sie es wieder versuchen werden, Donatella«, sagte Salvatore ernst. »Und beim nächsten Mal haben Sie vielleicht nicht so viel Glück. Sie waren sehr, sehr mutig, aber Ihre Gegner werden das nächste Mal besser vorbereitet sein. Wann immer es möglich ist, wird Sandro Sie begleiten. Wenn das aus dem einen oder anderen Grund nicht möglich ist, müssen Kiki oder Francesca diese Aufgabe übernehmen.«

Donatella wollte protestieren, aber Francesca schaltete sich ein. »Du hast sicher Recht, Salvatore. Sandro sollte immer bei ihr sein. Sie wissen, wo wir leben. Sie könnten uns sogar hier im Haus überfallen.«

Die anderen sahen sich an. Donatella sagte leise: »Ich bin sicher, wir finden eine Lösung, ohne Sandro einzubinden.«

Francesca musste lachen, als sie die unverhüllte Lust in Sandros Augen sah. Sie wollte gerade eine obszöne Bemerkung von sich geben, als Kiki ihr das Wort abschnitt.

»Übersehen wir nicht was?«, fragte sie aufgebracht. »Wir wissen, dass Claudio der eine Angreifer war. Ich wette, der andere war Temple–Clarke. Er steckt möglicherweise hinter diesem Überfall.«

Salvatore fragte: »Können Sie den anderen Mann identifizieren, Donatella? Das war derjenige mit dem Messer, nicht wahr? Sie sagten, er hätte zu Ihnen gesprochen. War es Temple-Clarke?«

Donatella zögerte. »Die Figur passt«, sagte sie, »und er sprach Englisch. Aber um ehrlich zu sein, es klang nicht nach ihm.«

Kiki wollte es dabei nicht bewenden lassen. »Er kann seine Stimme verstellen oder einen anderen Akzent sprechen. Das hat er schon öfter in seinen kunsthistorischen Vorträgen getan. Wenn er über einen bekannten Künstler redet, schlüpft er in den Charakter der Person, um den Studenten jemanden wie Rembrandt oder Michelangelo näher zu bringen. Das kann er wirklich gut …« Sie hielt erschrocken inne, weil ihr bewusst wurde, dass sie ein Kompliment für den verhassten Direktor ausgesprochen hatte. »Nun ja, er mag ein guter Lehrer sein, aber trotzdem ist er ein hinterhältiger betrügerischer Bastard.«

»Ich würde gern glauben, dass der zweite Mann Temple-Clarke war«, sagte Donatella. »Wenn nicht er, wer sonst?« Sie wandte sich an die beiden *carabinieri.* »Können Sie Claudio schnappen? Er wird es vielleicht bestätigen.«

Sandro blickte von seinem Notizbuch auf und nickte. »Wir versuchen es. In seiner Wohnung haben wir ihn nicht angetroffen, aber sein Mitbewohner sagte, er wäre vermutlich mit seiner Vespa unterwegs. Es sieht so aus, als hätte Claudio ein paar Sachen aus der Wohnung mitgenommen, um sich dann zu verdrücken. Wir haben die Kollegen von Florenz bis nach Rom alarmiert. Claudio wird nicht weit kommen.«

Francesca sah Salvatore an. »Kannst du sonst nichts unternehmen?«

Er schüttelte den Kopf. »Wir können Temple–Clarke nicht verhaften, nur weil wir gerne hätten, dass er der zweite Angreifer gewesen wäre. Wir haben keinen Beweis dafür, dass er mit der Attacke etwas zu tun hatte. Morgen werden wir ihn und seine Kollegen befragen und ihre Alibis überprüfen. Danach wissen wir vielleicht mehr. Kann sein, dass wir den ehrenwerten Direktor in den frühen Morgenstunden besuchen. Wenn er seine Sinne noch nicht zusammen hat, können wir ihn vielleicht überrumpeln.«

»Sehr gute Idee«, rief Francesca begeistert. Sie stand auf und streckte die Arme über den Kopf. Vier Augenpaare waren auf sie gerichtet, weil das dünne Top sich mühte, ihre Brüste bedeckt zu halten. »Zeit für den Abwasch. Salvatore, komm und hilf mir in der Küche.« Mit einer lässigen Bewegung streifte sie ihr Top ab und warf es über ihren Stuhl. Sie genoss die verdutzten Blicke und fuhr sich mit den Händen über die Brüste.

»Ich will nicht, dass die Seide beim Abwasch nass wird«, erklärte sie, nahm die Hand des Geliebten und sah mit geübtem Blick, dass die Schwellung in seiner Hose größer geworden war. »Ich glaube, du solltest dir auch die Uniform ausziehen, mein Schatz. Sie soll doch nicht beschmutzt werden.« Sie zog den Polizisten in die Küche und drückte die Tür zu.

In der Küche dauerte es nur wenige Augenblicke, bis Francesca seine Uniform ganz ausgezogen und ordentlich über einen Küchenstuhl gelegt hatte. Der schwere Dienstrevolver im glänzenden Halfter lag auch schon auf dem Stuhl, danach die Unterwäsche. Die Erektion stand hoch aufgerichtet. Die junge Frau juchzte vor Verlangen, ließ sich auf die Knie fallen und nahm die ersten Zentimeter der harten Stange zwischen die Lippen.

Stöhnen drang aus Salvatores Mund, als Francesca mit der Zunge über die Eichel leckte und sie einspeichelte. Der vertraute würzige Geschmack des Freundes weckte ihre Lust, und sie spürte ihre Säfte rinnen. Francesca schob ihre Shorts von den Hüften und steckte einen Finger zwischen die nassen Labien, ehe sie die Säfte über die Klitoris verrieb. Sie spürte die Wirkung sofort, zuerst sanft, dann immer stärker, als sie ihr Reiben dem Rhythmus ihres Saugens anpasste.

Francesca konnte die Stimmen aus dem Wohnzimmer hören, aber sie ließ sich nicht stören, denn sie ahnte, dass Salvatore kurz vor dem Höhepunkt stand. Sie griff mit einer Hand an seine Hoden und rieb mit der anderen über seinen Schaft. Sie hielt nur noch die Spitze zwischen den Lippen und rieb immer stärker.

»Öffne deine Augen, Salvatore. Schau mich an«, raunte sie.

Ihre Blicke begegneten sich, und sie sah, wie seine Pupillen feucht wurden. Seine Augen glühten vor Lust, während sie ihn zum Orgasmus pumpte. In kräftigen Schüben schoss es aus ihm heraus.

Francesca stand schnell auf und küsste ihn lange und hart. Bevor Salvatore entspannen konnte, führte sie seine Hand zu ihrer Klitoris.

»Du kleine Schlampe«, stöhnte er bewundernd. »Du triefst ja schon.«

»Jetzt bist du dran«, ächzte sie und führte ihn zum großen Küchentisch. Sie legte sich auf das polierte Pinienholz und spreizte die Schenkel.

»Jetzt kannst du naschen, Baby. Besorge mir einen Orgasmus.«

Innerhalb von Sekunden spürte sie die Zunge des Geliebten tief in sich, aber dann konzentrierte er sich auf die Klitoris; hart und beharrlich. Der Tagesbart rieb rau über die inneren Schenkel. Als sich ihr Orgasmus näherte, spannten sich die Muskeln, sie klemmte den Kopf des Geliebten zwischen den Oberschenkeln ein. Wellen der Lust überspülten sie, sie wand sich auf dem Küchentisch, ruckte hin und her und stieß laute Entzückensschreie aus. Eine Pfanne fiel auf den Boden, und das scheppernde Geräusch begleitete ihren Höhepunkt.

Im Wohnzimmer bewegte sich Donatella etwas langsamer auf ein neues sexuelles Abenteuer zu. Zunächst las sie den Brief, den Henry Fogg ihr geschrieben hatte, dann zerknüllte sie ihn und warf ihn auf den Tisch.

»Er hat Schluss gemacht«, sagte sie.

Kiki fragte betroffen: »Haben Sie ihn geliebt?«

Donatella dachte einen Moment nach. »Ich weiß es nicht. Es gab eine Zeit, da habe ich das geglaubt.«

»Er war Ihr *amante*, Ihr Liebhaber, ja?«, fragte Sandro zögernd.

»Mehr als das, wir haben von Heirat gesprochen.«

»Und … sind Sie jetzt traurig?«

»Nein, ich bin froh, dass er Schluss gemacht hat.« Donatella lachte kurz auf. »Jetzt brauche ich ihm nicht den Laufpass zu geben.« Sie schüttelte den Kopf. »Ich bin nur enttäuscht, dass er sich in eine Studentin verliebt hat. Das übliche Klischee.«

»Dann ist also alles aus zwischen Ihnen und ihm?«, fragte Sandro, ein unschuldiges Lächeln auf dem Gesicht.

Donatella wusste, dass der gut aussehende Italiener sie begehrte. Da sie jetzt keinen Freund mehr hatte, schien alles gut für ihn zu laufen. Sie wollte ihn (und sich) nicht länger zappeln lassen. »Ja, so sieht es aus«, sagte sie und warf einen Blick auf Kiki, die strahlte. »Aber ich werfe ihm seine Untreue nicht vor. Schließlich werde ich in dieser Nacht auch noch Sex haben.«

»Ich glaube, das war mein Stichwort«, sagte Kiki lachend und stand auf. Sie winkte ihrer

Freundin zu und verschwand lachend in ihrem Zimmer.

Donatella und Sandro sahen sich an, als sie ausgelassene Entzückensschreie aus der Küche hörten. Sie lächelten sich an. Donatella glühte. Morgen würde die disziplinierte Historikerin ihre lustvolle Aggressivität vielleicht bedauern, aber an diesem Abend wollte die Frau, die ihre Sexualität bisher eher unterdrückt hatte, ihre neue Leidenschaft ausleben. An diesem Abend wollte sie den dicken Schaft des Italieners in sich spüren.

Sie folgte Francescas Beispiel und zog das dünne Top aus, womit sie Sandro einen Blick auf ihre vollen Brüste gestattete. Ihre Nippel standen aufrecht und ragten aus den warmen braunen Aureolen hervor. Sie schmiegte sich an ihren frisch ernannten Leibwächter und küsste ihn auf den Mund.

Er schmeckte nach Minzkaugummi, und der leichte Duft seines Limonenrasierwassers erfreute ihre Nase. Die Hände des Polizisten griffen zu ihren Brüsten. Donatella spürte, wie sich die Nippel zusammenzogen und verhärteten. Rasch zog sie Rock und Höschen aus.

Die amerikanische Professorin war heiß und erregt, und bald hatte sie Sandros Erektion aus dem Gefängnis der Hose befreit. Es war ein beeindruckender Anblick, hart, die Vorhaut zurückgezogen, die Eichel ein tiefes Purpur. Es war schon viele Jahre her, dass Donatella einen unbeschnittenen Penis in der Hand gehalten hatte – nicht seit dem englischen Austauschstudenten an der High School -, und sie fuhr mit einem Finger am Schaft entlang, als wollte sie ein neues Spielzeug erkunden. Probehalber leckte sie über die Spitze, dann nahm sie ihn ganz in den Mund auf. Mit einer Hand streichelte sie sich selbst.

Das schrille Klingeln des Telefons gleich neben ihrem Ellenbogen riss sie aus ihrem Vorspiel heraus.

»Ignoriere es«, sagte Sandro.

Donatella überlegte, aber dann schüttelte sie den Kopf. »Nein, es könnte wichtig sein. Vielleicht haben sie Claudio geschnappt.« Donatella hob den Hörer ab. »*Pronto?*«

»Du amerikanisches Luder, das nächste Mal wirst du nicht so glimpflich davonkommen. Wir werden dafür sorgen, dass du nicht mehr fliehen kannst. Du wirst um Gnade winseln.« Der Mann sprach Englisch, aber es klang hart; wie das Englisch eines Italieners.

»Wer spricht da?«, fragte Donatella. Sandros Anwesenheit gleich neben ihr verlieh ihr Mut. »Sie jagen mir keine Angst ein«, sagte sie, »ganz egal, wer Sie sind.«

Sandro richtete sich sofort auf und gab ihr durch Gesten zu verstehen, sie sollte ihm den Hörer geben. Die nackte Frau schüttelte den Kopf und legte eine Hand über die Muschel. »Schon gut«, flüsterte sie. »Ich werde schon mit ihm fertig. Höre nur zu.« Sie hielt den Hörer ein paar Zentimeter vom Ohr weg, damit Sandro das Gespräch verfolgen konnte.

Die Boshaftigkeit in der Stimme ernüchterte auch Sandro, als er den Anrufer sagen hörte: »Du hast hier nichts zu suchen, *Dottoressa*. Meine Freunde und ich wissen, wie man mit einem herumschnüffelnden Luder umgeht. Und mit deinen kleinen Freundinnen. Wir werden dich nackt, gefesselt und mit einer Augenbinde in eine Zelle werfen, und du wirst nur dann eine Menschenseele sehen, wenn einer kommt, um dich zu benutzen. Na, wie gefällt dir das?«

Donatella war wütend. Nicht nur, dass dieser Kerl zur denkbar ungünstigsten Zeit anrief, jetzt drohte er auch noch auf diese obszöne Weise. Würde man so auch mit einem Mann umspringen? Aber verdammt, dachte sie, ich werde vor dem miesen Spiel nicht kneifen.

»Ah, solche Reden machen mich an«, reizte sie mit einem Anflug von Ironie in der Stimme. »Ich werde ganz nass davon.«

»Dies ist kein akademisches Spiel, *Dottoressa*«, murrte der Anrufer schroff. »Wir sind Fachleute auf dem Gebiet, meine Freunde und ich. Wir schrecken nicht vor Gewalt zurück, wenn es sein muss. Und vielleicht haben wir noch unseren Spaß dabei, wenn wir dich ein bisschen quälen können.«

Sandro konnte sich nicht länger zurückhalten und nahm das Telefon aus Donatellas Hand. »Hier spricht *Tenente* Sandro Tirabosco von den *carabinieri*. Wir haben dieses Gespräch auf Tonband aufgenommen«, bellte er ins Telefon. »Drohungen dieser Art sind ein ernstes Verbrechen und …«

Bevor er den Satz beenden konnte, war die Leitung tot.

»Weißt du, wer das war?«, fragte er.

»Nein, ich habe die Stimme nicht erkannt«, antwortete Donatella, »aber es war einer der Angreifer oder einer, der zu dieser Bande gehört. Er sprach mehrmals von seinen ›Freunden‹.«

»Woher weißt du, dass er mit dem Angriff zu tun hatte?«

»Er kannte Einzelheiten und sagte, beim nächsten würden sie dafür sorgen, dass ich nicht mehr fliehen könnte. Ich glaube nicht, dass der Mann Italiener war«, sagte sie plötzlich. »Der Akzent hörte sich wie aufgesetzt an.«

»Wie ein Engländer, der versucht, wie ein Italiener zu klingen?«

Ihre Augen leuchteten. »Ja, genau.«

Sie sahen sich einen Moment lang an, die Professorin nackt, der *carabiniere* noch in seiner Uniform, aber mit einem halb erigierten Penis, der aus dem Hosenstall lugte. Donatella strich liebevoll über den Schaft.

»Du bist so mutig«, sagte Sandro. »Ich habe dich beobachtet, während der Bastard mit dir geredet hat, und du hast eher zornig als verängstigt ausgesehen.«

»Kann schon sein«, murmelte sie und half ihm beim Ausziehen. »Lege dich hin«, wies sie ihn an. Sie stieg über ihn und wandte Sandro den Rücken zu, als wollte sie ein Stück Anonymität wahren. Sie war so nass, dass Sandro leicht in sie hineinschlüpfte. Er füllte sie aus, und Donatella hielt den Atem an. Sie lehnte sich zurück und stützte sich mit einer Hand auf seiner Brust ab. Die andere Hand glitt zu der Stelle, an der sie verbunden waren. Mit dem Daumen rieb sie ihre Klitoris.

Während sie langsam auf und ab glitt und ihre Säfte wieder zu rinnen begannen, empfand sie nichts als Mitleid mit dem armen Henry und seiner kleinen Studentin; aber dann wandelte sich Mitlied in späte Wut über den mittelmäßigen Sex, mit dem sie sich all die Jahre zufrieden gegeben hatte. Sie würde die verlorene Zeit nachholen.

»Besorg's mir, Sandro!«, befahl sie mit heiserer Stimme. »Stoß langsam von unten zu.«

Er packte sie mit seinen kräftigen Händen an den Hüften und hob sie an, bis nur noch die Eichel zwischen den Labien steckte.

»Oh!«, keuchte sie entsetzt, aber dann ließ er sie langsam wieder sinken, bis jeder Millimeter von ihm in ihr versenkt war. Sie spürte den Druck des Schambeins gegen ihre Klitoris und stöhnte: »Ja, ja, mach das noch einmal, Sandro.«

Sein kehliges Glucksen verriet ihr, dass er wusste, was sie sich wünschte, und nun begannen seine Hüften zu arbeiten, und Donatella beantworte jeden seiner Stöße. Ihre inneren Muskeln klemmten sich um seinen dicken Schaft. Ihre Anspannung wuchs, sie balancierte auf einem Arm, während sie sich mit der anderen Hand rieb und den Saft auffing, der aus ihr rann, um ihn über dem gereizten Kopf der Klitoris zu verteilen.

Es dauerte nur wenige Augenblicke, bis es ihr kam, es war ein Beben, das sie zitternd von Kopf bis in die Zehen zurückließ. Sie beugte sich vor, hielt sich an seinen Schenkeln fest und quetschte seinen zuckenden Schaft mit den Muskeln. Das konnte auch Sandro nicht länger aushalten und ergoss sich spuckend in ihrer heißen Tiefe.

Donatella schüttelte sich vor Wonne über die neu entdeckte Lüsternheit. Mit ihrer Sexualität noch einmal ganz von vorn beginnen.

Sie blieben noch eine Weile auf der Couch liegen und nahmen kaum wahr, wie zwei nackte Gestalten, Salvatore und Francesca, an ihnen vorbeischlüpften. Die junge Italienerin führte ihren Liebsten in ihr Schlafzimmer.

Es verging fast eine Stunde, ehe Donatella sich gestattete, an das weniger erfreuliche Geschehen des Abends zu denken. »Wie reagieren wir auf den Telefonanruf?«, fragte sie, während sie nackt in den Armen ihres Liebhabers lag. »Glaubst du auch, es könnte ein Engländer gewesen sein, der einen italienischen Akzent vortäuscht?«

Sandro nickte. »Ja. Oder auch ein Amerikaner. Der Akzent hörte sich falsch an, die Aussprache war zu forciert. Es hörte sich wie im Film an.« Er seufzte. »Ich würde wirklich gern herausfinden, wo sich Temple-Clarke an diesem Abend aufgehalten hat. Ich werde Salvatore früh wecken, damit wir den Engländer aus dem Bett klingeln.«

»Aber er weiß jetzt, dass die *carabinieri* eingeschaltet sind, deshalb wird er nicht überrascht sein, euch zu sehen.« Donatella hatte genug von dem Thema. »Ein paar Stunden bleiben uns noch«, sagte sie und streichelte über den noch schlafenden Penis ihres neuen Freundes. »Komm, wir gehen in mein Zimmer.«

Il Sesso di Telefono
(Telefonsex)

Kiki Lee trat aus der Dusche, griff nach einem großen Badetuch und rubbelte sich trocken. Die Haare ließ sie feucht, als sie sich mit einem Kurzgeschichtenband nackt aufs Bett legte. Die amerikanische Autorin verwob eine Reihe sinnlicher Porträts von Lust und Herzeleid miteinander, genau der Ton, der zu Kikis Stimmung passte. Es war ihr peinlich, dass sie Claudio Pozzi in ihr Leben gelassen hatte, ganz egal wie kurz, und sie fragte sich, ob sie ihre Ansprüche gesenkt hatte, nur weil sie jede Woche einen anderen Mann haben wollte.

Sie hörte auf zu lesen, setzte sich auf und schaute in den Spiegel. Durch die Bewegung flog Portia, ihr kleiner weißer Teddy, auf den Boden. Kiki hob ihn auf und betrachtete ihren Gefährten ernst.

»Meinst du, ich sollte einfach rausgehen und mir einen Kerl schnappen?«, fragte sie.

Der Bär blieb stumm.

»Nein? Soll ich hier bleiben? Das würde Salvatore mir auch sagen. Schon wegen unserer Sicherheit.« Sie strich das Fell des Teddys. »Ja, ich weiß«, fuhr sie fort, als hätte der Bär auf ihre Frage reagiert, »aber er hat gut reden. Er liegt in Francescas Bett und vögelt sich den Staub aus dem Hirn.«

Portia ließ sich nicht so leicht schockieren.

»Und Donatella«, murrte Kiki. »Sie amüsiert sich mit Sandro. Und was ist mit mir? Ich bin ganz allein und habe seit Claudio keinen Knüppel in der Hand gehabt.«

Kiki glaubte bei Portia einen fragenden Blick gesehen zu haben. »Ja, das stimmt nicht ganz. Vor ein paar Tagen habe ich mit Gianfranco gespielt.« Sie lachte in der Erinnerung. »Er sieht gar nicht so schlecht aus, der Bursche. Ich hätte ihn nicht derart necken dürfen. Das war gemein von mir, aber er ist so eine leichte Zielscheibe.«

Sie hörte das gedämpfte Klingeln des Telefons und griff nach ihrem Handy, aber dann begriff sie, dass irgendein anderes Telefon im Haus geklingelt hatte.

Wenn es für sie war, würde jemand rufen. Sie legte Portia zurück aufs Kissen.

Sie hörte gedämpfte Stimmen im Wohnzimmer, aber niemand rief sie. Enttäuscht griff sie nach der kleinen Flasche Öl neben ihrem Bett, ein wunderbares Produkt, das sie sich von Donatella ausgeliehen hatte. Um sich zu besänftigen, rieb Kiki Brüste, Schenkel und Bauch mit dem samtenen Öl ein. Es duftete nach Mandeln, und durch ihren warmen Körper entwickelte sich der Duft erst richtig.

Sie musste daran denken, was für einen aufregenden Tag die amerikanische Professorin hinter sich hatte. Der Streit mit Temple-Clarke, das Feuer in ihrem Büro, das Belauern und Belauschen von Ian Ramsey und Jennifer, der Kampf gegen die Männer aus dem Hinterhalt, der Abschiedsbrief ihres Freundes – und jetzt wurde sie von einem attraktiven *carabiniere* flach gelegt. Statt hysterisch zu werden, statt zu toben oder zu weinen, hatten alle diese Geschehnisse zur Geburt einer anderen Persönlichkeit geführt, dachte Kiki. Es war, als hätte sie wie eine Schlange ihre alte Haut abgelegt. Kiki, die sich selbst als hartes Mädchen ansah, war sehr beeindruckt.

Kiki hörte Stöhnen und Grunzen aus dem Wohnzimmer und schloss daraus, dass die beiden es nicht mehr bis zu Donatellas Zimmer geschafft hatten. Kiki lauschte und glitt mit einer Hand über den glitschigen Schoß. Aber dann drangen ungebeten wieder die Bilder von Gianfranco della Parigi in ihren Kopf.

Sie erinnerte sich daran, wie er sich in ihrer Hand angefühlt hatte, schwer und dick, die Hoden zum Bersten gefüllt. Es war tatsächlich das prächtigste Exemplar, das Kiki je in der Hand gehalten hatte. Ironie des Schicksals, dass es einem jungen Mann gehörte, der es nicht einzusetzen wusste. Sie stellte sich vor, wie er es sich selbst besorgte, zu Hause, auf der Toilette im College, bei jeder Gelegenheit.

Diese Vorstellung erregte sie, und die ersten kleinen Schauer der Lust rieselten durch ihren Körper, während ihre geschickten Finger die kleine Knospe rubbelten. Sie musste über sich selbst lachen. Kiki Lee, eine erfahrene, sexuell aggressive junge Frau, mit einem Schwarm voller Liebhaber, saß allein zu Haus und besorgte es sich selbst, während sie an einen jungfräulichen Schwanz dachte.

Kiki musste zugeben, dass der junge Mann eine höchst ungewöhnliche Quelle für die sexuellen Fantasien einer Frau wie sie war. Er war groß, schlaksig und sehr ernsthafter Natur – scheu, zurückhaltend, auf sein Studium fixiert. Stubenhocker war die treffende Bezeichnung. Aber Kiki glaubte, wenn er seine Haare anders kämmte, sich weniger altmodisch kleidete und nicht mehr so als graue Maus herumlief, könnte er ein gut aussehender Bursche sein. Er war ein lieber Kerl, und sie wusste, dass er körperlich fit war; sie hatte ihn oft beim Langstreckentraining gesehen.

Sie legte sich aufs Bett, einen Finger zwischen den feuchten Labien. Vielleicht sollte sie ihn anrufen und sich bei ihm entschuldigen oder … Oder was? Sie griff in die Schublade des Nachttischs und nahm ihren Lieblingsdildo heraus, ein leicht gebogener fünfzehn Zentimeter langer Schaft, in dickes lavendelfarbenes Gummi gewickelt.

Impulsiv schlug sie das Verzeichnis der Telefonnummern aller Studenten auf. Gianfranco wohnte in San Leo, einer kleinen Stadt am westlichen Rand von Arezzo. Sie tippte seine Nummer ein. Erst als sie es klingeln hörte, wurde ihr bewusst, dass es Mitternacht war.

Gianfranco hörte beim zweiten Klingeln auf, sich zu reiben. Er war noch ein wenig außer Atem, als er in den Hörer knurrte. »*Pronto?*«

»Gianfranco, bist du das? Entschuldige, dass ich so spät noch anrufe.«

»*Si, sono io. Chi è?* Wer ist da?«

»Gianfranco, hier ist Kiki. Bist du gerade vom Training zurück?«

»Nein. Warum?«

»Es hört sich so an, als ob du außer Atem bist.«

Er antwortete nicht sofort. Er schluckte und fand dann seine Stimme wieder. »Ki … Kiki? Was ist passiert? Ist etwas nicht in Ordnung?«

»Nein, nein, alles okay. Ich wollte mich nur bei dir …, also, ich wollte mich entschuldigen. Es war verdammt unanständig von uns, wie wir dich neulich behandelt haben. Ich meine, wir wollten dich einfach aus der Reserve locken, verstehst du?«

»Oh.« Er wusste nicht, was er sagen sollte. »Mir tut es Leid, dass ich weggerannt bin«, meinte er dann. »Du musst mich für einen Idioten halten.«

»Nein«, antwortete Kiki. »Überhaupt nicht. Du bist nur ein bisschen schüchtern. Gianfranco, hat dir schon mal eine Frau gesagt, dass du herrlich bestückt bist?«

»Du machst dich schon wieder lustig über mich. Hör auf damit.«

»Nein, nein, ich mache mich nicht lustig. Ich habe das ernst gemeint. Hast du keine Freundin, die deinen schönen Schaft bewundern kann? Ich bin doch nicht die Erste gewesen, oder?«

»Nein.« Gianfranco stellte überrascht fest, dass

er größeres Selbstvertrauen empfand, während er mit der sexy Rothaarigen am Telefon sprach. Er hielt immer noch den Penis in der freien Hand. Während sie miteinander sprachen, strich er langsam über die Erektion.

»Nein, und das ist alles? Komm schon, erzähl mir davon.«

Er brachte kaum ein Wort heraus. In seinem Kopf liefen die Bilder von Kiki und Francesca ab, wie sie ihn gereizt hatten. Seine Hand bewegte sich schneller, und unwillkürlich stieß er ein leises lustvolles Stöhnen aus.

»Gianfranco?« Kleine Pause, dann fragte Kiki anklagend, aber mit einem Lachen in der Stimme: »Bist du gerade mit deinem schönen Schaft beschäftigt?«

Er brachte keinen Ton heraus.

»Sag's mir, Gianfranco«, lockte Kiki. »Ist er so dick wie beim letzten Mal?«

Er hielt es nicht länger aus. »Ja, ja.«

»Komm schon, Gianfranco, erzähle mir von der anderen Frau. Sage mir, was sie mit dir gemacht hat. Ich bin schon nass, wenn ich nur an deinen Schaft denke. Erzähle mir, was du gerade tust und was du mit der anderen Frau angestellt hast.«

»Das habe ich noch keinem erzählt.«

»Du kannst es mir sagen, während ich die Finger in meine Pussy schiebe und mir vorstelle, es sei dein Schwanz. Wer war die andere Frau?«

»Besorgst du es dir auch selbst?« Man konnte das ungläubige Erstaunen in seiner Stimme hören.

»Ich liege nackt auf dem Bett, bin sehr nass und denke an deinen strammen Burschen.«

»Und du hast die Finger in … in deiner Pussy?«

»Ja.«

»Was tun die Finger?«

»Ich reibe sie über die Klit. Und was tust du?«

»Ich reibe immer schneller und denke an dich, Kiki. Welche Farbe hat dein Schamhaar?« Ist es auch rot?«

»Ja, rot. Und es ist dicht und kraus. Bist du nackt?«

»Ja.«

»Ich schiebe jetzt einen Vibrator in mich hinein. Mein ganzer Schoß bebt. Bitte, erzähle mir von der anderen Frau.«

»Da gibt's nicht viel zu erzählen.«

»Komm schon, du schöner scheuer Junge. Ziere dich nicht so. Ich will alle Einzelheiten hören.«

Gianfranco fasste allen Mut zusammen. »Ich hatte eine Affäre mit einer älteren Frau. Aber trotzdem bin ich immer noch Jungfrau.« Er brach ab. »Himmel, ich habe keinem ein Wort davon erzählt, warum erzähle ich es dir?«

»Gianfranco, mein Schatz«, lockte Kiki. »Es tut gut, mit jemandem darüber zu reden. Ich verspreche, ich werde es keinem sagen. Das bleibt zwischen uns.«

Der junge Mann ließ seinem Frust freien Lauf. »Warum rufst du mich an?«, wollte er wissen. »Du kannst jeden haben, den du haben willst. Alle Studenten wollen mit dir schlafen, du siehst so super aus in deinen Punkklamotten. Ich kann deine Nippel sehen, wenn ich auf den Fluren an dir vorbeigehe. Ich möchte am liebsten danach greifen und sie berühren.«

Zu seiner Überraschung hörte sich die junge Frau am anderen Ende der Leitung mehr als bereitwillig an.

»Hör zu, Gianfranco«, sagte sie, »ich verspreche dir, das nächste Mal kannst du meine Titten in deine Hände nehmen. Du kannst meine Nippel saugen. So lange du willst. Ja, das würde mir gut gefallen. Vergibst du mir dann, was ich dir vor ein paar Tagen angetan habe?«

»Ja, natürlich. Aber es hat mir gefallen. Ich war nur so scheu. Ich dachte, du und Francesca, ihr wolltet euch nur lustig über mich machen.«

Kiki klang zerknirscht. »Ja, so hat es auch angefangen. Aber das hätten wir nicht tun dürfen. Glaubst du mir das?«

»Ja.«

»Erzähle mir von der anderen Frau.«

»Sie war … sie war die Frau eines Professors«, begann er nach einer weiteren Pause. »Ihr Mann befand sich auf einer Studienfahrt in die Staaten. Ich war gerade in die Gegend gezogen, und sie hatten mich angeheuert, um kleine Dinge in Haus und Garten für sie zu erledigen, weil ich mir etwas Geld für meine Studien verdienen wollte.«

»Wo war das, Gianfranco? Hier in Arezzo?«

»Nein, in Siena. Im vergangenen Jahr.«

»Und was ist passiert?«, drängte Kiki.

»Sie hieß Veronique und war eine gebürtige Pariserin. Was schon ein wenig verrückt war, ich meine bei meinem Namen della Parigi. Nun ja, also Veronique war sehr schön und sehr sexy, aber auch sehr einsam. Sie glaubte, ihr Mann hätte eine Affäre, und sie begann zu flirten.«

»Weiter«, drängte Kiki, und Gianfranco hörte, dass sie ganz außer Atem war.

»Streichelst du dich?«, fragte er.

»Oh, Himmel, ja! Es macht mich scharf, wenn du mir solche Sachen erzählst. Ich habe den Vibrator ganz tief in mir, und meine Pussy kribbelt. Ich wünschte, du wärst bei mir.«

Er war völlig verdutzt. Es war seine Lieblingsfantasie, die plötzlich Wirklichkeit geworden war. Kiki musste ihn wieder mahnen, mit der Geschichte fortzufahren.

»Ach so, ja. Nun, sie war ein wenig seltsam. Sie glaubte, dass ihr Mann sie betrog, aber sie wollte nicht ›so schlecht sein wie er‹, wie sie es ausdrückte. Sie sagte, eine Affäre, ohne sie vollzogen zu haben, zählte nicht, dann könnte sie ihrem Mann immer noch schwören, mit keinem anderen Mann Sex gehabt zu haben.«

Kiki lachte. »Ein wenig seltsam? Es hört sich so an, als wenn sie alle Schrauben locker hätte. Was habt ihr also getan?«

Gianfranco schwieg einen Moment. »Sie hat mir beigebracht, sie zu masturbieren.«

»Mit den Fingern?«

Er schwieg wieder eine Weile. »Wir zogen uns nackt aus, und ich durfte mit dem Finger in sie eindringen. Immer nur mit einem, nie zwei oder drei. Und dann musste ich sie reiben, bis es ihr kam.«

»Himmel«, rief Kiki. »Und ihr habt nie gevögelt? Selbst nicht mit deinem schönen Schwanz? Du bist also Jungfrau geblieben. Was hat sie denn mit dir angestellt? Hat sie dir einen geblasen?«

»Das war auch so merkwürdig. Sie wollte mich nicht berühren, und mit dem Mund schon gar nicht. Ich sollte mich vor sie stellen und es mir selbst besorgen, wenn sie an sich spielte. Und ich musste auf einem Tuch kommen, nie auf ihr.«

»Wie lange hat das gedauert?«

»Drei Wochen lang täglich. Dann kam der Ehemann unerwartet zurück, und sie hat mich gefeuert. Seither habe ich sie nicht wiedergesehen. Ich habe gehört, dass sie ihren Mann verlassen hat und zurück nach Paris gegangen ist.«

»Oh, verdammt«, murmelte Kiki. »Kein Wunder, dass du Frauen gegenüber nach einer solchen Erfahrung so schüchtern bist. Ich glaube, du brauchst schleunigst eine neue Erfahrung. Ich werde dir zeigen, wie Frauen wirklich sind. Hast du noch deinen Schwanz in der Hand?«

»Ja.«

»Wenn wir eine Affäre hätten, würde ich ihn die ganze Zeit in mir haben wollen.«

Gianfranco brauchte einen Moment, bis er begriffen hatte, was sie gerade gesagt hatte. »Können wir denn eine Affäre haben? Du und ich?«

»Warum nicht?«, fragte Kiki. »Willst du denn?«

»Kann ich jetzt in dein Studio kommen?« Sobald er das ausgesprochen hatte, fühlte er sich wie ein Kind. So ungeduldig. Außerdem würde Kiki um diese Uhrzeit längst zu Hause sein.

»Nein, du dummer Junge«, sagte sie auch prompt. »Wir treffen uns morgen nach der letzten Vorlesung. Im Speakeasy. Ich habe dich da schon einige Male gesehen.«

Das Speakeasy war eine originell eingerichtete Bar, die an die amerikanische Prohibitionszeit erinnern sollte. Die Kellnerinnen trugen winzige Minis und kaum verhüllende Tops. Es war ein Ort zum Grapschen und mehr.

»Wann?«, fragte Gianfranco und versuchte, lässig zu klingen.

»Was hältst du von halb acht? Wir nehmen uns ein paar Drinks, dann ziehen wir weiter.«

»Kann ich dich nackt sehen? Und … oh, verdammt, können wir zusammen schlafen?«

Kiki lachte. »Ja, klar, wenn du willst.«

Il Occhio al Occhio
(Auge in Auge)

Als Donatella am anderen Morgen im Zug nach Arezzo saß, ließ sie sich nicht auf eine Diskussion über ihre nächtlichen Aktivitäten ein, ganz egal, wie sehr sich Francesca bemühte, sie aus der Reserve zu locken. Kiki hielt sich mehr zurück als sonst, sie lächelte nur und sagte wenig.

»Nun«, sagte Francesca laut, frustriert vom erfolglosen Bohren, »ich kann nur sagen, Donatella, man sieht dir schon auf hundert Schritt Entfernung an, dass du in der Nacht gut bedient worden bist. Wahrscheinlich sehen es auch alle Leute hier im Abteil.«

Zwei Dutzend Köpfe drehten sich zu Donatella um. »Jetzt ja«, kommentierte Kiki trocken. Donatella errötete unter den neugierigen Blicken der anderen Fahrgäste. Unter dem Tisch trat sie gegen Francescas Bein, und Francesca grinste breit.

»Was passiert, wenn Temple-Clarke heute im College auftaucht?«, fragte Kiki, um das Thema zu wechseln.

»Ich werde dafür sorgen, dass er nicht ins

College kommt«, sagte Donatella entschlossen. »Nach allem, was geschehen ist, hat er im College nichts mehr zu suchen. Vielleicht haben Salvatore und Sandro ihn ja schon eingesperrt«, sagte sie voller Hoffnung.

Diese Hoffnung zerstob, als das Trio die Halle betrat, denn dort stand der hoch aufgeschossene Direktor, eine große Sonnenbrille vor den Augen. Donatellas Herz pochte schwer gegen ihre Rippen, aber sie zwang sich, ruhig zu bleiben.

»Ist was denn mit Ihren Augen, Mr Temple-Clarke?«

»Ich leide unter einer Allergie«, fauchte Temple-Clarke. »Was geht Sie das an?«

»Plötzlich und unerwartet, was?«, hakte Donatella nach. »Gestern waren Ihre Augen noch in Ordnung. Hat man Ihnen was reingesprüht?«

Der Direktor fuhr mit einer Hand in die Tasche, und die drei Frauen wichen instinktiv zurück, aber er hielt nur eine kleine Pillendose in der Hand. »Hier«, schnappte er wütend und hielt die Dose vor Donatellas Gesicht. »Ich habe Ihren ehrenwerten Polizisten gesagt, dass ich mir diese Pillen gestern Abend in der *farmacia* gekauft habe. Ich war es nicht, der Sie angegriffen hat.«

Donatella trat einen Schritt zurück und überlegte sich eine Antwort.

»Ja, ich weiß genau, was passiert ist«, fauchte Temple-Clarke. »Die beiden *carabinieri* haben mich mehr oder weniger beschuldigt, Sie umbringen zu wollen. Wie ein paar Schwarzhemden von Mussolini haben sie mich heute Morgen aus dem Bett gezerrt.«

»Ja, weil Sie es auch waren, Sie gemeiner Bastard!«, rief Kiki.

Der große hagere Engländer wirbelte herum und baute sich vor der zierlichen Amerikanerin auf. »Sie halten sich ja für so klug, nicht wahr, Miss Lee? Ihr alberner Kampfsport kann mich nicht beeindrucken. Warum haben mich die *carabinieri* denn wieder nach Hause geschickt? Weil ich nichts getan habe, und weder Sie noch die Polizisten können mir etwas nachweisen.«

Kikis silberner Nasenring blitzte auf, als sie den rechten Arm hob, der es auf Temple-Clarkes Gesicht abgesehen hatte. Er wich zurück, aber nicht schnell genug – Kiki hatte ihm die Brille vom Gesicht gerissen, sodass sie nun die geschwollenen rot umrandeten Augen sehen konnten. Temple-Clarke blinzelte, und seine Augen wurden im hellen Sonnenlicht, das in die Halle flutete, ganz klein.

»Geben Sie mir die Brille zurück!«, schrie er, aber Kiki wich seinem geschwungenen Arm aus.

Donatella betrachtete den Mann kalt. »Das ist aber eine sehr böse allergische Reaktion«, sagte sie sarkastisch. »Was für ein Zufall, dass sie ausgerechnet gestern Abend auftrat.« Sie starrte in die tränenden Augen. »Ich bin sicher, dass Sie es waren, der mich gestern Abend überfallen hat«, sagte sie, ermutigt durch die Anwesenheit ihrer Freundinnen. »Ich werde es beweisen und dafür sorgen, dass Sie für eine lange Zeit hinter Gittern eingeschlossen werden. Darauf können Sie sich verlassen. Und bis dieser Tag kommt, erteile ich Ihnen Hausverbot für das College. Ihr Büro ist verschlossen, Ihre Unterlagen sind sichergestellt und werden für meine Untersuchung über Ihre korrupten Geschäfte benötigt.«

Temple-Clarke stieß einen Laut aus, der an ein Schluchzen erinnerte. Sein Gesicht war weiß vor Zorn. »Ich werde Ihnen was sagen, Sie Hexe«, fauchte er. »Ich war es nicht, der Sie überfallen hat, aber wer es auch war – ich wünschte, er hätte den Job besser erledigt.«

Er drehte sich abrupt um und wollte erneut nach seiner Brille greifen, aber Kiki trat blitzschnell zur Seite, ließ die Brille fallen und trat mit ihren Stiefeln darauf. Man hörte das Knirschen von Glas auf dem Steinboden.

»Oh, wie schade«, sagte sie grinsend.

Temple-Clarke stand blinzelnd da und hielt sich eine Hand vor die Augen.

»Und jetzt verschwinden Sie«, befahl Donatella, »sonst muss ich *il capitano Provenza* rufen, der Ihnen unangenehme Fragen stellen könnte.«

Temple-Clarke stolperte hinaus in die grelle Sonne. »Das nächste Mal, di' Bianchi«, zischte er, »das nächste Mal werde *ich* es sein!«

Die Sitzung des Lehrkörpers verlief lebhaft. Alle Professoren, Ramsey ausgenommen, schienen einen ungeheuren Respekt vor Donatella zu haben, ein Gefühl, das sie immens genoss. Sie hatte sich der Sitzung angemessen gekleidet und trug ein Ensemble, das sie, zusammen mit einigen anderen, in einer kleinen Boutique an der Piazza San Francesca gekauft hatte. Da es heute etwas kühler war, hatte sie sich für einen leichten Kaschmirpullover mit tiefem V-Ausschnitt entschieden, dazu trug sie eine gold-schwarz gestreifte Hose mit einem Reißverschluss an der Seite. Sie saß eng auf den Hüften. Wildlederstiefel in Schwarz mit hohen Absätzen. Ein antikes Pendel mit einem eingelassenen Edelstein an einer Silberkette bewegte sich in ihrem Ausschnitt.

Donatella strahlte Macht und Autorität aus. Sie war froh, des Beistands von Kiki und Francesca sicher zu sein, die unten im Büro arbeiteten und da sein würden, wenn sie Hilfe brauchte. Vorher hatte sie Salvatore angerufen und ihm von Temple-Clarkes Drohungen berichtet. Tatsächlich hatte er den Engländer wieder aufs Revier gebracht, um ihn erneut zu vernehmen.

»Der bisherige Direktor Mr Temple-Clarke ist von heute an vom Dienst suspendiert«, gab sie bekannt. »Die Treuhänder in Boston haben mich zur vorläufigen Direktorin ernannt.« Sie hielt eine E-Mail hoch. »Diese Bestätigung hat mich heute Morgen erreicht. Gibt es dazu Fragen?«

»Werden wir in den Klassen so weiter arbeiten können wie bisher?«, fragte ein älterer italienischer Professor. »Und wer wird die Klassen von Dir… eh, von Professor Temple-Clarke übernehmen?«

Donatella warf einen Blick auf die Gruppe. »Alles sollte weiter nach Plan laufen«, sagte sie, »aber ob Sie alle so weiter arbeiten können wie bisher, das wird sich erst ergeben.«

Beunruhigte Blicke richteten sich auf Donatella. »Was meinen Sie damit?«, fragte eine der Kunstprofessorinnen.

»Ich bin von den Treuhändern beauftragt, eine Beurteilung jedes Professors vorzunehmen«, antwortete Donatella. »Im Laufe der nächsten Wochen werde ich in Ihre Klassen kommen, um Ihre Art zu unterrichten kennen zu lernen. Ich will Ihre Methoden erfahren und werde dann beurteilen, welche Ergebnisse Sie bei den Studenten erzielen.«

Die amerikanische Professorin genoss die tiefen Atemzüge ihrer Zuhörer. »Am Ende des Monats werde ich den Lehrplan für das nächste Studienjahr aufstellen und gleichzeitig Anzeigen für eventuellen Ersatz in europäischen und amerikanischen Hochschulmagazinen schalten.«

Donatella sah ihre Kollegen nacheinander an. »Ich bin sicher, dass ich mich auf Ihre volle Kooperation verlassen kann und dass Sie alle hart daran arbeiten, mir zu zeigen, warum Sie auch weiterhin ein Mitglied dieser Colleges sein wollen. Wer von Ihnen bleibt, wird sehr bald feststellen, dass sich einige entscheidende Dinge ändern werden. Ich hoffe, wir können zusammen daran arbeiten, den Standard dieses Colleges zu erhöhen. Es wird höchste Zeit, dieses Ziel zu erreichen. Was die Kunstgeschichte angeht, so werde ich selbst Temple-Clarkes Vorlesungen übernehmen. Noch Fragen?«

»Nur eine, Donatella.« Sie hörte Ramseys angenehme Stimme, der sie das erste Mal mit dem Vornamen ansprach.

»Ja ... Professor Ramsey?«

»Wie lange werden Sie die Geschäfte als Direktorin führen, und wie sieht es mit den Plänen für eine permanente Besetzung des Postens aus?«

»Ich werde so lange Direktorin bleiben, bis das College zurück zur Pflicht gefunden hat«, erwiderte sie. »Ich werde mich nicht auf einen bestimmten Zeitraum einlassen. Zur gegebenen Zeit werden die Treuhänder mit der Suche nach einem geeigneten Nachfolger beginnen.«

Ramsey nickte und rieb sich die Augen, offenbar zufrieden mit Donatellas Antwort. Eine weitere halbe Stunde musste sie noch die Fragen des Lehrkörpers beantworten, dann entließ sie die Professoren, damit sie in ihre Klassen zurückkehren konnten. Ramsey blieb zurück, und als alle gegangen waren, ging er langsam auf sie zu.

»Wissen Sie«, begann er lässig, »ich interessiere mich für die Stelle des Direktors. Ich finde, es ist Zeit, dass ich dem College etwas von dem zurückgebe, was es mir gegeben hat.«

Donatella sah ihn überrascht an.

Ramsey lachte und fuhr sich mit gespreizten Fingern durch die Haare. »Sie wissen nicht viel über mich. Bevor ich in die Toskana kam, unterrichtete ich an einem College in Newcastle und war für den Lehrplan verantwortlich. Ich bin für die Aufgabe geeignet.«

Donatella war versucht, den freundlichen Engländer als Verbündeten in den Arm zu nehmen, aber eine angeborene Vorsicht hielt sie zurück. »Ich bin sicher, Sie haben eine erstaunliche Biographie, Ian«, sagte sie nach kurzem Zögern. »Ich würde sie mir gern ansehen.«

»Und ich würde sie Ihnen gern zeigen … und noch ein paar andere Sachen dazu«, fügte er an. »Dinge, die dazu führen, dass Sie mich besser kennen lernen.« Das strahlende Lächeln ließ keinen Zweifel an der Doppeldeutigkeit.

Donatellas Herz schlug schneller. Sie sah Ramseys nackten Körper vor sich. »Ich bin sicher, dass wir uns mal sehen könnten.«

Ramsey nahm ihre Hand. »Wenn Ihnen gefällt, was Sie sehen …« Er brach ab. »Ich meine, da gibt es noch einiges, was ich Ihnen zeigen kann.« Er drückte ihre Hand wie unabsichtlich gegen seinen Hosenschlitz. »Wenn Sie zufrieden mit mir sind, könnten Sie bei den Treuhändern gleich den neuen Direktor präsentieren.«

Sie spürte die Schwellung unter ihrer Hand, aber diesmal hatte sich Donatella unter Kontrolle. Sie schüttelte den Kopf, um die Nebel der Erregung zu verdrängen, die in ihrem Gehirn zu wabern schienen, dann zog sie entschlossen die Hand aus Ramseys Griff.

Der Kerl kannte keine Skrupel. Sie trat einen Schritt zurück und bemerkte die Stille, die plötzlich eingesetzt hatte. Nach einem tiefen Atemzug sagte sie verärgert: »Gestern haben Sie mich abblitzen lassen. Heute geht es Ihnen um den Posten des Direktors, und nun bieten Sie mir an, mit mir zu schlafen, um den Job zu erhalten. Ist das Ihr Plan?«

Ramsey hob die Schultern und sagte lässig: »Das Angebot liegt auf dem Tisch. Sagen Sie mir nicht, dass Sie nicht schon mal an diese Möglichkeit gedacht haben.«

Wenn er lächelte, war es schwierig für Donatella, ungerührt zu bleiben. »Gestern«, begann sie und wollte ihm sagen, dass sie sogar nach ihm gegiert hatte, aber in den vierundzwanzig Stunden seit ihrem tapsigen Verführungsversuch waren ihre lange verschütteten Gefühle ans Licht gekommen. Sie sah dem Engländer in die Augen. »Gestern war gestern«, sagte sie. »Heute sieht es anders aus. Ich habe kein Interesse an Sex mit Ihnen. Heute nicht, morgen nicht und übermorgen auch nicht.« Sie fühlte sich befreit von ihrer Besessenheit, und sie konnte den gut aussehenden Mann, der so verführerisch vor ihr stand, ganz sachlich betrachten.

Er hob wieder die Schultern.

»Ich bin sicher, Sie haben viele verborgene Talente, Professor Ramsey«, sagte Donatella kühl. »Ich werde mich zur gegebenen Zeit Ihrer Biographie widmen. Aber Sie werden sicher verstehen, dass wir unter den Umständen, die hier geherrscht haben, den korrekten Weg bei der Suche nach einem geeigneten Direktor einhalten müssen.«

Ramseys Lächeln schwand für einen kurzen Moment, aber dann leuchtete es sofort wieder auf. Wenn Donatella nicht genau hingesehen hätte, wäre ihr der kurze wütende Blick der rot umrandeten braunen Augen entgangen.

»Schon gut«, sagte er in seiner üblichen Lässigkeit. »Ich wollte es nur mal ansprechen. Das Angebot steht noch, wenn Sie Ihre Meinung ändern. Sie werden erfahren, dass ich nicht so schnell aufgebe.«

Den Rest des Tages war Donatella durch Gespräche mit den einzelnen Fakultätsmitgliedern beschäftigt, die eifrig bemüht waren, ihre Bedeutung für das College herauszustreichen. Dann folgte ein Treffen mit den älteren Studenten, das zwar lustiger war, aber wenig Nutzbares brachte.

Anschließend hockte sie mit Kiki über den Unterlagen, die Temple-Clarkes Beziehungen mit der römischen Firma beleuchteten. Zur Freude der Frauen entdeckten sie mehrere Diskrepanzen zwischen Rechnungen und gelieferten Waren, die nirgendwo im College gefunden werden konnten.

»Auf den ersten Blick sehen die Rechnungen einwandfrei aus«, sagte Kiki. »Aber es gibt viele Dienstleistungen, die nicht spezifiziert sind und hohe Summen verschlungen haben. Ohne Informationen von Temple-Clarke wird es schwierig sein, diese Unstimmigkeiten aufzuklären.«

»Die Firma in Rom müsste uns aufklären können«, meinte Donatella.

»Aber wenn sie an dem Betrug beteiligt ist, wird sie uns nicht aufklären wollen«, hielt Kiki dagegen. »Und wenn wir anfangen, Fragen zu stellen, wissen sie, dass wir ihnen auf die Schliche gekommen sind.«

»Wenn sie mit Temple-Clarke unter einer Decke stecken, hat er sie vielleicht schon gewarnt«, sagte Donatella dumpf. »Vielleicht könnte Salvatore einen Kollegen in Rom bitten, die Firma unter die Lupe zu nehmen. Das wird die Leute mehr beeindrucken als zwei amerikanische Frauen, die bei ihnen vor der Tür stehen und unangenehme Fragen stellen wollen.«

Ihr Gespräch wurde von Francesca unterbrochen, die den Kopf zur Tür reinstreckte. »Sandro ist draußen«, sagte sie. »Er ist bereit, uns nach Bucine zu fahren.«

Kiki sah verdutzt hoch. »Oh«, sagte sie, »das habe ich ganz vergessen. Ich habe eine Verabredung. Ich nehme den letzten Zug, oder wenn ich den verpasse, bleibe ich über Nacht hier. Dann rufe ich aber an.«

Donatella fand, dass ihre Assistentin ungewöhnlich verschwiegen war. »Meinst du nicht, wir sollten zusammen bleiben? Besonders abends? Hast du dir das mit der Verabredung auch gut überlegt? Ich will ja nicht neugierig sein, aber es kann gefährlich werden.«

Francesca ging viel direkter vor. »Wer ist es?«, fragte sie. »Jemand, den wir kennen?«

Kiki errötete. »Irgendein Typ«, sagte sie und vermied es, den Frauen in die Augen zu sehen. »Das geht schon in Ordnung. Er ist harmlos. Wenn es zu spät wird, übernachte ich bei ihm.«

Donatella und Francesca sahen ihre Freundin kritisch an, aber Kiki blieb wortkarg und bot keine zusätzlichen Informationen an.

Francesca verlor schnell ihre Geduld. »Also gut«, sagte sie aufgebracht. »Wenn du uns nichts weiter sagen willst und du glaubst, dass du in Sicherheit sein wirst, dann machen wir uns auf den Weg. Aber melde ich, wenn dich irgendwas stört oder wenn dir was auffällt.«

Sie fasste Donatella am Arm und führte sie lässig aus dem Büro. Kiki lächelte ihnen nach und winkte.

Draußen kehrte Francescas gute Laune wieder. Grinsend sah sie Donatella an, als sie auf Sandros Auto zu gingen. »Sandro hat mir gesagt, dass er wieder bei uns bleibt. Befehl von Salvatore.« Sie sah die Freundin forschend an. »Ist das okay, Donatella? Ich habe das Gefühl, er hat große Pläne für heute Abend.«

Donatella lachte. »Das hoffe ich.«

La Conquista di Kiki
(Kikis Eroberung)

Nachdem Donatella und Francesca gegangen waren, fluchte Kiki über sich selbst. Was für eine Närrin sie doch war. Zuerst hatte sie sich mit Gianfranco verabredet, was ihr jetzt gar nicht mehr als gute Idee erschien, und jetzt hatte sie auch noch vor ihren Freundinnen die Nerven verloren – und das nur, weil es ihr peinlich war, ihr Interesse an dem italienischen Jungen einzugestehen.

Sie schaute auf ihre Uhr. Noch zwei Stunden bis zu ihrem Treffen mit Gianfranco im Speakeasy. Sie versuchte, sich wieder auf die Arbeit zu konzentrieren, aber sie war zu sehr abgelenkt. Sie warf sich ihre Jacke über. Dann fiel ihr ein, dass sie nicht allein über die Straßen laufen sollte.

»Mist«, sagte sie laut, »ich erkenne mich kaum noch wieder. Kiki Lee, du benimmst dich wie ein alberner Teenager. Reiß dich zusammen!«

Sie trat ans Fenster und rechnete damit, Ramsey und Jennifer beim Fußballtraining zu sehen, aber da unten im Park waren nur ein paar Kinder und ihre Eltern.

Dann klopfte es an ihre Tür, und sie drückte rasch eine halb gerauchten Zigarette aus.

»Ja? Wer ist da?«

»Jennifer.«

»Hallo. Komm herein«, sagte Kiki. »Ich habe gerade an dich gedacht.«

Die Tür öffnete sich, und die athletische junge Frau trat ein. Sie trug ein mit Farbe beschmiertes T-Shirt und enge Jeans.

»Suchst du mich oder Donatella?«

»Ich wollte zu dir. Im Studio habe ich dich nicht gefunden, deshalb dachte ich, du könntest hier sein. Ich wollte dich zu Ian befragen.«

»Ian Ramsey?«, fragte Kiki überrascht und nahm wieder einen Zug.

Jennifer nickte, dann sagte sie zögernd: »Ich nehme an, du weißt, dass Ian und ich ein Paar sind.«

Kiki nickte. »Ja, das habe ich gehört.«

»Gehst du noch jede Woche in seine Klasse?«

Kiki nickte wieder und war gespannt, worauf Jennifer hinaus wollte.

»Kommt er dir verändert vor? Hast du in letzter Zeit irgendwas an ihm bemerkt?«

»Was denn?«

»Ach, ich weiß es nicht. Abgelenkt, mit den Gedanken woanders. Weißt du, ob ihn was bedrückt?«

»Ich glaube nicht, dass er sich mir anvertrauen würde«, sagte Kiki. »Die ganze Fakultät sieht in mir den Feind, weil ich für Donatella arbeite.«

»Weißt du, ob er eine andere hat?«

»Nein. Ich weiß nur, dass ihr beide ein Paar seid.«

Das brachte eine leichte Röte auf Jennifers Gesicht. »Ja, es kann eine Menge Spaß mit ihm machen«, sagte sie, aber dann wurde sie wieder ernst. »Ich weiß, dass er einige Male mit deiner Freundin Francesca zusammen war.«

»Einmal, glaube ich, aber ich bin sicher, dass das vorbei ist.«

Man sah Jennifer die Erleichterung an.

Kiki sagte: »Ja, Francesca kann harte Konkurrenz sein. Aber nicht, wenn es um Ian geht. Aber warum fragst du? Glaubst du, dass er dich betrügt?«

»Im Bett ist er mechanisch geworden. Er ist irgendwie abwesend. Als wenn er in Gedanken bei einer anderen wäre. Ich dachte, du wüsstest vielleicht was.«

»Vielleicht sorgt er sich um die Dinge, die hier im College geschehen«, meinte Kiki. »Donatella wird alles auf den Kopf stellen, und vielleicht bedrückt es ihn, dass er im nächsten Semester keinen Job mehr haben könnte.«

»Er ist ein guter Lehrer«, sagte Jennifer. »Er soll bleiben. Einige könnten gehen, und wir wären besser dran. Aber nicht Ian Ramsey.«

»Da stimme ich zu, aber das hängt nicht von mir ab. Donatella hat das Sagen.«

Die beiden Frauen verfielen in Schweigen. »Wie wohnt er denn?«, fragte Kiki dann, eher, um überhaupt etwas zu sagen, denn aus Neugier.

»Das ist auch so seltsam«, antwortete Jennifer. »In all den Wochen, die wir zusammen sind, hat er mich nie in seine Wohnung eingeladen. Wir waren immer bei mir oder haben es im Freien getrieben. Es erregt doch zusätzlich, wenn man Gefahr läuft, erwischt zu werden. Darauf fährt er voll ab. Einmal haben wir um zwei Uhr morgens am Piazza Grande gevögelt.«

Kiki war beeindruckt. »Aber er kommt noch zu dir?«, fragte sie.

Jennifer nickte. »Zwei oder drei Mal die Woche. Aber davor war es jeden Tag. Ich konnte den Rauch seiner Zigarren gar nicht mehr los werden.«

»Er raucht nach dem Sex?«

»Ja, das ist so eine Art Ritual bei ihm. Ich finde es schon ein bisschen bizarr, aber ich habe mich nie beklagt. Ich lag so was von befriedigt neben ihm, dass ich mich gar nicht getraut hätte, über irgendwas zu meckern.«

»Und was für ein Ritual?«

»Er hat immer eine Zigarre bei sich. Sobald wir fertig sind, schneidet er mit einem kleinen Taschenmesser die Spitze ab. Das allein schon ist ein bisschen unheimlich, es sieht wie eine Beschneidungsaktion aus. Dann legt er sich zurück, raucht und spielt mit seinem besten Stück. Manchmal bittet er mich, auch mit mir zu spielen, damit er zuschauen kann.« Jennifer wurde rot. »Oh, Himmel! Was erzähle ich dir alles? Oh, das ist mir alles so peinlich!«

Kiki lachte. »Unsinn, mir gefällt so ein Gespräch von Mädchen zu Mädchen. Ich an deiner Stelle würde mir wegen Ian keine Sorgen machen. Jeder hat seine kleinen Macken. Wenn er auf Sex an öffentlichen Orten steht, dann lass ihm die Freude. Er wird doch nicht grob dabei?«

Jennifer schien beruhigt zu sein. »Nein, nie«, sagte sie. »Es ist sehr intensiv mit ihm, jedenfalls war es so, aber mit Gewalt hat er nichts zu tun. Es ist herrlich mit ihm. Deshalb würde ich ihn vermissen, wenn er gehen müsste.« Sie schwieg eine Weile.

»Wie ist es denn, mit Francesca zusammen zu wohnen?«, fragte Jennifer und wechselte abrupt das Thema. »Wenn sie bei uns Modell sitzt, spielt sie ganz ungeniert mit sich, wenn der Professor nicht hinsieht.« Sie lachte. »Es treibt die Jungs in den Wahnsinn. Sie sitzen alle mit einem Steifen da. Ich habe gehört, dass sie zu Hause immer nur nackt herum läuft.«

Kiki lächelte. »Fast immer«, sagte sie. »Man muss Fran nehmen, wie sie ist. Du gewöhnst dich an ihre Nacktheit. Sie hat einen wunderbaren Körper, und sie ist verrückt nach Sex. Aber sie ist eine gute Freundin. Ich mag sie sehr. Und Donatella auch.«

»Tut ... tut sie es auch mit Mädchen?«

»Warum? Hast du Interesse?«, fragte Kiki.

Jennifer errötete wieder. »N ... nein. Nur neugierig.«

Kiki grinste. »Wie würdest du denn reagieren, wenn ein Mädchen dich anbaggert?«

»Ich weiß nicht. Ich habe so etwas noch nicht erlebt. Wie ... wie ist das denn?«

»Ich würde es dir gern zeigen«, neckte Kiki, »aber ich habe eine Verabredung.« Dann fügte sie noch hinzu: »Mit einem Mann. Warum treffen wir uns nicht unten? Ich lade dich zu einem Bier ein.« Das Gespräch über Sex hatte sie angespitzt.

Jennifer war eine attraktive junge Frau. Impulsiv zog sie Jennifers Kopf zu sich und gab ihr einen Kuss auf die vollen Lippen. Jennifer sträubte sich nicht.

»Du solltest mal den Ausdruck auf deinem Gesicht sehen«, sagte Kiki lachend. »Keine Sorge, Mädchen, heute Abend steht mir der Sinn nach was Hartem.« Ihre Zweifel an der Verabredung mit Gianfranco waren zerstoben. »Ein prächtiger Kolben ist nicht zu toppen.«

Jennifer kicherte. »Da stimme ich dir zu. Aber gut zu wissen, dass es Optionen gibt. Warte auf mich in der Halle.«

Die Bar war gut besucht, und Kiki konnte sich nicht konzentrieren. Jennifer fand bald eine Gruppe von Freunden und winkte ihr zum Abschied zu. »Einen schönen Abend, Kiki«, sagte sie mit einem wissenden Lächeln.

Kiki winkte lustlos zurück. Es war ihr zu laut, zu überfüllt, zu verqualmt. Sonst störte sie sich nicht an solchen Umstände, aber heute entsprach diese Atmosphäre nicht ihrer Stimmung. Sie fragte sich, was Gianfranco von ihr erwartete. Und was sie von ihm erwartete.

Eigentlich sollte sie sich auf den jungen Italiener freuen, schließlich war es schon über eine Woche her, seit sie zuletzt Sex gehabt hatte, ausgerechnet mit diesem Widerling Claudio Pozzi. Ein vertrautes Verlangen kribbelte in ihren Lenden. Lächelnd zog die zierliche Rothaarige ihre Jeansjacke über, trank ihr Bier aus und schlenderte hinaus auf die Straße. Sie würde Gianfranco überraschen und wollte sich neue Klamotten kaufen, was sie höchst selten tat.

Einige Geschäfte hatten noch geöffnet. Kiki sah sich die Schaufensterauslagen an. An der Via di Pileata entdeckte sie eine kleine Boutique, in deren schmalen Fenstern verschiedene sexy Sommerkleider und teure elegante Schuhe ausgestellt waren.

Sie überzeugte sich davon, dass sie die Kreditkarte dabei hatte, dann betrat die junge Amerikanerin das Geschäft und ging die Kleiderständer durch. Aus einiger Distanz wurde Kiki von einer fast magersüchtigen Verkäuferin mit unverhohlenem Interesse beobachtet. Kiki lächelte in ihre Richtung, wählte ein paar Kleider aus, hielt sie vor sich und musterte sich im Spiegel.

»*Posso provarlo?*«, fragte sie die Verkäuferin.

Das magere Mädchen deutete auf eine Umkleidekabine und hielt einen langen Vorhang zur Seite, den sie fallen ließ, als Kiki in der Kabine stand. Kiki zog sich rasch aus und probierte die Kleider nacheinander an. Eins gefiel ihr besonders gut, ein kurzes dunkles Blumenkleid aus einem durchsichtigen Seidenstoff. Es sah wie ein *peignor* aus. Das Kleid hätte züchtig gewirkt, wenn da nicht der Ausschnitt gewesen wäre, in dem man die obere Hälfte ihrer Brüste sehen konnte.

Sie drehte sich vor dem Spiegel und überprüfte das Durchsichtige des Stoffs. Nach einigem Zögern entschied sie, auf Unterwäsche zu verzichten. Das Muster im Gewebe bedeckte ihren getrimmten Busch, wenn auch nicht völlig, so dass die meisten Männer einen zweiten Blick riskieren würden.

»*Perfetto*«, sagte Kiki und lächelte ihr Spiegelbild an.

Sie schob den Vorhang zur Seite. Die Verkäuferin wartete schon auf sie. Ein Lächeln hob ihre Mundwinkel. »Sehr hübsch«, sagte sie. »Sehr sexy.«

»*Lo prendo*«, sagte Kiki. »Ich nehme es.« Sie hatte noch nicht auf den Preis geschaut. »*Quanta costa?*«

»Sechshunderttausend Lire«, antwortete die Verkäuferin. Ihre Augenbrauen zuckten kaum wahrnehmbar.

Kiki schluckte einige Male. Sie hatte noch nie vierhundert Dollar für ein Kleid ausgegeben. Aber jetzt war es zu spät. Sie wollte es haben. Ihr Plan für die Verführung Gianfrancos basierte darauf.

»*Acceta carte di credito?*«

Die Verkäuferin nickte.

»Ich brauche auch neue Schuhe«, sagte sie. »Ich habe ein Paar im Fenster gesehen.«

Zehn Minuten später verließ eine völlig veränderte junge Frau die kleine Boutique. Trotz des Nieselregens bot Kiki einen atemberaubenden Anblick. Sie trug die Jeansjacke über dem neuen Kleid. Die Brüste hüpften bei jedem Schritt, und die Nippel drohten über das Kleid zu rutschen. Die schön geformten Beine wurden von den schwarz-silbernen Sandalen betont, die ein weiteres Loch in ihre Finanzen gerissen hatten. In der großen Tüte der Boutique trug sie Rucksack, Stiefel und die alten Kleider. Sie schaute auf die Uhr. Sie würde sich zu ihrer Verabredung verspäten, aber sie war sicher, dass Gianfranco auf sie wartete.

Männer drehten sich nach ihr um, ein paar Frauen ebenfalls. Kiki grinste sie an, während sie zurück zum Speakeasy ging, wo sie die Beute des Abends wusste.

Gianfranco war geil und ängstlich. Er war schon eine Stunde vorher in der Bar, viel zu nervös, um länger zu Hause zu bleiben, und jetzt saß er vor seinem dritten Wermut. Wieder sah er auf die Uhr. Seit dem letzten Blick waren zwei Minuten vergangen. Kiki hatte sich schon um zwanzig Minuten verspätet. Ob sie ihn versetzte?

Nachdem sich schon viele Leute über ihn lustig gemacht hatten, fragte er sich, ob das an diesem Abend auch wieder so war. Vielleicht saß Kiki jetzt bei ihren Freunden und erzählte ihnen lachend von dem tumben Italiener, der irgendwo in der Stadt auf sie wartete. Oder vielleicht lag sie schon mit einem anderen Mann im Bett. Er stöhnte gequält auf. Seine ungestillte Lust auf Kiki hatte ihn zum Narren werden lassen.

Seine Erektion quälte ihn auch. Sie zuckte, wann immer die Kellnerinnen in ihren kurzen Tops vorbeigingen. Als es acht Uhr war, träumte er davon, mit einer dieser attraktiven Frauen im Bett zu liegen. Er hob sein leeres Glas und hoffte, die Aufmerksamkeit von Anna-Maria zu erhaschen, der fraglos schärfsten Kellnerin. Die brünette Frau mit ihren großen Brüsten sah wie die Modelle in den Männermagazinen aus. Unauffällig ließ er eine Hand in den Schoß fallen und rieb über die dicke Beule. Wenn alles fehl schlug, konnte er zu den Huren gehen, die auf der Straße hinter dem Bahnhof auf ihre einsamen Kunden warteten.

Seine düsteren Gedanken wurden plötzlich vertrieben, als eine andere Hand zwischen seine Beine langte und schamlos drückte. »Ich glaube, dieses Ding gehört heute Abend nur mir allein«, sagte Kiki Lee.

Gianfranco ruckte auf seinem Hocker herum und starrte die schöne junge Frau vor ihm offenen Mundes an. Kiki schüttelte Regentropfen aus den kurzen roten Haaren, die Gianfranco so vertraut waren. Aber das war auch schon alles, was er kannte. Kiki trug ein Kleid, das einem den Atem nehmen musste. Es hatte bestimmt eine Menge gekostet. Die Brüste fielen beinahe aus dem Ausschnitt, und er musste zweimal hinschauen, ehe er sich davon überzeugt hatte, dass sie kein Höschen trug. Das knappe dunkle Dreieck, das er zwischen den Schenkeln ausmachen konnte, war kein Höschen. Ihm fiel auf, dass auch andere Männer auf Kiki starrten, und auch sie mussten zu diesem Ergebnis gekommen sein.

Kiki sah ihn lächelnd an. »Willst du mich nicht begrüßen, Gianfranco?«, neckte sie. »Ich habe gespürt, dass du dich freust, mich zu sehen.« Sie glitt neben ihn auf einen Hocker und fuhr mit einer Fingerspitze an der dicken Beule entlang.

»Oh, Kiki, es tut mir Leid. Ich habe dich nicht gesehen. Ich … ich habe befürchtet, du würdest nicht kommen.«

Kiki lachte. »Und deshalb hast du dich damit vergnügt, die Mädchen mit den dicksten Titten anzustarren, was? Streite es nicht ab! Ich habe dich beobachtet, als ich hereinkam. Was wolltest du denn machen? Dir unterm Tisch einen rubbeln? Oder hättest du versucht, dass dir eines der Mädchen auf der Toilette einen bläst?« Sie lachte wieder. »Wäre bestimmt nicht das erste Mal passiert«, sagte sie und schaute zur Bar.

Gianfranco errötete, weil Kiki ihn wieder neckte, aber wichtiger war, dass sie bei ihm war, dass sie neben ihm saß und ihn verführerisch anschaute. Er fragte: »Was möchtest du trinken, Kiki?«

»Was trinkst du?« Sie schaute auf die leeren Gläser vor ihm.

»Wermut.«

»Sind drei Glas für einen ehemaligen Seminaristen nicht zuviel?«, fragte sie zwinkernd. Sie wandte sich an den Mann hinter der Bar. »*Desidero una aqua minderale con gas, e con limone, per favore.*«

Gianfranco hob sein Glas. »*Un' altro vermut, per favore.*«

»Trink nicht zuviel«, mahnte Kiki. »Du wirst heute Abend noch mächtig herangenommen.«

Gianfranco reagierte auf ihre Nähe mit einem heftigen Pochen in den Lenden. Kiki war alles, wonach er sich sehnte. Er vergaß die Kellnerin mit den großen Brüsten. Er vergaß die ältere

Ehefrau, die ihn vergangenes Jahr verführt hatte. Er vergaß alle Frauen – bis auf Kiki. Er schloss einen Moment die Augen und inhalierte ihren köstlichen Duft.

Als er die Augen wieder aufschlug, sah er, dass Kiki ihn anstarrte, um die Lippen das kleine spöttische Lachen. »Du siehst wunderbar aus«, sagte er. »Ist das ein neues Kleid?«

»Ach, eigentlich nicht. Ich wollte nur mal was anderes anziehen.«

»Es steht dir gut«, sagte Giancarlo. »Man kann deine …« Er brach ab, bevor er was Falsches sagte.

»Man kann meine Titten sehen?«, fragte Kiki und lehnte sich dem jungen Mann entgegen, damit er in den Ausschnitt sehen konnte. Ihre Brüste waren klein und rund und fest, und die Nippel standen hart wie Eicheln, sie leuchteten pink, umgeben von den braunen Vorhöfen. Gianfranco hätte gern seine Hände um die Brüste gelegt.

»Sie sind nicht so groß wie die Dinger, die du die ganze Zeit angestarrt hast.«

Gianfranco schüttelte den Kopf. »Sie sind vollkommen.«

»Was kannst du sonst noch sehen?«, fragte Kiki.

»Ich kann deinen Busch sehen«, antwortete er kühn. »Ich kann durch dein Kleid das Dreieck deiner Schamhaare sehen, von denen du mir gestern Nacht erzählt hast.«

Kiki setzte sich aufrecht hin und schlug die Beine übereinander. Sie zog das kurze Kleid die

Schenkel hoch. »Guter Junge«, sagte sie, »mir gefällt ein Mann, der solche Einzelheiten nicht übersieht. Nun sage mir noch, was du willst, Gianfranco.« Sie lehnte sich wieder näher und ließ einen Spaghettiträger von der Schulter rutschen. Sie lächelte ihm einladend zu.

Der junge Italiener spürte die Wärme ihres Körpers. Er konnte ihre moschusartige Erregung riechen. »Ich will mit dir schlafen, Kiki Lee«, sagte er. »Ich will die ganze Nacht mit dir vögeln.« Lange Sekunden starrten sie sich in die Augen.

»Komm, wir gehen spazieren«, sagte Kiki.

Es hatte aufgehört zu regnen, und die blasse Sonne tauchte die Kirchtürme in helles Gold, bevor sie hinter den Hügeln versank. Zögernd nahm Gianfranco Kikis Hand, und als sie die Hand nicht zurückzog, drückte er die junge Frau an sich. Arm in Arm gingen sie den Hügel zur Kathedrale hinauf. Am Rand des Platzes blieben sie stehen, als wollten sie das scheidende Tageslicht verabschieden. Niemand sprach. Gianfrancos Herz schlug viel schneller als sonst.

Scheinbar unabsichtlich streifte Kikis Brust seinen Arm. Ihr Nippel, hat und spitz wie eine Haselnuss, scheuerte seine Haut. »Entschuldige«, sagte er und wusste nicht, ob er den Arm zurückziehen sollte oder nicht.

Kiki lachte. »Du brauchst dich nicht zu entschuldigen«, sagte sie spöttisch und drückte sich noch ein wenig fester gegen seinen Arm. »Glaubst du immer noch, dass ich vollkommene Brüste habe?«

»Ja, natürlich.«

»Dann schau sie dir genau an und berühre sie.«

Gianfranco spürte ein Gemisch aus Lust, Verlegenheit und dem Bedürfnis, dieses wilde, sexy Mädchen zu beschützen. Am stärksten aber spürte er sein unbändiges Verlangen.

»Fass sie an«, forderte sie ihn wieder auf. Sie standen im Schatten eines Gebäudes. Kiki wölbte den Rücken, so dass sich ihre Nippel keck in die Luft hoben. Kiki nahm seine Hände und drückte sie auf ihre Brüste.

»Oh, Himmel!«, rief er und massierte die Brüste, die er behutsam aus dem Kleid hob. Kiki stöhnte vor Lust. »Mache ich es richtig?«, fragte er.

»Einfach weiter so«, antwortete sie ächzend. »Ich mag deine Hände. Ich will sie am ganzen Körper spüren« Sie lächelte hoch zu ihm und drückte ihre Schenkel gegen seine Erektion und mahlte dagegen.

Er spielte immer noch mit ihren Brustwarzen, fuhr dann aber mit einer Hand auf Kikis Po und hob ihr Kleid an. Er hielt die Luft an, als der nackte Hintern der jungen Frau entblößt war. Wie in Trance strich er über die festen Rundungen und glitt mit einem Finger in die Kerbe zwischen den Backen.

Schritte auf dem Kopfsteinpflaster rissen sie aus ihren lustvollen Empfindungen. Gianfranco sah hoch und bemerkte einen Polizisten, der sich ihnen näherte. Rasch nahm er die Hand von Kikis Po und ließ das Kleid wieder über ihre nackte Haut fallen.

»Wir gehen besser«, sagte Kiki und zog ihr Kleid über die Nippel. »Komm, junger Mann.«

Sie schritt über den Platz. Die kaum verhüllten Brüste und die erigierten Nippel zogen auch die Aufmerksamkeit anderer Männer an. Gianfranco wusste nicht, ob er auf die sexy Frau an seiner Seite stolz sein sollte oder ob ihn die lüsternen Blicke der Männer verdrießlich stimmten. Er wollte sie für sich ganz allein haben. Halb Arezzo sollte nicht auf ihre Brüste starren. Er lief ihr nach, und gemeinsam gingen sie in die Schatten der Kathedrale.

»Wohin gehen wir?«, fragte er.

»Wohin willst du denn gehen?«

»Dahin, wo wir Sex haben können.«

»Wir können hier Sex haben«, neckte sie. »Direkt hier an der Mauer.« Sie setzte sich auf ein Mauersims, das die ganze Kirche säumte.

»Nein. Irgendwo, wo wir beide allein sind.«

Kiki betrachtete den jungen Mann, wieder mit dem sanften Lächeln um die Lippen. »Gianfranco«, sagte sie, »möchtest du mein Sexsklave sein? Willst du alles tun, was ich will? Immer?«

»Ja, ja.«

»Und wenn ich hier Sex haben will, würdest du das tun? Ohne zu zögern?«

»Ja.«

»Also gut. Dann tun wir's. Hol ihn raus.«

Gianfranco zauderte. »Du meinst es ernst?«

Kiki nickte. »Du bist mein Sklave. Du hast dich um den Job beworben. Du bereitest mir Lust, wann immer ich will, wo immer ich will.«

Gianfranco schaute über die Schulter. Die

Fußgänger, die ihm am nächsten waren, hielten sich in etwa fünfzig Metern Entfernung auf, und außerdem wurde es rasch dunkel. Er zog den Hosenstall auf und präsentierte seiner Verführerin den Inhalt. Er stand ganz dicht vor ihr, damit er der Öffentlichkeit nicht seine Männlichkeit vorführte.

Die schelmische Rothaarige zog den Saum ihres kurzen Kleids hoch und entblößte mehr von ihrer cremigen Haut. Sie leckte einen Finger und spreizte ihre Schenkel. »Schau mich an«, murmelte sie. »Willst du nicht hinschauen, Gianfranco?«

Während sein Penis wie ein Säbel in die Luft ragte, starrte Gianfranco. Das schamlose Mädchen saß am Rand des Platzes, spreizte die Beine noch etwas mehr und enthüllte das Dreieck der daunenweichen Haare zwischen den Schenkeln. Er starrte wie fixiert auf die krausen roten Härchen, die eine betörende Matte bildeten. Winzige Härchen zierten Kikis Lippen, und Gianfranco konnte die Blicke nicht von dem Zauber wenden, vor allem, als Kiki ihren feuchten Finger zwischen die Labien steckte.

»Du hast gesagt, du willst Sex mit mir haben«, flüsterte sie. »Worauf wartest du noch?«

Er schaute noch einmal über die Schulter, und da niemand in der Nähe war, beugte er sich vor, und langsam, ganz langsam, schob er seinen Schaft in den feuchten Tunnel der jungen Frau. Sie war nass und weich, und er schlüpfte leicht hinein.

Er musste seine ganze Willenskraft abrufen,

um seine Ladung nicht nach dem ersten Eindringen zu versprühen. Er sah gebannt zu, wie Kiki mit sich selbst spielte, während er mit dem Schaft ein und aus fuhr.

»Störe dich nicht an mir, Gianfranco«, sagte sie atemlos, »ich will nur dafür sorgen, dass ich auch komme.«

Es war zuviel für den jungen Mann. Mit einem lauten Stöhnen begann er zu zittern, er zog die Backen zusammen und entlud sich in ihr. Es war, als sprudelte eine Quelle.

»Oh, das tut mir Leid«, schnaufte er.

»Du brauchst dich nicht zu entschuldigen«, sagte Kiki und ließ den Finger schneller kreisen. »Bleib! Bewege dich nicht!« Gianfranco sah mit einer Mischung aus Lust und Scham zu, wie sich die junge Frau mit dem Finger befriedigte, während er noch halb steif in ihr war. Nach wenigen Augenblicken wurde sie vom Orgasmus geschüttelt, sie seufzte laut, und der junge Mann spürte, wie sein Schaft in heißen Säften gebadet wurde.

»Kannst du mir beibringen, dich so kommen zu lassen?«, fragte er.

Kiki sah ihm in die Augen. »Ganz bestimmt«, sagte sie, »schließlich bist du mein Sexsklave. Du wirst alles tun, was ich dir sage.« Sie setzte sich auf, und Gianfranco rutschte aus ihr heraus. Kiki rieb leicht über seinen Schaft, dann zog sie ihr Kleid hinunter. »Steck ihn zurück in deine Hose«, sagte sie. »Bist du mit dem Auto hier?«

»Ja. Warum?«

»Ich dachte, wir könnten zu dir nach Hause

gehen. Es ist noch früh, und du hast noch viel zu lernen.«

Unterwegs sagte Gianfranco: »Ich werde besser. Das war mein erstes Mal.«

Kiki sah ihn von der Seite an. »Du musst wissen, dass ich mit mehreren Männern Sex habe, weil ich mich nicht an einen binden will. Ich will nicht das Eigentum eines Mannes sein. Hast du damit Probleme?«

»Nein«, log er.

»Also gut. Dann sollten wir uns auf eine lange Nacht freuen. Ohne Verpflichtungen, okay?«

»Wie du willst.«

Sie drückte die Beule in seiner Hose. Er lächelte und versuchte, seine Traurigkeit zu verbergen. Es war gut, dass sie sein Herz nicht fühlen konnte.

Le Immagini Incriminante
(Belastende Bilder)

Am nächsten Morgen stand Kiki auf der Treppe zum Eingang des Colleges, als Sandro seinen blau-rot gestreiften Fiat anhielt. Der *carabiniere* sprang heraus, winkte Kiki zu und öffnete die Tür für Donatella und Francesca.

»Wir sehen uns später«, sagte er zu Donatella. »Versprich mir, dass du mich sofort anrufst, wenn es Schwierigkeiten gibt. Ich muss Papierkram auf dem Revier erledigen, aber ich kann in wenigen Minuten hier sein.«

»Mach dir keine Sorgen, Sandro«, meinte Donatella. »Kiki und ich werden den ganzen Tag zusammen sein, und Francesca ist auch da. Wir sind auf der Hut.«

Sandro schien beruhigt zu sein, tippte grüßend an die Stirn und setzte sich wieder hinters Lenkrad. Kiki spürte, wie er ihren Körper von oben bis unten betrachtete, als wüsste er, dass sie letzte Nacht vor lauter Sex kaum ein Auge zugemacht hätte. Ihre geschwollenen Labien waren Beweis für heftiges, ungestümes Lieben. Der kleine Streifenwagen preschte davon und erschreckte die wenigen Fußgänger, die schon so früh unterwegs waren.

Donatella sah ihrem Liebhaber der letzten Nächte ebenfalls nach. »Er fährt, wie er Liebe macht«, sagte sie lächelnd und wandte sich an ihre Freundinnen. »Er ist unersättlich.«

Kiki konnte es sich nicht verkneifen, Donatella zu reizen. »*Er* ist unersättlich? Da habe ich was ganz anderes gehört.« Sie zwinkerte Francesca zu. »Ich habe von einer sexverrückten amerikanischen Professorin in der Stadt gehört. Sie kann nicht genug bekommen, heißt es.«

»Haltet ihr mich für unersättlich?«, fragte Donatella und wandte sich an die Freundinnen.

Kiki lächelte. »He, Mädchen, nimm, was du kriegen kannst. Du hast noch eine Menge nachzuholen. Genug vom höflichen Boston-Sex, flach auf dem Rücken und Licht aus.«

Donatella unterdrückte ein Kichern und drückte die Tür auf. Sie ging mit entschlossenen Schritten die Treppe hoch.

Um diese frühe Zeit hielten sich nur wenige Leute im College auf. Gina und Sophia waren auch noch nicht da.

»Da wir eben von unersättlich sprachen«, sagte Francesca, »was war denn mit dir in der vergangenen Nacht, Kiki?«

Die junge Frau zögerte. »Du wirst es nicht glauben.«

»Stell uns auf die Probe.«

»Ich habe mit Gianfranco della Parigi geschlafen.« Kiki wusste genau, dass sie die Nachricht auf Dauer nicht vor Francesca geheim halten konnte, deshalb redete sie nicht lange um den heißen Brei herum.

»Wie oft? Wo? Wie ist er denn so?« Francesca wollte keine Einzelheit verpassen.

Kiki lachte. »Er ist ganz gut. Süß wie ein Engel, aber er lernt wie der Teufel. Nach dem fünften Mal habe ich aufgehört zu zählen. Als er einmal begriffen hatte, dass er nicht gleich abfeuern muss, wenn er gerade geladen hat, wurde er richtig gut.«

Francesca kicherte vergnügt und gab der Freundin einen Klaps auf die Schulter. »Später will ich alles darüber hören«, sagte sie, »aber jetzt muss ich mich darauf vorbereiten, der Klasse Modell zu stehen. Wir treffen uns später auf einen Kaffee.«

Sie ging weiter, und Kiki folgte Donatella in ihr Büro. Beinahe hätte sie die Professorin umgerannt, denn Donatella hatte sich gebückt und hob einen Umschlag vom Boden auf.

»Was ist denn das?«, fragte Kiki neugierig. Donatella öffnete den Umschlag und zog den Inhalt heraus.

»Oh, verdammt! Sieh dir das an!«

Kiki starrte auf drei kleine Fotos, die Stewart Temple-Clarke beim Sex mit zwei jungen Leuten zeigten, ein Junge und ein Mädchen. Ihre Gesichter waren der Kamera abgewandt, aber man konnte doch sehen, dass sie noch keine zwanzig waren. Auf zwei Fotos blickte Temple-Clarke in die Kamera, das dritte Bild zeigte eine Großaufnahme seines Geschlechtsteils im Anus eines jungen Mannes.

»Wer hat die Fotos geschossen?«, murmelte Kiki.

»Und hat der Fotograf mitgemacht?«, warf Donatella ein.

»Und wie sind die Fotos vor deine Tür geraten?« Kiki sah den Flur hinauf und hinunter, als wollte sie den Boten noch entdecken.

»Kannst du mit dem Mann am Eingang sprechen?«, bat Donatella. »Erkundige dich, ob ihm was aufgefallen ist. Er soll sonst den Schließer anrufen. Vielleicht hat er gestern Abend jemanden bemerkt.«

»Das ist Signor Vanivitelli«, sagte Kiki. »Er ist ein alter Knacker, der gern unangemeldet in die Klasse stürmt, wenn er weiß, dass Francesca Modell steht. Sie hat ihn mal entsetzlich blamiert, seither bleibt er in seiner Bude hocken, bis Professoren und Studenten gegangen sind, danach schließt er ab. Ich glaube nicht, dass er uns was sagen kann, aber wir werden es versuchen.«

Ein paar Minuten später war Kiki wieder da. »Kein Glück. Wir waren heute Morgen die Ersten, und der geile Bock hat gesagt, ihm wäre gestern Abend nichts aufgefallen. Das heißt, es kann jemand hereingekommen sein, ohne dass er es bemerkt hat, oder es war jemand, der einen Schlüssel besitzt.«

»Es kann also auch einer der Professoren gewesen sein«, sagte Donatella grimmig. »Salvatore und Sandro sollen sie alle befragen.«

Kiki nahm die Lupe von Donatellas Schreibtisch und sah sich die Fotos wieder an. »Ich muss zugeben, dass Temple-Clarke für einen Mann seines Alters verdammt fit ist. Das ist eine Überraschung. Ich hätte nicht gedacht, dass der alte Bastard es in sich hat. Und er treibt es mit Jungen und Mädchen. Glaubst du, das soll so was wie eine Erpressung werden? Die Person, die diese Fotos geschossen hat, drohte ihm, sie zu veröffentlichen, wenn er ihre Forderungen nicht erfüllt.«

»Kann sein«, murmelte Donatella, aber Kikis Theorie überzeugte sie nicht. »Ich glaube eher, jemand will, dass wir Temple-Clarke sofort feuern. Die Treuhänder würden ihn nach solchen Fotos sofort in die Wüste schicken.«

»Dann hat unser geheimnisvoller Postbote uns doch einen großen Gefallen erwiesen«, sagte Kiki. »Wir haben, was wir wollen. Temple-Clarke ist Geschichte.«

Donatella schüttelte den Kopf. »Nicht wirklich. Wir wollen ihn des Betrugs und des versuchten Mordes überführen und nicht, weil er Sex mit Teenagern hat«, sagte sie. »Wenn seine Partner minderjährig wären, würde ich anders darüber denken, aber auf den Fotos wirken sie wie achtzehn oder neunzehn. Ich will den Kerl hinter Gittern sehen, aber aus so einer Sex-Anklage kann er sich herauswinden, es sei denn, die Partner wären minderjährig.«

Kiki staunte über die Entschlossenheit der Freundin. »Okay, was ist der nächste Schritt?«

»Ich will herausfinden, ob die Fotos mehr verraten als das, was sich dem Auge auf den ersten Blick bietet. Ich nehme an, wer auch immer uns die Fotos zugespielt hat, will, dass wir voreilige

Schlüsse ziehen: Hier ist Temple-Clarke beim Sex mit Teenagern. Also ist er ein Schmutzfink und gehört entlassen. Aber das ist mir zu glatt.«

»Ich verstehe«, murmelte Kiki. »Könnte Temple–Clarke uns die Fotos nicht selbst zugespielt haben, um uns abzulenken? Er weiß, dass du ihn ohnehin feuern wirst, deshalb zieht er es vor, wegen sexuellen Fehlverhaltens abgehalftert zu werden. Er nimmt seinen Abschied und zieht in eine andere Stadt. Akte geschlossen. Kein Betrug, kein Prozess, keine Verurteilung.«

»Nun, es lohnt sich, über diese Variante nachzudenken«, sagte Donatella. »Aber ich will mich nicht hereinlegen lassen. Ich glaube, die Sache ist faul. Schau dir das an.«

Sie zeigte auf die Großaufnahme des Geschlechtsteils, das in den jungen Mann eindrang. »Die beiden anderen Fotos sind Schnappschüsse aus dem Schlafzimmer, aber hier haben wir einen anderen Hintergrund. Schau hier, da stehen Regale an der Wand, fast wie in einer Fabrik. Vielleicht ist das seine Art, die Mittagspause zu verbringen. Kannst du die Gegenstände im Regal vergrößern? Dann wissen wir vielleicht mehr.«

An diesem Morgen waren noch keine Studenten im Labor. Kiki fuhr den Macintosh hoch, übertrug die Daten und lud sie auf Photoshop. Sie richtete den Pfeil auf den Hintergrund und klickte auf ›schärfer‹. Die Gegenstände sprangen ins Blickfeld. »Erkennst du jetzt mehr?«, fragte sie Donatella, die über ihre Schulter auf den Bildschirm starrte. »Es sieht wie eine Reihe von Skulpturen aus, oder?«

»Kannst du sie vergrößern?«

»Ja, aber dann werden die Umrisse wieder unscharf. Ich versuche es.« Nach mehreren Klicks wurden die Skulpturen deutlicher. »Das sind irgendwelche Gestalten mit übertrieben großen Schwänzen«, rief Kiki aufgeregt.

Donatella gluckste spöttisch. »Wir müssen uns um dein kunsthistorisches Wissen kümmern. Kennst du die Skulpturen nicht?«

Kiki schüttelte den Kopf. »Nein. Aber es könnten Figuren aus dem Stück *Lysistrata* sein.«

Donatella lächelte. »Nun, in klassischer Literatur kennst du dich jedenfalls aus. Ja, das sind Gestalten aus diesem Stück. Aber das sind keine griechischen Arbeiten, sie sind hier in Arezzo entstanden, schätze ich. Fruchtbarkeitsskulpturen sind schon bei den Etruskern bekannt gewesen, lange vor den Römern.«

»Aber warum vögelt Temple-Clarke diesen hübschen Jungen vor Dutzenden dieser Skulpturen?«, fragte Kiki. »Helfen sie seiner Potenz?«

»Das weiß ich auch nicht«, antwortete Donatella. »Aber schau mal in die einzelnen Regale. Die Figuren in der mittleren Reihe sehen nicht wie die darüber aus. Die Umrisse stimmen, aber die Farben nicht. Die Figuren im unteren Fach sehen alt und abgenutzt aus, so wie man sie in einem Museum finden würde.«

»Du meinst, es handelt sich um Fälschungen?«

»Das wäre eine Möglichkeit«, sagte Donatella. »Kann sein, dass wir auf eine Produktion von Fälschungen antiker Skulpturen sehen. Fachleute werden sich davon nicht täuschen lassen, aber Touristen würden den Unterschied kaum sehen.«

»Also lässt sich damit viel Geld verdienen«, meinte Kiki.

Donatella nickte. »Aber hast du solche Skulpturen schon irgendwo gesehen? Ich meine, werden sie in der Region angeboten?«

»Glaube ich nicht«, sagte Kiki grinsend. »Diese riesigen Schwänze wären mir aufgefallen. Und Francesca auch. Sind denn die Originale selten?«

»Ja, natürlich. Nur wenige Museen haben solche antiken Kostbarkeiten ausgestellt. Sie sind eine Menge Geld wert.«

Kiki überlegte einen Moment. »Ein Experte kann mit den Fälschungen nicht getäuscht werden, wohl aber ein Amateur, der sich vielleicht eine Privatsammlung zulegen will?«

»Ja, richtig. Aber vergiss nicht, das ist alles Spekulation. Vielleicht gibt es eine harmlose Erklärung dafür, obwohl ich mir keine vorstellen kann.« Donatella besah sich wieder die Fotos. »Halte sie auf dem Computer fest. Vielleicht finden wir noch eine andere Deutung. Wir haben doch jetzt einen Computer in unserem Haus. Am Abend sehen wir uns alles noch einmal an.«

Kiki grinste. »Ja, Francesca hat sich bei Nico ins Zeug gelegt, jetzt haben wir einen Internetanschluss.«

Lo Sbaglio
(Der Fehler)

Das Sonnenlicht, das Donatellas Büro erhellte, schien auch durch die Jalousie eines anderen Fensters und warf ein Muster aus goldenen und grauen Strahlen auf Annas nackten Körper. Sie streckte sich auf dem Bett aus und hob die Hüften an, während ihr neuer Liebhaber mit der Zunge tief in sie hineinfuhr. Sie bebte vor Lust. Niemand besorgte es ihr so gut wie ihr neuer Liebhaber.

Sie streckte die Hand nach seinem Schaft aus. »Ich brauche ihn«, stöhnte sie. »Komm in mich herein.« Ungeduldig ruckte sie die Hüften auf und ab.

Der Mann lachte nur. Auf seinen Lippen glänzten ihre Säfte. »Nicht so schnell, meine kleine *puttana*. Du musst noch ein wenig arbeiten, bevor du deine Belohnung erhältst.« Er glitt mit zwei Fingern in sie hinein und massierte ihre Klitoris mit dem Daumen. Anna glaubte, sofort zu kommen, aber ihr Folterer zog die Hand zurück, als er merkte, dass sie jeden Moment ihren Höhepunkt erreichen würde.

»Und jetzt saug mich, böses Mädchen«, befahl ihr Partner. Er hielt sie mit einer Hand auf dem Bett und kniete sich über sie. »Wenn du alles schön schluckst, lasse ich dich vielleicht kommen.«

Es dauerte weniger als eine Minute, dann spürte sie schon die ersten Zuckungen in seinem Stab, und Sekunden später schoss der Strahl in sie hinein, schneller als sie schlucken konnte.

»Gutes Mädchen, sehr gut, Anna«, keuchte der Mann. »Jetzt sollst du deine Belohnung haben.« Er nahm einen Nippel zwischen Daumen und Zeigefinger und kniff. »Du warst so gut, dass ich dich heute nicht zu züchtigen brauche. Bist du sicher, dass niemand dich gesehen hat, als du gestern Abend die Bilder vor das Büro der Professorin di' Bianchi gelegt hast?«

Anna lachte. »Ich habe Vanivitelli gesehen, aber er hat mich nicht bemerkt. Ich glaube, er saß in seinem Häuschen vor dem Computer und hat sich einen runtergeholt.« Sie rieb über den langsam erwachenden Schaft des Freundes.

Der Mann lächelte, blieb aber ernst. »Wenn du den Boss triffst, will ich sicher sein, dass du ihm das Richtige erzählst. Du sagst ihm, worauf wir uns geeinigt haben, okay?«

Anna nickte. »Ich habe den Umschlag unter die Tür der *professoressa* geschoben. Den Umschlag mit den Fotos.«

»Wenn er dich fragt, was auf den Fotos zu sehen ist, was sagst du dann?«

»Dass ich nicht nachgesehen habe. Ich hatte zu große Angst. Es geht mich ja auch nichts an.«

»Ausgezeichnet.« Die Finger des Mannes umkreisten Annas Nippel. »Aber du hast dir die Fotos natürlich angeschaut?«

Anna kicherte. »*Si. Naturalmente.* Schließlich war ich einer der Stars auf den Fotos. Und ich hatte eine großartige Idee. Ich habe noch ein Foto hinzugefügt, das eine, auf dem Leo seinen Arsch hinhält. Ich dachte, das wäre besonders scharf.« Der Druck auf ihrer Brustwarze ging von Lust in Schmerz über. »Au! Du tust mir weh!«

Aus dem Nichts surrte eine Hand durch die Luft und versetzte ihr eine schallende Ohrfeige. »Du dumme Kuh! Warum hast du das getan? Begreifst du, was du damit angestellt hast? Was hast du sonst noch getan? Erzähle alles!«

Anna verzog schmerzhaft das Gesicht, als der Mann ihre Schultern packte und den zierlichen Körper heftig schüttelte. »Da gibt es nichts mehr zu erzählen. Ich dachte, es wäre eine gute Idee, auch noch was Schwules hinzuzufügen. Außerdem«, sagte sie, um ihren Fehler kleiner zu machen, als er war, »kann man gar nicht sehen, dass es sich um Leo handelt.«

»Himmel, darum geht es doch nicht! Entscheidend sind nicht die Personen auf dem Foto. Aber der Ort, an dem es aufgenommen wurde, verrät viel. Begreifst du das?« Der Mann warf Anna zurück aufs Kissen und lief zur Kommode, wo zwischen ihren Klamotten das Handy lag.

Anna kauerte auf dem Bett und verfolgte ängstlich das Gespräch.

»Hier ist Claudio«, sagte ihr Liebhaber. »Wir haben ein Problem. Diese dumme kleine Pute

Anna hat einen Fehler begangen. Sie hat noch ein weiteres Foto in den Umschlag für di' Bianchi gesteckt, eines, das im Studio mit Leo gemacht worden ist ... Ja, Leo ... Ja, ich weiß, was darauf zu sehen ist. Das ist ja das Problem ... Nein, Leo wird keinen Ärger bereiten. Ich werde mich um ihn kümmern ... Anna? Die kleine *pezzo di merda* ist hier bei mir. Ich habe gerade erst herausgefunden, was sie getan hat.«

Anna beobachtete Claudio, der angespannt lauschte. Ein paar Minuten lang sagte er kein Wort. Dann: »*Si, il mio padrone.*« Er drückte auf einen Knopf und legte das Handy wieder auf die Kommode. »*Il nostro padrone* ist verdammt wütend, kleines Mädchen«, sagte Claudio boshaft. »Er sagt, es gibt für dich nur einen Ausweg aus der Misere.« Er schlug ihr wieder ins Gesicht. »*Capisci?*«

Anna, die vor ihm zurückgewichen war, nickte stumm und hielt sich die Wange.

»Wenn du noch einmal verrückt spielst, ist dir nicht mehr zu helfen. Der Boss wird deinen Fehler wieder ausbügeln, du brauchst nicht zu wissen wie. Du erhältst eine zweite Chance, dich zu bewähren. Aber zuerst werde ich dir eine Lektion erteilen. Dreh dich um. Auf alle Viere.«

Als sie die Schaftspitze an ihrem Anus spürte, wusste sie, dass er es tat, um sie zu demütigen. Sie war nicht heiß auf diese Art Sex, und er wusste das auch.

Das ist das letzte Mal, dachte Anna. Danach werde ich es diesen Bastarden zeigen.

La Rivelazione Parziale
(Teilweise Enthüllung)

Als Anna sicher war, allein zu sein, hob sie den Telefonhörer ab und wählte eine Nummer, die sie in ihrem Kalender notiert hatte. Es klingelte zweimal, ehe abgehoben wurde.

»*Pronto?*«

»Gina? Hallo, hier ist Anna.«

»Anna!« Ihre ältere Cousine hörte sich erfreut, aber auch überrascht an. »Wo bist du? Ich habe seit einer Ewigkeit nichts mehr von dir gehört. Bist du in der Stadt?«

Anna biss sich auf die Lippe. »Ich bin eine Weile weg gewesen«, log sie. »Jetzt bin ich eine Zeit lang in Arezzo. Ich muss mit dir reden. Können wir uns treffen?«

»Ja, sicher.« Gina hörte Angst aus der Stimme ihrer Cousine. »Ist etwas nicht in Ordnung?«

»Doch, ja. Oder auch nicht. Es geht um Leute an deinem College.«

»*Il Collegio Toscana?*« Gina war überrascht. »Was hast du denn mit dem College zu tun?« Es gab eine kurze Pause, dann hörte sie Annas hastiges Atmen. »Bist du schwanger? War es ein Student? Oder einer der Professoren?«

»Nein, nein, so etwas ist es nicht. Ich habe einige Informationen für die neue amerikanische Professorin.«

»Donatella?«, vergewisserte sich Gina. »Hat es etwas mit Temple-Clarke zu tun?«

Anna hörte das aufkeimende Misstrauen in Ginas Stimme und beschloss, eine limitierte Version der Wahrheit zu sagen. »*Si*. Ich muss so schnell wie möglich mit *Dottoressa* di' Bianchi sprechen. Ich habe wichtige Informationen über Signor Temple-Clarke.«

»Was ist denn mit Temple-Clarke?«, fragte Gina.

»Am Telefon kann ich nicht darüber reden. Könnten wir uns in deiner Wohnung treffen?« Als sie Ginas Zweifel spürte, fügte sie hinzu: »Es ist wichtig. Heute Abend noch?«

»Also gut, komm um sieben. Ich koche für uns und öffne eine Flasche Wein, und nachher rufe ich Donatella an.«

»*Grazie*, Gina. Wenn du mit ihr sprichst, kannst du sie bitten, allein zu kommen? Es ist eine persönliche Information. Ich will keine anderen Leute dabei haben. *Molto grazie. Ciao.*« Anna hatte aufgelegt, bevor Gina sie nach ihrer Nummer fragen konnte.

Anna wandte sich ihrem großen Kleiderschrank zu und wählte eines ihrer neuen Kleider aus, das sie tragen wollte, wenn sie die Cousine besuchte. Es war so auf Figur geschnitten, dass es die schmale Taille betonte. Sie betrachtete sich im Spiegel. Das sanft blaue Pastell passte gut zu ihrem Teint.

Kurz nach sieben saß sie auf Ginas Bett. Es klingelte, und ihre Cousine ging zur Tür. Zu ihrem Entsetzen hörte Anna zwei Stimmen.

»*Buona sera, Donatella! E buona sera, Francesca! Mi fa molto piacere vederLa. Come sta?*«

»*Grazie, bene*, Gina«, antwortete eine fremde Stimme, vermutlich die Amerikanerin.

»*Come va, Gina? Sono contenta di rivederLa*«, sagte die zweite Besucherin mit toskanischem Akzent. Annas Ängste ließen etwas nach. Sie blinzelte durch den Spalt in der Schlafzimmertür und sah ihre Cousine um ihre Gäste herum wieseln.

»*Avanti, avanti!*«, rief Gina und führte die Gäste in das kleine Wohnzimmer. Sie wies auf die Couch. »*Prego, si accomodi.* Wo ist Kiki heute Abend?«

Die jüngere Frau lachte. »Du wirst es nicht glauben«, sagte sie. »Sie hat sich mit Gianfranco della Parigi verabredet.«

»Gianfranco und Kiki? Himmel! Darauf wäre ich nie gekommen. Was sieht sie in ihm?«

Die blonde Frau pumpte ihre Hand vor dem Schoß auf und ab. »Er soll einen sehr schönen haben«, sagte sie.

»Sei fair«, wandte die Amerikanerin ein. »Er ist ein netter Junge.«

Anna musterte die beiden Besucherinnen. Ihr fiel die elegante Kleidung der Amerikanerin auf. Attraktive Figur, lange dunkle Haare. Die junge blonde Italienerin trug ein kurzes Baumwollkleid mit einem tiefen Ausschnitt, der viel von ihren Brüsten sehen ließ. Anna erkannte in der jungen

Frau eine Art Seelenverwandtschaft. Mit einem Seufzer stand sie auf und ging ins Wohnzimmer.

Gina sprang auf und machte bekannt.

»Donatella, Francesca. *Le presento la mia cugina,* Anna. Anna, *la Dottoressa Donatella di' Bianchi, e la sua amica* Francesca Antinori.«

Anna lächelte scheu. »*Salve*«, grüßte sie. »Ich bin froh, dass Sie kommen konnten.«

Gina nahm ihre Pflichten als Gastgeberin sehr ernst. »*Che cosa preferisce? Vino? Birra?* Coca-Cola?«

Anna nippte an einem Bier, um ihre Nerven zu beruhigen, die anderen tranken Wein. Die vier Frauen saßen um den Tisch und labten sich an *melone e prosciutto* und danach an *spaghetti alla carbonara.* Nachdem die Gäste mehrere Glas Wein getrunken hatten, begann Anna vorsichtig.

»Professoressa di' Bianchi …«

»Donatella, bitte«, sagte die Amerikanerin, die freundlich lächelte.

»*Grazie,* Donatella. Es fällt mir schwer, darüber zu reden. Wussten Sie, dass ich für Professor Temple-Clarke arbeite?«

Die Augenbrauen der drei anderen Frauen gingen hoch. »Was arbeiten Sie für ihn?«, fragte Donatella und legte ihre Serviette ab.

»Ich bin seine Hure, seine *puttana,* sein kleines Spielzeug.«

»Was sagst du da?«, rief Gina. »Dieser lüsterne alte Bastard! Er ist alt genug, dein Vater zu sein! Was denkst du dir dabei, Anna? Was würde deine Mutter dazu sagen?«

»Dieser alten Hexe wäre es egal«, antwortete

Anna kalt. »Sie war froh, als ich mein Zuhause verließ. Von da an brauchte sie nicht mehr zu befürchten, dass ich abends nach Hause kam und sie dabei überraschte, wie sie auf dem Boden kniete und ihrem neuen Freund einen blies.«

»Sie sind das Mädchen auf den Fotos, nicht wahr?«, fragte Donatella leise.

»Welche Fotos?«, fragte Gina aufgeregt. »Was geht hier vor?«

Donatella legte eine beruhigende Hand auf Ginas Arm. »Ich erkläre das später, Gina. Wir sollten Anna reden lassen. Ich muss wissen, was sie über den alten Direktor zu sagen hat.«

»Ja, das war ich«, gab Anna zu. »Und ich habe die Fotos vor Ihre Tür gelegt. Ich hatte erfahren, dass Sie meinen Boss überprüfen, da dachte ich, die Fotos würden Ihnen die Beweise liefern, die Sie brauchen.«

Der Teenager legte eine Pause ein, die Augen gesenkt. »Ich habe genug«, sagte sie dann. »Zuerst hat es Spaß gemacht, und dann die vielen Geschenke, Kleider, CDs ... und auch der Sex. Es ist besser, Sex mit einem erfahrenen Mann zu haben als mit den Jungs in der Schule.« Sie warf einen trotzigen Blick auf ihre Cousine.

»Was ist passiert, dass Sie Ihre Meinung geändert haben?«, fragte Donatella.

»Ich bekam es mit der Angst zu tun. Er fügte mir Schmerzen zu, wenn ich nicht genau das tue, was er verlangt.« Sie stand auf und zog ihr Kleid über den Kopf. Sie hatte absichtlich keine Unterwäsche angezogen, und so stand sie völlig nackt im Zimmer und zeigte ihren Körper mit vielen

Blutergüssen, einige alt und im Schwinden begriffen, andere neu und feurig rot.

Die anderen drei Frauen hielten die Luft an und blickten entsetzt auf die schöne nackte Frau, deren schlanker Körper so entwürdigend misshandelt worden war. Langsam ließ Anna das Kleid wieder über ihren Körper gleiten, dann setzte sie sich Donatella gegenüber.

»Temple-Clarke hat mich geschickt«, sagte sie und ignorierte Ginas überraschtes Aufstöhnen. »Er will, dass ich Ihnen einen Haufen Lügen über das College erzähle und über die anderen Professoren. Sie, Donatella, sollen Ramsey und die anderen verdächtigen, aber nicht ihn. Aber das werde ich nicht tun. Er hat seit Jahren schon die Bücher des Colleges gefälscht und hat Geld für sich selbst – und für mich – abgezweigt. Aber ich will nicht mehr, ich habe genug. Ich habe ein wenig Geld zur Seite gelegt. In ein paar Tagen werde ich die Stadt verlassen und ihn nie wiedersehen.«

»Wohin willst du gehen?«, fragte Francesca. »Ich kenne ein paar Leute in Florenz …«

»Ich habe mich noch nicht entschieden«, unterbrach Anna. »Ich will in Richtung Mailand. Mal sehen. Jedenfalls weit weg von Temple-Clarke.«

»Er steckt also doch hinter all den Betrügereien«, murmelte Donatella. »Ich habe es gewusst!« Sie sah Anna eindringlich an. »Können Sie mir irgendeinen Beweis bringen? Ich brauche einen Beweis dafür, dass er das Geld vom College gestohlen hat. Was wissen Sie über Temple-Clarkes Fälschungen antiker Gegenstände?«

Anna hob die Schultern. »Davon weiß ich nichts.«

»Aber er muss ein Studio haben«, beharrte Donatella, »das haben Sie bestimmt gesehen.«

»Ja, er hat ein Studio, aber er hat es mir nie gezeigt. Er tut sehr geheimnisvoll, wenn es ums Studio geht. Er hat Brennöfen und alle möglichen Geräte da, die er aus dem Fundus des Colleges gekauft hat. Ich glaube, er stellt dort Skulpturen her.« Sie sah den triumphierenden Blick, den die beiden Besucherinnen tauschten.

»Ich muss Beweise haben«, sagte Donatella wieder. »Dokumente, Rechnungen, Quittungen. Bewahrt er solche Unterlagen im Studio auf? Oder in seinem Haus? Ich will genug Material sammeln, um Temple-Clarke als das zu entlarven, was er ist.«

Anna dachte nach. »Über das Studio kann ich nichts sagen, aber ich kann mich im Haus umsehen.«

»Können Sie mir dann solche Beweise bringen?«, fragte Donatella hoffnungsvoll.

»Ja, ich glaube ja. Wenn er morgen nicht da ist, werde ich mich umsehen. Wir können uns in der kleinen Kirche Santa Croce treffen, draußen beim alten Krankenhaus. Da ist es immer sehr einsam. Niemand wird uns sehen. Um halb neun morgen Abend.«

»Großartig«, sagte Donatella, aber Anna bemerkte, dass Francesca sie stirnrunzelnd ansah.

«Warum können wir uns nicht hier treffen?«, fragte Francesca. Ein Anflug von Misstrauen schwang in ihrer Stimme mit.

Anna reagierte schnell. »Wenn etwas schief läuft, will ich meine Cousine Gina nicht mit hineinziehen. Temple-Clarke ist kein netter Mensch. Er kann sehr gefährlich sein. Ich will Sie nicht in eine Falle locken«, fügte sie hinzu und legte alle Unschuld, die sie aufbringen konnte, in den Blick ihrer großen Augen.

»Schon gut«, sagte Francesca. »Wir werden mit unserer Freundin Kiki kommen, und wenn nötig, wird auch Salvatore nicht weit weg sein.«

»Wer ist Salvatore?«

»Ein Polizist und Freund von uns.«

Annas Brustkorb hob und senkte sich in rascher Folge. Das war das Letzte, was sie brauchen konnte. »Keine Polizei!«, sagte sie entschieden. »Ich werde nicht kommen, wenn die Polizei da ist.«

»Okay, okay«, sagte Donatella beschwichtigend. »*Va bene*. Salvatore wird nicht dabei sein. Wir werden uns so verhalten, wie Sie es wünschen. Um halb neun an der Kirche. Francesca, unsere Freundin Kiki und ich. Ist das okay?« Sie sah auf die Uhr. »Da wir gerade von Salvatore sprachen, wir sollten ihn anrufen, damit er uns abholt. Geht das?«, fragte sie Anna.

»Nein«, sagte sie und schüttelte energisch den Kopf. »Ich will diesen Salvatore nicht sehen. Rufen Sie ihn erst an, wenn ich gegangen bin, sonst wird alles hinfällig.«

Donatella nickte. »Alles klar. Aber ich bin besorgt um Sie. Die Polizei könnte Ihnen helfen …«

»Ha! Die Bullen haben mir noch nie geholfen, warum sollten sie jetzt damit anfangen?« Sie stand auf und wandte sich an Gina. »Danke, Gina.« Sie umarmte die Cousine. »Ich muss jetzt gehen. *Ciao*.«

»Aber du kannst doch so nicht abends durch die Straßen laufen«, protestierte Gina. »Du hast nichts an unter deinem Kleid. Warte, ich hole dir ein Höschen von mir. Und sage mir, wo ich dich erreichen kann.«

»Nein, nicht nötig. Mach dir keine Sorgen.« Sie genoss den schockierten Ausdruck auf dem Gesicht der Cousine, grinste und sagte: »Es ist nicht das erste Mal, dass ich ohne Höschen durch Arezzo laufe.«

Sie war schon zur Tür hinaus, ehe die Cousine sie aufhalten konnte.

Trotz Annas Übermut blies der Abendwind kühl durch den dünnen Stoff ihres Kleids. Sie hastete durch die engen Gassen, ihrer kleinen Wohnung entgegen. In der Nähe ihres Häuserblocks löste sich eine Gestalt aus den Schatten und ging auf sie zu. Beunruhigt wollte sie schon in eine andere Gasse abbiegen, bis sie eine vertraute Männerstimme hörte. Sie blieb stehen.

»Ich bin's nur«, sagte der Mann. »Haben sie dir alles geglaubt, Anna?«

Anna schluckte nervös. »Eh … ja. Sie haben alles geglaubt. Warum bist du hier?«, fragte sie argwöhnisch.

»Ich wollte nur hören, wie der Abend gelaufen ist. Ich hatte im College was zu erledigen.« Seine Stimme klang plötzlich hart. »Das war ja so dumm von dir, das dritte Bild in den Umschlag zu stecken. Das hat mich in Teufels Küche gebracht.«

»Das College liegt aber nicht in der Nähe«, stellte Anna fest.

Der Mann lachte. »Warum bist du so nervös? Ich bin in seinem Haus gewesen und habe ein paar Dinge so platziert, dass man sie finden muss.«

»Welche Dinge?«

»Darüber brauchst du dir den hübschen Kopf nicht zu zerbrechen. Ein paar Papiere, die diese Hexe di' Bianchi gern finden würde. Ich habe sie, sagen wir mal, ein bisschen frisiert. Und ein paar Fotos habe ich auch verstreut herumliegen lassen.«

»Fotos von mir?«

»Nein, nicht von dir«, sagte der Mann ungeduldig. »Fotos, die viel verräterischer sind. Aber unsere Professorin aus Boston ist keine Närrin, das muss man ihr lassen. Wenn sie die Informationen schön aufschlüsselt, die ich an verschiedenen Stellen zurückgelassen habe, wird sie genau zu der falschen Lösung kommen.«

Anna war wie benommen. »Ich verstehe nichts. Was hast du vor?«

»Ich will ein paar falsche Spuren legen«, sagte der große Mann, dann fuhr er mit harter Stimme fort: »Wir wollen doch keine weiteren Fehler machen, was? Wir wollen doch nicht, dass unsere kleine Anna die falschen Dinge sagt.«

Anna spürte, wie sich seine intensiven Blicke in ihren Leib bohrten.

»Du warst lange im Haus deiner Cousine«,

fügte er anklagend hinzu. »Bist du sicher, dass du nur erzählt hast, was Claudio dir aufgetragen hat? Du hast doch die Geschichten nicht ausgeschmückt oder gar neue erfunden?«

Annas Besorgnis wuchs. Sie hatte nicht erwartet, dass man sie auf Schritt und Tritt verfolgen würde. Sie fragte sich, ob der Mann etwas über ihre geheime Planung ahnte.

»N … nein, natürlich nicht«, antwortete sie. »Woher weißt du, wie lange ich dort war? Spionierst du mir nach?«, fragte sie nervös.

»Sagen wir, ich sorge mich um dein Wohlergehen. Du weißt, ich kümmere mich um die Menschen, die für mich arbeiten.«

Trotz des vertrauten Lächelns, das Falten auf sein Gesicht brachte, konnte Anna den drohenden Unterton in seiner Stimme nicht überhören. »Die amerikanische Professorin weiß nichts außer dem, was ich ihr gesagt habe«, behauptete sie. »Sie hat zugegeben, dass sie noch keine Beweise gefunden hat.« Aber bald, dachte Anna. Dafür werde ich sorgen. Und dann bin ich weg!

»Gut, gut. Wie ich geplant habe. Wenn du deinen Job heute Abend richtig erledigt hast, wird sie bald finden, was sie sucht, nicht wahr?« Er lächelte. »Komm mit mir. Wir gehen zu mir, nehmen einen Nachttrunk und entspannen uns. Was hältst du davon?«

»Ich bin müde«, sagte Anna. »Ich möchte nach Hause.«

»Unsinn! Ein Drink ist genau das, was du jetzt brauchst.« Ein kräftiger Arm legte sich um ihre Schultern. »Komm mit. Braves Mädchen.«

Anna war vom festen Griff des Mannes beunruhigt. Sie wand sich, aber sie konnte sich nicht befreien.

»Warum das plötzliche Zieren, Anna? Willst du deinen Boss nicht mehr vögeln?« Argwohn und Wut verzerrten das Gesicht des Mannes.

»Nein … ja. Ich meine …« Anna wusste nicht, was sie sagen sollte.

»Sieh mich an, Anna!« Der Mann hielt das Mädchen auf Armeslänge. »Schau mich an«, sagte er wieder. »Bist du ehrlich zu mir? Tust du genau das, was man dir sagt?«

Anna sammelte ihre ganze Kraft. »Si, il mio padrone«, sagte sie ergeben. »Ich habe mich so verhalten, wie du es mir aufgetragen hast, aber ich habe Angst. Manchmal jagst du mir Angst ein.« Sie senkte den Blick, ein Bild duldender Ergebenheit.

»Gutes Mädchen. Ich wusste, du würdest am Ende vernünftig sein. Bist du jetzt bereit, zu mir zu gehen?«

»Si, il mio padrone.«

Anna ließ sich führen und kuschelte sich an seine Schulter. Wenn dieser Abend vorbei war, blieben ihr noch vierundzwanzig Stunden, ehe sie Arezzo verlassen würde. Zur Hölle mit der amerikanischen Professorin.

Etwas in Annas Gesicht musste ihre Gefühle verraten haben. Er schlug sie hart ins Gesicht.

»Dummes Luder«, war das Letzte, was sie hörte, bevor sie auf dem Kopfsteinpflaster aufschlug.

Le Ragazze Scoprono L'Oro
(Mädchen stoßen auf Gold)

Kurz vor halb neun am nächsten Abend gingen Donatella, Francesca und Kiki den Borgo di Santa Croce hinunter, der kleinen Kirche des Heiligen Kreuzes entgegen. Sie lag in der Nähe des östlichen Tores der mittelalterlichen Mauer, mitten in einem kleinen Park. Ein bescheidener Glockenturm saß auf dem Dach der Kirche, und die Glocke schlug gerade die halbe Stunde.

Der Park lag verlassen da. An Samstagabenden traf man sich woanders in Arezzo, dies hier war düsteres, einsames Gebiet.

Francesca sah sich misstrauisch um. »Wenn uns jemand überfallen will, wäre dies der ideale Ort«, sagte sie.

»Glaubst du, es ist eine Falle?«, fragte Donatella.

Francesca nickte. »Wahrscheinlich. Ich traue diesem kleinen Luder Anna nicht über den Weg. Woher wissen wir denn, dass sie die Wahrheit gesagt hat?«

»Wir wissen es nicht«, bestätigte Kiki. »Aber um es zu erfahren, sind wir hier.«

Donatella führte das Trio an und schritt durch die Kirchentür. Drinnen wurde die staubige Stille nur von den hallenden Schritten auf den alten Steinplatten durchbrochen. Ein paar Kerzen brannten, und Weihrauch waberte durch die Luft. Auf der Wand hinter dem Altar blätterten die Fresken ab.

»Mir ist es unheimlich hier«, sagte Francesca, »ich warte lieber draußen.«

Die drei Frauen gingen vor der Kirche auf und ab. Neun Uhr, und keine Spur von Anna.

»Ich habe doch gesagt, dass wir ihr nicht trauen dürfen«, murrte Francesca. »Was machen wir nun?«

»Ich bin in fünfzehn Minuten mit Giancarlo verabredet«, sagte Kiki. Sie sah auf die Uhr. »Aber er wird auf mich warten.«

»Wir warten noch eine Viertelstunde«, entschied Donatella. »Wir wissen nicht, ob Anna aufgehalten wurde.«

Um halb zehn verließen die Frauen den unheimlichen kleinen Park. »Wir trinken einen mit dir und Giancarlo«, sagte Donatella zu Kiki. »Danach entscheiden wir, was weiter geschieht.«

»Wo, glaubst du, hält sich Temple-Clarke jetzt auf?«, fragte Kiki, als sich das Trio bei Gianfranco an ihrem Lieblingsplatz in der *Loggia* niedergelassen hatte. »Anna wollte Beweise aus seinem Haus bringen. Glaubst du, er hat sie erwischt?«

Genau darüber war Donatella besorgt. »Ich fürchte, ihr ist etwas zugestoßen. Wir wissen, dass er sie schon aus nichtigen Anlässen misshandelt hat. Wenn er wirklich wütend auf sie ist, wird er sie vermutlich fürchterlich zurichten.«

»Ja, das glaube ich auch«, sagte Kiki. »Ich finde, wir sollten zu seinem Haus fahren.« Sie erhob sich. »Worauf warten wir noch? Vielleicht können wir noch eingreifen.« Giancarlo erhob sich ebenfalls.

Donatella und Francesca sahen sich an. »Kiki hat Recht«, sagte Francesca. »Ich glaube, wir müssen hin.«

»Aber was ist, wenn sie erst später kommen konnte? Sie ist jetzt vielleicht an der Kirche, und wir sind nicht da«, sagte Donatella. »Kiki und Giancarlo, ihr fahrt zur Kirche, und Francesca und ich fahren zu Temple-Clarkes Haus.«

Giancarlo war nicht einverstanden. »Ich sollte euch beschützen«, sagte er, aber dann fügte er sich Donatellas Anordnungen. »*Va bene*. Später bringe ich Kiki zu mir nach Hause.«

Bevor die beiden gingen, fragte Donatella: »Wo wohnt Temple-Clarke eigentlich? Ist jemand schon mal in seinem Haus gewesen?«

»Ich nicht«, sagte Kiki. »Soviel ich weiß, lädt er weder Professoren noch Studenten zu sich nach Hause ein. Ich kenne nicht einmal die Anschrift. Aber ich weiß, dass er ein Haus im alten Teil der Stadt besitzt. Ich dachte, du kennst seine Adresse.«

Donatella schüttelte den Kopf, wütend über sich selbst. »Ich habe nie danach gefragt«, sagte sie. »Als Geheimagentin eigne ich mich offenbar nicht. Wir hätten Anna fragen sollen.«

»Kein Problem«, sagte Francesca, aktivierte ihr Handy und gab eine Nummer ein. »Verdammt«, fluchte sie ein paar Augenblicke später. »Salvatore meldet sich nicht. Ich werde zum Diensthabenden durchgestellt ... Oh, hallo. Ich bin Francesca Antinori und versuche, Salvatore zu erreichen. Oh, Sie sind es, Guiseppe! *Come sta? Si, si. Sto bene, grazie.* Hören Sie, ich kann Salvatore nicht erreichen, aber ich brauche dringend eine Information. Meine Freundin und ich gehen zum Haus des Engländers, *si*, Signor Temple–Clarke, aber ich habe die Adresse vergessen. *Si, grazie.*«

Sie legte eine Hand über die Muschel. »Er sieht nach«, flüsterte sie Donatella zu.

»Wird Salvatore nicht sauer sein?«, fragte Donatella.

»Er wird kurz toben«, meinte Francesca achselzuckend, »aber nach ein paar Minuten Schwanzhuldigung ist das vorbei. Und er hat keinen Grund zu klagen, wenn wir Temple-Clarke daran hindern, Anna zu quälen.«

Dann hob sie die Augenbrauen und begann etwas auf eine Serviette zu schreiben. »*Grazie*, Guiseppe, *molto grazie. Ciao.*« Sie klappte das Handy zu. »Es ist nicht weit«, sagte sie und hob ihren Rucksack auf. »Donatella, wir gehen. Kiki, du fährst zur Kirche, und später reden wir miteinander.«

Das Quartett trennte sich. Donatella und Francesca gingen einen steilen Hügel hoch und befanden sich bald in einem Labyrinth von mittelalterlichen Gassen hinter der Kathedrale. Nach einer Weile sah sich Francesca um. »Hier muss es sein.« Sie ging in eine dunkle Gasse hinein. »Ich wusste gar nicht, dass es diese Gasse überhaupt gibt, so verborgen liegt sie.«

»Sehr exklusive Wohngegend«, stellte Donatella fest, »und nur ein paar Straßen vom Zentrum entfernt. Welches Haus gehört ihm? Ich sehe keine Hausnummern. Und kein Licht.«

Francesca schaute auf die Serviette mit ihren Notizen, dann trat sie in eine weitere enge Gasse. Vor einer schweren Tür blieb sie stehen. »Ich glaube, das muss es sein«, sagte sie und klopfte laut gegen die Tür. Es gab keine Antwort, man hörte keinen Laut, und man sah kein Licht. Das änderte sich auch nach dem zweiten Klopfen nicht.

»Vielleicht ist er abgehauen«, sagte Francesca.

»Behalten ihn die *carabinieri* nicht im Auge?«

»Ja, eigentlich schon, aber rund um die Uhr können sie ihn nicht überwachen. Er sollte die Stadt nicht verlassen, hat man ihm gesagt.«

»Es gibt weder eine Spur von ihm noch von Anna«, sagte Donatella. »Ich hoffe, Kiki findet sie.«

»Kiki und Gianfranco? Die toben sich jetzt im Park aus.«

Donatella war verzweifelt. »Was sollen wir jetzt tun?«

»Das ist doch die Chance, auf die wir gewartet haben«, sagte Francesca. »Wir gehen hinein und sehen uns ein wenig um.«

Donatella sah sie überrascht an. »Wir kommen da nicht hinein. Ich sehe keine Fenster, und die Tür ist viel zu dick.«

Francesca kramte in ihrem Rucksack. »Lass mal sehen, ob ich sie bei mir habe.«

»Was?« Donatella schüttelte sich. Es begann zu regnen.

»Ja, da sind sie schon.« Die junge Italienerin hielt einen Bund mit vielen Schlüsseln hoch. Sie sah Donatella in die Augen. »Wie dringend brauchst du die Beweise? So dringend, dass es sich lohnt, das Gesetz zu brechen?«

»Wieso? Was hast du vor?«, fragte Donatella zaudernd. »Du willst einbrechen?«

»Einbruch war mal meine Spezialität«, sagte die junge Frau ohne eine Spur von Ironie. »Diese Dinge lernt man im Knast.«

»Oh.« Donatella fiel nichts ein, was sie darauf sagen konnte. Der Regen nahm zu, und sie stellte sich unter die Tür.

»Man hat sie mir als Belohnung für gewisse Dienste gezeigt«, fuhr Francesca fest, während sie eine Reihe von kleinen Werkzeugen am Schlüsselbund abtastete.

»Welche Dienste?«

Die Italienerin verdrehte die Augen. »Streng mal deine Fantasie an, Donatella. Wie, glaubst du, kann ein junges Mädchen im Gefängnis über-leben?«

»Oh«, sagte Donatella wieder.

Francesca wurde geschäftlich. »Wenn das funktionieren soll, musst du Schmiere stehen. Stell dich an den Eingang der Gasse und pass auf, dass niemand kommt. In fünf Minuten habe ich die Tür geöffnet. Wenn du jemanden siehst, pfeifst du. Wenn ich drinnen bin, pfeife ich zwei-mal, und dann läufst du zu mir. Okay?«

Donatella nickte und ging zum Eingang der Gasse. Sie schaute die Straße auf und ab. Ab-gesehen von einer kleinen Gruppe, die sich vor einer Kneipe im übernächsten Block versammelt hatte, war alles ruhig. Donatella kicherte still vor sich hin. Hier harrte sie, angesehene Professorin aus Boston, im Regen aus, um Schmiere für eine verurteilte Einbrecherin zu stehen.

Sie wartete ein paar nervöse Minuten lang und bemerkte, dass die Gruppe junger Leute vor der Kneipe größer wurde, aber niemand sah in ihre Richtung. Dann hörte sie zwei Pfiffe. Sie hastete zurück. Francesca hielt ihr die Tür auf.

»Ich glaube, im Haus ist niemand«, sagte Francesca. »Aber uns bleibt vielleicht nicht viel Zeit. Komm.«

Die beiden Frauen durchkämmten das Haus, sahen in allen Räumen nach, an denen sie vorbeikamen, und schalteten in jedem Raum wieder das Licht aus, bevor sie weiter gingen. Im oberen Stockwerk befand sich ein luxuriös eingerichtetes Schlafzimmer, aber da fanden sie auch nichts Bemerkenswertes und gingen wieder hinunter in die untere Etage, auf der sich Temple-Clarkes Arbeitszimmer befand.

»Wir sollten uns auf dieses Zimmer konzentrieren«, meinte Donatella. »Wenn es im Haus was zu entdecken gibt, dann befindet es sich hier. Sein Studio muss woanders sein.«

Donatella fuhr den Computer hoch, während Francesca sich durch die Aktenordner wühlte. »Behalte seine Ordnung bei«, mahnte Donatella, dann fluchte sie. »Ich komme nicht rein, er hat eine Fülle von Passwords.«

Gemeinsam gingen sie die Ordner durch, bis Francesca rief: »Heureka! Ich habe was gefunden!

Ich habe auf gut Glück unter ›R‹ wie in ›Roma‹ geblättert. Da ist eine dicke Akte mit vielen Bildern dieser Skulpturen, die wir im Hintergrund des einen Fotos gesehen haben, die mit den Riesenschwänzen.«

»Zeig mal.« Donatella nahm die einzelnen Bilder heraus und breitete sie auf dem Boden aus. Sie sah Francesca an. »Erinnern sie dich an jemanden?«

»Vielleicht an zwei *carabinieri?*«

Donatella lachte und wandte sich dann den Dokumenten zu. Sie verglich die Nummern unter den Bildern mit den Aufstellungen auf den Lieferscheinen. Sie stimmten überein. »Das sind die Mengen und Daten für Lieferungen nach Rom«, sagte sie, »und dieses Zeichen hier« – sie hielt Francesca die Blätter hin – »heißt, dass die Lieferung bezahlt wurde.« Sie betrachtete wieder die Bilder. »Die Aufnahmen sind nicht im Studio aufgenommen worden.«

»Ist das wichtig?«

»Weiß ich noch nicht.« Donatella studierte die einzelnen Skulpturen. »Sie sind sehr gut. Ich bin beeindruckt.« Sie rückte näher zur Freundin. »Ich will dir was zeigen. Vergiss mal das Riesenteil. Siehst du die Gesichter? Schau dir das Lächeln an. Erinnert dich das an was?«

Die blonde Frau dachte eine Weile nach. »Sie erinnern mich an die Gesichter von griechischen Statuen. Ich habe sie oft in Kikis Kunstbänden gesehen.«

Donatella drückte den Arm der Freundin. »Sehr gut, das hast du gut beobachtet, Francesca.

Man nennt es das ›archaische Lächeln‹ und trifft es bei fast allen griechischen Skulpturen bis etwa 600 vor Christus an. Und fünfhundert Jahre später taucht es bei den Etruskern wieder auf. Temple-Clarke hat das Charakteristikum gut eingefangen, das muss ich ihm lassen.«

»Oh, Donatella, du weißt so viel!«

Die Kunsthistorikerin lächelte die Freundin an. »Wir sind ein Team.« Sie sah sich im Arbeitszimmer um. »Da steht ein Fotokopierer«, sagte sie. »Ich mache ein paar Abzüge, dann kann ich sie später in Ruhe betrachten.«

Francesca öffnete einen weiteren Aktenschrank. Ihr tiefer Pfiff ließ Donatella aufschauen. »Sieh dir das an«, rief die junge Italienerin. »Das ist die Serie, aus der die Fotos stammen, die sie dir geschickt haben. Fotos von Anna und dem jungen Mann.« Sie reichte Donatella den ganzen Abzugbogen.

Die Frauen starrten gebannt auf die kleinen Bilder. »Das ist eindeutig Claudio«, rief Donatella und zeigte auf ein Bild, auf dem Anna vor Claudio kniete.

»Verdammt.« Francesca schlug die Hände über dem Kopf zusammen. »Kiki wird noch mehr bereuen, sich mit diesem Bastard eingelassen zu haben.«

»Es ist unmöglich, den Mann auf den anderen Fotos zu identifizieren«, sagte Donatella. »Glaubst du, es ist Temple-Clarke?«

»Wer sollte es sonst sein?«

Donatella nickte. »Ja, stimmt. Ich fertige auch davon einige Kopien an.« Sie grinste. »Sollen wir das Bild von Claudio als Souvenir für Kiki mitbringen?«

Salvatore und Sandro schritten die Treppe von den Zellen hoch. Die Reise von Rom nach Arezzo, einen Gefangenen im Auto und bei Dauerregen, war ermüdend gewesen. Der Wachhabende lief ihnen schon entgegen. »He, Salvatore, ich hab's eben vergessen. Deine Freundin hat angerufen.«

Salvatore war sofort alarmiert. »Wann war das? Was ist passiert? Was hat sie gewollt?«

»Nur die Adresse, wo ihr euch treffen wolltet.«

»Was? Wovon sprichst du?«

»Vom Haus des Engländers. Temple-Clarke«, sagte Guiseppe zögernd, als er den verwirrten Ausdruck auf dem Gesicht des Kollegen sah. »Ich dachte … aber du …«

Der Wachhabende kam nicht mehr dazu, seine Frage neu zu formulieren. Mit einem lauten Fluch rannte Salvatore zurück in den Regen, dicht gefolgt von einem verdutzten Sandro. Salvatore startete den Motor und schoss davon, noch bevor sein Kollege die Tür auf seiner Seite hatte schließen können.

»Was ist denn los? Wozu die Hast?« Sandro war verärgert, weil er von nichts wusste.

»Francesca dreht irgendwas«, antwortete Salvatore und steuerte den Fiat durch die enge Gasse. »Was sucht sie in Temple-Clarkes Haus? Ich wette, Donatella ist bei ihr. Sie drehen ein krummes Ding. Dieses kleine Luder. Ich sollte sie festbinden und ihr den Hintern versohlen.« Der Gedanke an den nackten Körper seiner Geliebten hob seine Stimmung. »Sie ist die schärfste Frau, die ich je gehabt habe«, sagte er. »Manche Nächte treiben wir es fünf oder sechs Mal«, fügte er prahlend hinzu. »Ich bin immer hart, und sie ist immer nass.«

Er sah seinen Kollegen von der Seite an. »Wie steht es mit dir und Donatella? Will sie es immer noch die ganze Nacht?«

Jetzt lächelte Sandro. »Ich glaube, sie steht Francesca in nichts nach. Einfach großartig. Pass auf, fahr rechts rein. Wir sind da.«

Salvatore parkte direkt vor dem Haus. »Was wollen sie eigentlich da?«, fragte Sandro.

»Wenn ich mich nicht irre, übt Signorina Francesca wieder ihr altes Gewerbe aus. Einbruch war ihre Spezialität. Ich wette, sie sind da drinnen und suchen nach Beweisen. Sie glauben, sie können das besser als die *carabinieri*.«

»Wir sollten ihnen heute Abend zeigen, wer der Boss ist«, meinte Sandro, stieg aus und schlug die Wagentür zu. »Komm, Salvatore, jetzt haben wir unsere Chance. Sie brechen das Gesetz, und wir erwischen sie dabei. Wir können ihnen sogar Handschellen anlegen.«

»Okay, gehen wir rein. In zehn Minuten ist unser Dienst beendet. Vorher müssen wir uns davon überzeugt haben, was die beiden da drinnen treiben. Wir müssen hart gegen sie vorgehen, okay?«

»Ist das ein Befehl, *capitano?*«

»*Assolutamente, il mio compagno.*«

Im Haus war Donatella mit den Kopien fast fertig, als sie das harte Klopfen an der Tür hörte. Die beiden Frauen sahen sich an, Panik in den Gesichtern. Es hatte keinen Sinn, sich jetzt verstecken zu wollen oder wegzulaufen.

»Oh, nein«, keuchte Donatella. »Ob das die Polizei ist? Haben wir Alarm ausgelöst?«

»Oh, verdammt«, rief Francesca. »Vielleicht gibt es Sensoren, die ich nicht bemerkt habe. Direkt hinter der Tür habe ich eine Lichtschranke gesehen, aber die haben wir überwunden. Himmel! Ich habe noch nicht alle Dokumente wieder einsortiert.«

Wieder hämmerte es gegen die Tür, gefolgt von einer vertrauten Stimme. »Aufmachen! *Polizia!*«

»Das ist Salvatore«, stellte Francesca fest. »Verdammt, jetzt bin ich dran.«

»Ich gehe hinunter und lasse ihn herein«, sagte Donatella. »Du bleibst hier oben. Lass mich mit ihm reden. Ich nehme die Schuld auf mich. Du bist noch auf Bewährung.«

Die beiden Polizisten stürmten in die Halle, sobald Donatella den Riegel zurückgeschoben hatte. Sie sahen wütend aus. »Wo ist sie?«, brüllte Salvatore.

»Es ... es ist nicht ihre Schuld. Ich ...«

Die Männer hörten gar nicht zu. Sie stürmten die Treppe hoch, und Donatella lief hinter ihnen her.

Im Arbeitszimmer funkelte Salvatore die beiden Frauen an. Der *capitano* ging auf und ab und klatschte eine Faust in die andere Hand. Weil er

Handschuhe trug, klatschte es besonders laut. »Ich weiß nicht, wen ich zuerst anbrüllen soll«, rief er und richtete den Zeigefinger auf seine Freundin. »Du fällst wohl in alte Gewohnheiten zurück, was, Francesca? Nein, nein, leugne erst gar nicht. Ich weiß, du hast das Schloss geknackt. Ich sollte dich sofort ins Gefängnis werfen.«

Dann fuhr er Donatella an. »Und du, *professoressa*, du solltest es besser wissen. Das ist keines eurer albernen Nancy-Drew-Abenteuer. Das ist höchst gefährlich. Ihr könnt nicht einfach in fremde Häuser einbrechen, wenn es euch passt.«

»Woher kennst du Nancy Drew?«, fragte Donatella, um ihn abzulenken.

Salvatore wischte ihren Einwand weg und wandte sich wieder an Francesca. »Wo ist Kiki? Warum ist sie nicht auch hier? Ihr drei solltet doch immer zusammen bleiben.«

»Kiki ist bei Gianfranco«, sagte Donatella. »Sie suchen …« Sie konnte den Satz nicht beenden.

»Ah! Della Parigi ist also ihr neuer Freund!«, rief Sandro. »Ich wusste, dass sie einen neuen Freund hat. Ich hab's ihr angesehen.«

»Ach, sie hat doch immer einen neuen Freund«, knurrte Salvatore. »Wenigstens ist es diesmal nicht so ein Ganove wie dieser Claudio Pozzi.« Er giftete die Frauen an. »Ich sollte euch beide ins Gefängnis werfen und den Schlüssel verstecken.«

Donatella wollte etwas einwenden, aber Francesca kam ihr zuvor. »Salvatore«, sagte sie, »beruhige dich, Liebster. Hör auf, dich wie eine Gestalt aus einem Melodram aufzuführen. Ich weiß, dass du wütend auf uns bist, aber wir haben wichtige Unterlagen gefunden. Wir sind hier, weil wir uns um ein junges Mädchen sorgten, das ... nun ja, das mit Temple-Clarke zu tun hatte. Sie wollte sich heute Abend mit uns treffen, aber sie ist nicht gekommen. Kiki und Gianfranco suchen sie. Wir haben befürchtet, Temple-Clarke könnte ihr was antun.«

Sie fasste ihren Liebsten am Arm und drückte ihre Brüste gegen ihn. »Sollen wir dir nicht zeigen, was wir gefunden haben, und dann abhauen? Temple-Clarke kann doch jeden Moment kommen.«

Donatella sah, wie Salvatore auf die Brüste seiner Freundin starrte. Sie hörte ihn murmeln: »Oh, verdammt, diese Titten bringen mich noch um.« Er hielt Francesca fest umschlungen.

»Temple-Clarke wird nicht kommen«, ließ sich Sandro aus der anderen Ecke des Zimmers vernehmen.

»Wie meinst du das?«, fragte Donatella. »Wo ist er?«

»Auf dem Revier«, antwortete Sandro. »Wir haben ihn aus Rom mitgebracht und wollten ihn gerade vernehmen, als Guiseppe uns sagte, dass Francesca angerufen hatte. Wir haben den Bastard in eine Zelle geworfen und sind hierhin gerast. Wir hatten doch keine Ahnung, was ihr hier wolltet.«

»Wie ist Temple-Clarke nach Rom gekommen? Und was hat er da gewollt?«, fragte Francesca und strich über das Bein ihres Liebsten. »Wir dachten, er könnte die Stadt nicht verlassen.«

»Ja, stimmt«, bestätigte Sandro. »Wir wollen

ihn hier in der Stadt haben, wo wir ein Auge auf ihn werfen können. Aber einer unserer Kollegen hat gesehen, wie er gestern Morgen in den Express nach Rom gestiegen ist, deshalb haben wir Kollegen in Rom alarmiert, und die haben ihn in Empfang genommen. Wir sind hinunter gefahren und haben ihn zurück nach Arezzo gebracht. Er hat nichts gesagt – außer, dass er uns wüst beschimpft hat.«

Unter dem Einfluss von Francescas gefühlvollem Streicheln war Salvatore ganz zahm geworden. »Also gut«, sagte er, »da wir nun schon mal hier sind, sollten wir uns ansehen, was ihr gefunden habt. Obwohl ich nicht weiß, ob es uns was bringt.« Knurrend fügte er hinzu: »Vor Gericht zählen keine Beweise, die man auf illegale Weise erworben hat, begreift ihr das?«

Die Frauen sahen ihn halb entschuldigend, halb herausfordernd an.

»Ich rufe das Revier an und werde sagen, sie sollen Temple-Clarke noch ein paar Stunden festhalten.« Er nahm sein Handy und bellte seine Anweisungen. Dann wandte er sich an Sandro. »Mach dich an die Arbeit, Kollege. Lege ihnen die Handschellen an.«

Bevor Donatella wusste, wie ihr geschah, schlossen sich die Handschellen um ihre Gelenke. »He«, rief sie, »was soll das denn?«

»Du bist auch dran, Francesca«, sagte Sandro und fesselte die Arme der jungen blonden Frau.

»Hör auf mit dem Scheiß, Salvatore. Das finde ich gar nicht komisch.«

Die beiden Polizisten lachten. »Tut mir Leid«,

sagte der *capitano*, »aber das muss sein. Ihr seid beide wegen Einbruchs verhaftet. Ihr seid jetzt unsere Gefangene.« Er blinzelte Sandro zu. »Ihr seid unserer Barmherzigkeit ausgeliefert.«

»Welche Strafe ist dem Verbrechen angemessen?«, fragte Sandro und legte die Arme um Donatella.

»Zuerst müssen die Verdächtigen ausgezogen und untersucht werden«, antwortete Salvatore. »Wir müssen uns davon überzeugen, dass sie kein Diebesgut an ihrem Körper versteckt haben. An oder in ihrem Körper«, fügte er grinsend hinzu. Er schluckte vor Erwartung. »Wir müssen jede geheime Stelle gründlich erforschen.«

»Wir sollten die Fesseln noch einmal überprüfen«, schlug Sandro vor. »Du siehst nach, ob ich es bei Donatella richtig gemacht habe, und ich will nachsehen, ob Francesca auch wirklich ausgeschaltet ist.«

Es fiel Sandro schwer, die ernste Miene zu bewahren.

Donatellas ursprüngliche Sorge zerstob, als ihr der Plan der Polizisten klar wurde. Francesca war offenbar auch zu diesem Schluss gelangt. Sie wehrte sich nicht mehr, aber sie schimpfte noch.

»Ihr Bastarde!«, tobte sie, doch ihre Augen funkelten in erregter Vorfreude.

Donatella beobachtete voller Lust, wie Sandro ihren leichten Sommerrock auszog und dann den Tanga nach unten zog. Gehorsam trat sie aus dem Höschen heraus. Da sie außerhalb des Colleges keinen Büstenhalter trug, stellten sich ihre Nippel steil auf, als Sandro die Knöpfe ihrer Seidenbluse öffnete und die Brüste entblößte. Jetzt trug sie nur noch ihre leichten Sandalen.

Francesca wurde ebenfalls ausgezogen und stand nackt vor Salvatore. Beide Männer fuhren mit ihren behandschuhten Händen über die nackten Körper und ahmten eine polizeiliche Leibesvisitation nach. Donatellas Puls raste, als Salvatore zu ihr trat und den Vorgang wiederholte, während Sandro zu Francesca ging.

»Auf die Couch, Donatella«, befahl Salvatore. »Spreize die Beine. Du auch, Francesca. Sandro, achte darauf, dass sie tut, was ich sage.«

Beide Frauen lagen in der vorgeschriebenen Pose auf den beiden Couches. Die Polizisten blieben angezogen, aber in ihren Hosen waren die Schwellungen deutlich zu sehen.

»Ihr seid miese Faschistenbullen«, zischte Francesca. »Wir werden euch nie sagen, wo wir die Beute versteckt haben.«

Donatellas Kichern brach abrupt ab, als sie Salvatores in Leder gehüllten Finger in sich spürte. Sie war so nass, dass er leicht hineinglitt, gefolgt von einem zweiten. Das glatte Leder ließ Donatella schwer keuchen. Sie mahlte das Becken gegen die Finger und wurde fast wahnsinnig, als er mit dem Daumen über ihre Klitoris rieb.

»Ich wollte dich nur überprüfen«, sagte Salvatore, zog die Finger heraus und betrachtete das nasse Leder. »Sehr nass. Ich glaube, wir müssen gründlicher untersuchen.« Er kniete sich zwischen Donatellas gespreizte Schenkel und erforschte sie mit Lippen und Zunge.

Donatella blickte hinüber zur anderen Couch

und sah, dass Sandro auf ähnliche Weise beschäftigt war wie sein Chef. Ihre Pussy kribbelte. »Oh, Salvatore, mehr, mehr«, keuchte sie, und seine Zunge drang immer tiefer in sie ein.

»Nicht so schnell, *Dottoressa*«, murmelte Salvatore. »Sandro und ich müssen uns erst ausziehen.«

Die Frauen sahen gespannt zu, wie sich die Männer auszogen, dann wurden sie aufgefordert, sich nebeneinander über den Rücken einer Couch zu beugen, den Po weit nach oben gestreckt.

Im nächsten Moment spürte Donatella, wie Salvatore in sie eindrang. Sie stöhnte vor Lust und blickte zur Seite, wo Sandro sich tief in Francesca versenkt hatte. Er hielt ihre Brüste in seinen Händen und knetete sie.

Donatella schob sich Salvatores wuchtigen Stößen entgegen und wurde mit einem Grunzen und einem Klaps auf den Po belohnt.

Es war ein wildes, hemmungsloses Spektakel, das niemand lange durchhielt. Fast simultan ergossen sich die Kollegen in den Körpern der beiden schluchzenden Frauen, die schon seit Minuten ihren Orgasmus erlebten.

»Das ist wie in alten Zeiten«, sagte Francesca, nachdem sich ihr Atem normalisiert hatte.

Donatella hob eine Augenbraue. »Wieso?«

»Meine Clique in Florenz war darauf spezialisiert, in die Häuser reicher Leute einzusteigen. Nur zum Spaß. Meine Freunde haben den Schmuck gestohlen und kauften Drogen mit dem Geld. Und jedes Mal haben wir es in den Betten der Leute getrieben. Damals hat uns das höllisch Spaß gemacht.«

»Vermisst du diese Zeit nicht?«, fragte Donatella leise.

Francesca lächelte. »Nein. Die Freunde, die ich heute habe, gefallen mir viel besser.« Sie langte hinüber und streichelte Donatellas Brüste. Die Professorin küsste Francesca auf den Mund.

»Für dich mag das ja wie in alten Zeiten sein«, sagte sie lächelnd, »aber für mich ist es neu.«

Il Ritorno al Dovere
(Rückkehr zur Pflicht)

In der Erholungsphase war es Salvatore, der zurück zur Pflicht fand. Er zog seine Hose an und wehrte Donatellas Versuche ab, den Moment des Nachglühens noch ein wenig hinauszuschieben. »Zurück an die Arbeit«, sagte er, schnallte den Gürtel zu und stieß Sandro an, der eingeschlafen war.

Sandro wollte sich zwischen Francescas Beinen erheben, aber die junge Frau hielt ihn am schlaffen Penis fest. »Lass mich noch einmal«, bettelte sie.

»Francesca, hör auf! Hört jetzt alle mal zu.« Als er die Aufmerksamkeit aller hatte, entwickelte der *capitano* seinen Plan. »Zuerst – niemand darf je ein Wort über das verraten, was hier geschehen ist. Es hat einfach nicht stattgefunden. Ist das absolut klar? *È chiaro?*«

»*Si, capisco benissimo*«, sagte Francesca.

Donatella nickte.

»Sandro! Zurück an die Arbeit, *tenente!*«

Sandro nahm die Hände von Francescas Brüsten und zeigte voller Stolz seine neu erwachende Erektion.

»Kaffee, Francesca«, befahl Salvatore.

Sie sprang auf, zog Bluse und Rock an und trottete in die Küche. Es machte ihr nichts aus, dass Salvatore ab und zu mal herrisch wurde.

Ein paar Minuten später brachte sie ein Tablett mit dampfendem Kaffee und Tassen ins Arbeitszimmer. Die anderen waren mehr oder weniger angezogen. Sandro hatte Mühe, seine zerknautschte Uniform zu glätten.

»Okay, seid ihr bereit?«, fragte Francesca, dann zog sie die Schublade auf, in die sie Fotos und Dokumente geworfen hatte. »Schaut euch diese Sachen an«, forderte sie die beiden Polizisten auf. »Diese Skulpturen sind Teil einer groß angelegten Fälschungsaktion.« Sie wandte sich an Donatella. »Erkläre es ihnen.«

Während sie am Kaffee nippten, lauschten sie der Professorin, die ihnen die Merkmale der Fälschungen zeigte. »Wenn wir die Bilanzdaten des Colleges heranziehen, können wir wahrscheinlich beweisen, dass er Geld seines Budgets für seine Fälschungen abgezweigt hat«, sagte sie. »Ich glaube, wir können ihn überführen.«

Francesca schob ihrem Freund die Fotos über den Tisch zu. »Da siehst du Temple-Clarke beim Sex mit Teenagern.«

Salvatore betrachtete die Fotos. »Woher willst du wissen, dass es Temple-Clarke ist? Auf keinem Bild ist sein Gesicht zu sehen.«

»Wir haben andere«, sagte Francesca. »Donatella hat sie in ihrem Büro, und auf denen ist Temple-Clarke zu erkennen.«

»Wie seid ihr an diese Bilder gelangt?«, fragte Salvatore. »Wieder ein Einbruch?«

Sie streckte ihm die Zunge heraus. »Jemand hat sie vor die Tür von Donatellas Büro gelegt.«

»Wer?«

»Das Mädchen auf den Fotos«, antwortete Francesca. »Sie heißt Anna. Wir haben sie gestern Abend kennen gelernt. Sie hat uns gesagt, dass Temple-Clarke hinter den Fälschungen steckt. Zuerst hatten wir geglaubt, er selbst hätte uns die Fotos in die Hände gespielt, damit wir die Untersuchung nicht weiter betreiben.«

»Wieso denn das?«

»Unsere Spekulation war, dass er hoffte, wir würden uns mit seinem erzwungenen Rücktritt zufrieden geben, um einen öffentlichen Skandal zu vermeiden. Wenn wir den Fall damit abschlössen, würden seine Betrügereien nicht ans Licht kommen.«

»Hm.« Salvatore dachte darüber nach. »Kann es sein, dass Kiki Lee diese Theorie in die Welt gesetzt hat?«, fragte er Donatella.

»Ja, sie stammt tatsächlich von ihr. Sie hat auch was für sich, finde ich, obwohl ich nicht davon überzeugt bin.«

»Ich glaube, diese Anna ist durchtrieben«, warf Francesca ein. »Ich traue ihr nicht über den Weg. Woher wissen wir, dass sie uns die Wahrheit gesagt hat?«

»Was wisst ihr über diese Anna?«, fragte Salvatore.

»Sie ist eine kleine Schlampe, die mit älteren Männern für Geld ins Bett geht«, antwortete Francesca, ohne nachzudenken.

Salvatore sah sie eindringlich an, und sie

machte ein zerknirschtes Gesicht. »*Merda!* Sage nichts, Sal. Es tut mir Leid. Das war böse von mir. Vor ein paar Jahren hätte ich mich selbst damit beschrieben.« Sie errötete vor Scham.

Sal grinste. »*Si, la mia cara*«, sagte er liebevoll und strich ihr über die goldenen Haare. »Damals noch, bevor wir uns kennen gelernt haben. Aber jetzt nicht mehr, eh?«

Francesca spürte die Zuneigung in Salvatores Worten und sah in seine braunen Augen. »Nein«, sagte sie, »ganz gewiss nicht.« Wie würde es sein, dachte sie, wenn sie sich nur auf einen Mann konzentrierte? Was für ein Gedanke! Aber Sal war es wert, dass sie das ernsthaft erwog.

Er drückte ihre Hand. »Setzt euch hin und hört genau zu. Was ich jetzt vorschlage, hat etwas damit zu tun, das Gesetz ein wenig zu unseren Gunsten zu verbiegen. Wenn wir dabei erwischt werden, sind Sandro und ich draußen. Was sagst du, Sandro?«

Er hob die Schultern. »Du bist der Boss. Und sieh zu, dass wir nicht erwischt werden.«

Der *capitano* wandte sich an die beiden Frauen. »Seid ihr bereit, noch einmal das Gesetz zu brechen?«

»Was hast du vor?«, fragte Donatella.

»Du erinnerst dich, dass ich gesagt habe, die Unterlagen hätten bei Gericht keine Beweiskraft?«

Die Frauen nickten.

»Aber wenn wir einen Durchsuchungsbefehl haben, wiederkommen und diese Beweise finden, würden sie vor Gericht zugelassen werden.«

»Haben wir denn genug Beweise für den Richter?«, fragte Sandro.

Sein Vorgesetzter nickte. »Ich glaube ja. Die Tatsache, dass Temple-Clarke die Stadt verlassen hat und keine Fragen beantwortet, zusammen mit den gefälschten Bilanzen im College, sollten eigentlich genügen.« Er betrachtete die kleine Runde. »Stimmen wir alle zu? Ich finde, der Zweck heiligt die Mittel. Hat jemand Skrupel?«

»Nicht genug, um gegen deinen Plan zu stimmen«, sagte Donatella. »Wichtig ist, dass du den Bastard überführst.«

»Amen«, sagte Francesca. »Und Kiki würde das auch sagen.« Sie drückte Donatellas Hand.

»Also gut«, sagte Salvatore. »Ihr müsst alle Spuren beseitigen, die unsere Anwesenheit verraten könnten. Unsere Print-Leute werden es nicht so genau nehmen, falls man eure Abdrücke findet. Noch besser – ihr kommt morgen mit und berührt mal den einen oder anderen Gegenstand, das erklärt, dass man eure Prints hier findet.«

»Was ist mit den Nachbarn?«, fragte Francesca. »Jemand kann uns gesehen oder gehört haben.«

»Wir werden uns herausreden. Wir mussten einen Notruf in der Nachbarschaft verfolgen. Aber ich glaube nicht, dass sich ein Nachbar melden wird. Temple-Clarke ist nicht sehr beliebt.«

»Und Guiseppe?«, beharrte Francesca. »Er weiß, dass wir uns hier treffen wollten. Aber ich schätze, dass niemand so kritisch nachfragen wird.«

Salavatore schüttelte den Kopf. »Er wird kein Problem sein. Ich habe ihn schon oft genug aus einer Bredouille herausgeholt und gerettet.«

»Okay, fangen wir an«, sagte Donatella und ordnete die Fotos der Skulpturen. »Die gehören zurück in den Ordner. Wo sind die Sexfotos? Oh, Sandro, reichst du sie mal rüber, bitte?«

Aber Sandro starrte nur auf die Fotos. Sein Gesicht war blass geworden. »Oh, verdammt«, murmelte er leise, »dieser Widerling! Das dumme, dumme Mädchen!« Er wandte Donatella sein verzerrtes Gesicht zu. »Das ist Anna, meine Nichte! Temple-Clarke hat meine Nichte missbraucht. Das kleine Mädchen meines Bruders. Ich habe oft mit ihr gespielt, als sie klein war. Verdammt! Ich kille diesen Bastard, ich puste ihm das Gehirn aus dem Schädel!«

Er zerknüllte das Foto und stürzte aus der Tür. Salvatore rief ihm nach, er solle zu sich kommen und Vernunft zeigen, aber Sandro ließ sich nicht aufhalten. Er warf sich in den Streifenwagen und preschte davon.

»Merda«, fluchte Salvatore und sprach rasch in sein Funkgerät. »Guiseppe! Das ist wichtig! Sandro ist unterwegs. Er will den Engländer angreifen, ja, Temple Clarke … Du musst ihn aufhalten, *capisci?* Ganz egal wie … Ja, notfalls wirfst du ihn in eine Zelle … Ja, ich bin bald da.«

Salvatore blaffte Francesca an: »Du hast uns diesen Ärger eingebrockt, sieh zu, dass du ihn beendest. Du musst alle Spuren beseitigen, und danach haut ihr so schnell wie möglich ab nach Hause.«

Francesca nickte brav, und Salvatore fügte besänftigend hinzu: »Keine Sorge, Liebling, es wird alles gut werden. Geht nach Hause, wenn ihr hier fertig seid.« Er küsste sie fest auf die Lippen und drückte ihren Körper an sich.

»Ich liebe dich«, flüsterte sie. »Pass gut auf dich auf.«

Gegen Mittag stoppten mehrere Streifenwagen vor Temple-Clarkes Haus. Salvatore sprang aus dem ersten Fahrzeug. Er zeigte den anderen den Durchsuchungsbefehl und führte *carabinieri* und Techniker ins Haus. Donatella und Francesca waren dabei; Salvatore stellte sie den Kollegen als ›interne Ermittler des Colleges‹ vor.

Donatella drückte eine Ziffernfolge auf ihrem Handy, und kurz darauf meldete sich Kiki. »Wir sind am Zielort«, sagte Donatella, »und wollen gerade ins Haus. Ist bei dir alles okay? Ist Giancarlo bei dir?«

»Ja, ist er.«

Donatella hörte ein lautes Glucksen. »Was macht ihr denn?«, fragte sie argwöhnisch. »Seid ihr schon wieder zugange?«

»Hast du Röntgenaugen?«, fragte Kiki.

»Ich kenne dich«, antwortete Donatella lachend. »Ihr zwei seid unzertrennlich.«

»Ja«, stimmte Kiki zu. »Im Moment ist das wortwörtlich zu nehmen.«

Donatella schüttelte den Kopf. »Bleibt, wo ihr seid und geht ans Telefon, falls wir euch brauchen. Ich rufe später an, und danach treffen wir uns in meinem Büro.«

Donatella sah sich um. Sandro schwirrte von einem Raum zum anderen, als ob nichts geschehen wäre, und Salvatore hatte auch nichts erzählt, aber am Abend hatten mehrere Kollegen den aufgebrachten Sandro bändigen müssen. Temple-Clarke hatte ängstlich in seiner Zelle gekauert. Von seiner Arroganz und seinem Zynismus war nichts mehr geblieben. Er hatte vehement seine Unschuld beteuert, was aber auf taube Ohren gestoßen war.

Die beiden Frauen setzten Salvatores Plan um, schlenderten durchs Haus, fassten hier was an und da; Türknöpfe und Schubladen, Aktenschränke und Tische. Nach einer Weile zog Salvatore sie zur Seite.

»Das reicht jetzt«, sagte er. »Ihr macht euch nur verdächtig, wenn ihr noch länger herumstreift. Wo habt ihr die Fotos von Anna eingeordnet? Sandro möchte, dass sie verschwinden.«

Donatella öffnete ihre Aktentasche und reichte dem *capitano* einen braunen Umschlag. »Ich habe sie aus dem Versteck geholt, bevor ein anderer es tun konnte. Warum bewahrst du sie nicht selbst auf?«

Salvatore nickte. »Gute Arbeit, Donatella. Sandro wird dir dankbar sein.« Er öffnete den Umschlag und blätterte die Fotos durch. Einige nahm er heraus und steckte sie in seine Tasche. »Schließlich wollen wir nicht, dass Sandro alle Beweise vernichtet, nicht wahr?«

»Davon gibt es noch einige Abzüge in meinem Büro«, sagte Donatella.

»Ausgezeichnet. Kannst du sie mir aufs Revier bringen, sobald wir hier fertig sind?«

Donatella nickte. Das Team orientierte sich

nach unten. Sandro hatte einen BMW aus der Fünferreihe sichergestellt. »Er gehört dem Engländer«, sagte er. »Er stand in der Garage weiter unten. Das hat der Bastard gestanden – und er hat mir sogar noch gesagt, wo ich den Schlüssel finde. Ich will das Auto zur forensischen Untersuchung bringen. Man weiß nie, was dabei ans Tageslicht tritt.«

Salvatore nickte, und Sandro gab Gas. »Alle zurück aufs Revier«, befahl Salvatore und wandte sich an die Freundin. »Geh bitte mit Donatella zum College und bringe mir die Fotos, die Anna vor die Tür gelegt hat.« Er umarmte die beiden Frauen. »Ihr habt gute Arbeit geleistet, jetzt sind wir dran.« Er grinste die Amerikanerin an. »*Dottoressa*, von nun an halten wir uns an das Gesetz, ja?«

»Absolut, *capitano*. Jetzt sollen die Mühlen des Gesetzes mahlen.«

Salvatore salutierte, und seine Hacken schlugen zusammen. »*Arrivederci, Dottoressa.*« Zu Francesca: »Beeile dich mit den Fotos. Wir brauchen sie so schnell wie möglich.«

Die beiden Frauen gingen schweigend zum College zurück, aufgeregt von der Entwicklung des Geschehens.

»Glaubst du, wir haben ihn?«, fragte Francesca.

»Ja, vor allem, wenn die Polizei beweisen kann, dass er hinter der Verwüstung des Hotelzimmers steckt und auch am Überfall auf mich beteiligt war«, antwortete Donatella. »Ich hoffe, er legt ein Geständnis ab, aber glauben werde ich das erst, wenn ich es mit eigenen Ohren höre.«

In diesem Augenblick hastete eine vertraute Gestalt um die Ecke, die Nase tief in ein Buch gesteckt. »Oh, *scusi*, Ladys.« Gianfranco errötete, und Donatella verstand plötzlich, warum Kiki ihn so attraktiv fand. »Oh, Sie sind es, *Dottoressa* di' Bianchi. Hallo, Francesca. Entschuldigen Sie, ich habe nicht aufgepasst.«

Francesca legte einen Arm um seine Schulter und küsste ihn auf den Mund. »Wo ist Kiki?«

»Ich treffe sie unten in einer Kneipe.«

Im nächsten Moment trat Kiki um die Ecke, ein Eis vor den Lippen. »Ich habe dich bestimmt zehn Minuten lang nicht gesehen, Gianfranco. Hallo, Mädchen. Wir haben gestern Abend versucht, euch anzurufen. Wir haben uns Sorgen gemacht, aber dann haben wir uns gedacht, dass der lange Arm des Gesetzes euch beschützt.«

»Ja, stimmt«, sagte Francesca.

Kiki hob eine Augenbraue. »Erzählt mir jemand davon?«

»Sagen wir, Donatella hat neue Erfahrungen sammeln können«, antwortete Francesca.

Kiki betrachtete die Amerikanerin und meinte dann: »Ich habe gewusst, dass sie eine gelehrige Schülerin sein würde. Ich glaube, es gibt nicht mehr viel, was wir ihr beibringen können, oder, Francesca? Wir lassen sie zur Abschlussprüfung zu, was?«

Donatella war es, die errötete. »Zuerst möchte ich noch ein paar Lektionen«, sagte sie listig.

Kiki lachte. »Abgemacht.« Sie sah auf ihre Uhr. »Donatella, du brauchst mich jetzt eine Weile nicht, oder? Wir wollten in der Kneipe ein Bier trinken.«

Die Professorin lachte. »Wir haben dir viel zu erzählen, aber das kann warten. Geht und amüsiert euch.«

Donatellas letzter Satz ging in einem gewaltigen Dröhnen und Scheppern unter, das ein klappriger Van auslöste, der in einem hohen Tempo über das unebene Kopfsteinpflaster der schmalen Straße brauste. Die vier Fußgänger sahen ihm alarmiert entgegen. Das Fahrzeug ging mit dem Tempo nicht hinunter, im Gegenteil. Es schien direkt auf sie zuzusteuern. Dunkle Scheiben und Dreck ließen keinen Blick auf den Fahrer zu.

Donatella stand wie erstarrt da, und dann wurde sie zu Boden gerissen, und im nächsten Moment wälzten sich zwei Menschen über den staubigen Boden. Der Van raste weiter, die Reifen nur wenige Zentimeter von Donatellas Gesicht weg.

Gianfranco war rasch wieder auf den Beinen und half Donatella vom Boden hoch. »Es tut mir Leid, *Dottoressa*«, sagte er. »Ich hoffe, ich habe Sie nicht verletzt. Ich hatte Angst, Sie könnten nicht rechtzeitig ausweichen.«

Kiki und Francesca liefen zu ihrer Freundin. »Bist du in Ordnung?«, fragten sie wie aus einem Mund.

Donatella staubte ihre Kleidung ab. »Ja, ich glaube schon, dank Gianfranco. Meint ihr, das war Absicht? Der Kerl hätte uns umbringen können.«

Schnell hatte sich eine kleine Schar von Neugierigen am Ort des Geschehens gesammelt, aber Francesca scheuchte sie davon. »Alles unter Kontrolle. Meine Freundin ist nur auf den Boden gefallen.«

Donatella blickte verärgert auf die Schmutzflecken auf ihrer neuen Seidenbluse und auf den schwarzen Chinos. Eine Manschette der Bluse war zerrissen.

»Der Bastard hatte es auf dich abgesehen«, sagte Francesca. »Ich habe es genau beobachtet. Als wir auseinander stoben, ist das Schwein genau auf dich zu gefahren.«

»Verdammt«, murmelte Donatella. »Dann ist es also noch nicht vorbei? Ich dachte, dass wir Ruhe hätten, weil Temple-Clarke im Gefängnis sitzt. Glaubst du, dass Claudio am Steuer saß?«

Kiki verzog das Gesicht, als sie den Namen ihres Ex hörte. »Ich habe nichts sehen können«, sagte sie zerknirscht. »Die Scheiben waren zu dunkel. Aber ich habe gesehen, dass er ein Kennzeichen aus Rom hatte.«

»Vielleicht ist das ein Hinweis auf Temple-Clarkes Freunde in Rom«, sagte Francesca. »Das ergibt Sinn. Wenn Donatella tot wäre, könnte sie nicht gegen Temple-Clarke aussagen.«

Donatella blickte finster.

»Wer ist Claudio?«, wollte Gianfranco wissen.

Jetzt war es an Kiki, rot zu werden. »Er war ein großer Fehler«, sagte sie leise.

»Ihr letzter Macker vor dir«, sagte Francesca.

»Aber da gerade jemand versucht hat, uns umzubringen, muss eine Erörterung von Kikis früherem Sexleben warten. Aber keine Sorge, Gianfranco«, fügte sie lächelnd hinzu, »er kann dir das Wasser nicht reichen. Außerdem ist er längst Geschichte.« Sie wurde mit einem scheuen Lächeln belohnt, dann nahm sie die Hände des großen Jungen in ihre. »Ich möchte dir ganz herzlich danken, Gianfranco. Du hast mir das Leben gerettet, und dabei hast du dich auch selbst in Gefahr gebracht.« Sie sah in die schokoladenbraunen Augen mit den langen Wimpern, küsste ihre Fingerspitzen und legte sie auf seinen Mund. »Danke.«

Kiki legte einen Arm um Gianfrancos Hüfte und drückte ihn an sich. »Von mir erhältst du noch eine besondere Belohnung.«

»Zuerst müssen wir in mein Büro«, sagte Donatella, »damit Francesca die Fotos zu Salvatore bringen kann. Dabei können wir ihm auch gleich von diesem neuen Anschlag berichten. Es ist wohl besser, wenn wir alle zusammen bleiben, nicht wahr?«

Die anderen stimmten zu, und so gingen sie die Treppe zum College hoch. Gianfranco ging voraus, einen Arm um Kikis Taille.

Im Büro fiel Donatella zuerst ein Memo von Ian Ramsey auf, das er unter der Tür durchgeschoben hatte. Sie überflog es flüchtig. »Das kann warten«, rief sie und warf das Papier auf ihren Schreibtisch.

»Was ist es?«, fragte Kiki.

»Etwas von Ramsey. Er will immer noch auf den Posten des Direktors.« Donatella stand vor dem Aktenschrank, in dem die Fotos lagen, aber als sie den Ordner herausholte, sah sie zu ihrem Entsetzen nur zwei Fotos. Das Bild aus dem Studio mit den Skulpturen im Hintergrund war nicht da.

»Kiki«, sagte sie, »du hast es nicht woanders abgelegt?«

Kiki bedachte die Professorin mit einem tadelnden Blick.

»Ja, schon gut. Aber wo, zum Teufel, kann es sein?«

Francesca begutachtete das Schloss des Aktenschranks. »Da sind ein paar frische Kratzer«, sagte sie. »Ich glaube, jemand hat das Schloss aufgebrochen und das Foto mitgehen lassen.« Sie ging zur Tür und überprüfte deren Schloss. »Man sieht kaum was«, bemerkte sie. »Professionelle Arbeit.«

»Aber warum haben sie nur ein Foto genommen?«, fragte Donatella verwundert.

»Kann es Anna gewesen sein?«, spekulierte Kiki. »Oder Claudio? Wir wissen, dass Temple–Clarke nicht in Frage kommt, weil er sitzt.«

»Das ergibt keinen Sinn«, sagte Donatella mit einem Aufstöhnen. »Anna bringt uns die Fotos, wie sie sagt, um uns zu helfen, aber seither haben wir nichts mehr von ihr gehört, und dann wird ein Foto gestohlen.« Sie wandte sich an Kiki. »Wir wissen, dass Claudio auf die eine oder andere Weise in die Sache verstrickt ist«, sagte sie. »Aber hat er den Grips, so eine Aktion zu organisieren?«

»Es war nicht sein Grips, an dem ich interessiert war«, sagte Kiki mit einem Anflug von Verlegenheit.

»Claudio hat vielleicht am Steuer des Vans gesessen«, murmelte Francesca. »Und er hat vielleicht auch im Mercedes gesessen.«

»Wir haben zwei Gestalten im Mercedes gesehen«, stellte Kiki klar. »Der andere könnte Temple-Clarke gewesen sein.«

»Nein«, widersprach Donatella. »Er ist zu der Zeit auf einem Empfang gesehen worden. Aber er könnte der zweite Mann des Duos gewesen sein, das mich überfallen hat. Seine Augen waren am Tag danach in einem schlimmen Zustand, ob er nun eine Allergie hat oder nicht.«

»Dann wissen wir auch nicht, wer dein Hotelzimmer verwüstet und wer dich nachts am Telefon bedroht hat«, rief Kiki in Erinnerung.

»Und da gibt es noch die Firma in Rom«, sagte Francesca.

»Ja, die geheimnisvolle Firma in Rom«, murmelte Donatella. »Ob Salvatore was über sie herausgefunden hat? Er wollte einen Kollegen auf die Spur ansetzen.« Sie seufzte. »Ein anderer Gedanke beunruhigt mich. Es kann sein, dass noch jemand an diesem Komplott beteiligt ist, der sich bisher noch nicht aus dem Schatten heraus gewagt hat.«

»Was für eine unheimliche Vorstellung«, rief Kiki. »Denkst du an einen bestimmten Mann?«

Donatella streckte die Arme aus und zuckte die

Achseln. »Es geschehen Dinge, während Temple–Clarke im Gefängnis sitzt, deshalb müssen wir an einen dritten Mann denken, denn ich kann mir nicht vorstellen, dass Claudio selbstständig solche Entscheidungen trifft, wie zum Beispiel den Angriff mit dem Van am helllichten Tag.«

Kiki hob die Schultern und wechselte das Thema. »Ich habe das fehlende Foto im Computer«, erinnerte sie. »Ich kann einen Abzug machen.«

»Ja, sehr gut«, sagte Donatella. »Salvatore wartet darauf. Und wir hätten ihm längst vom Van erzählen sollen. Jetzt ist es für eine Verfolgung wahrscheinlich zu spät. Kommst du mit zur Polizeistation, Kiki?«

»Ich bleibe bei Gianfranco, wenn du nichts dagegen hast, und berichte ihm, was inzwischen alles passiert ist, denn von den meisten Dingen, die wir besprochen haben, hat er keine Ahnung.« Sie schaffte es nur mit Mühe, ein Grinsen zu unterdrücken.

Donatella lachte laut auf. »Vergiss nicht, ihn für seine große Rettungstat zu belohnen. Und schließe die Tür hinter uns ab.«

Francesca nahm die beiden Fotos mit und folgte Donatella in den Computerraum. An der Tür drehte sie sich noch einmal um und sah, dass Kiki schon die Hose des Jungen geöffnet hatte.

»Er soll sich nicht verausgaben, Kiki, vielleicht muss er noch einmal einer Dame aus der Not helfen.«

Il Assassino
(Der Attentäter)

»*Lui era rilaciato su cauzione?*« Francescas Stimme zitterte vor unglaublicher Wut.

»Was?«, fragte Donatella. »Ich habe das nicht verstanden.«

»Der Mistkerl ist gegen Kaution freigelassen worden«, sagte Kiki. »Ich kann es nicht glauben.«

»Was? Sie haben Temple-Clarke laufen lassen?« Donatella schüttelte den Kopf.

Francesca legte den Hörer auf. »Salvatore sagt, der Richter wäre nicht überzeugt, dass Temple–Clarke eine Gefahr darstellt, deshalb ließ er ihn gegen eine Kaution auf freien Fuß. Sal ist wütend, der Staatsanwalt auch, aber sie können nichts dagegen unternehmen. Aber Sal wird den Engländer rund um die Uhr bewachen lassen.«

»Was ist mit den Beweisen, die in seinem Haus gefunden wurden? Und die gefälschten Bilanzen im College? Der groß angelegte Betrug mit den Skulpturen?« Zorn ließ Donatellas Stimme anschwellen.

Francesca hob die Schultern. »Ich sage doch nur, was sich heute im Gericht abgespielt hat. Im

Studio hat man nichts gefunden, was auf einen Betrug hinweist. Das hat den Ausschlag gegeben, sagt Sal.«

»Aber was ist mit den Anschlägen auf mich? Was ist mit dem Versuch, euch von der Straße abzudrängen und zu töten? Das weist ihn doch als eine Gefahr aus, oder?«

»Es gibt keine Beweise dafür, dass Temple–Clarke damit zu tun hatte«, sagte Francesca. »Du musst zugeben, er ist ganz schön gerissen.«

»Er muss das Studio geräumt haben, eine andere Erklärung gibt es nicht«, sagte Kiki. »Bis vor ein paar Tagen hat niemand gewusst, wo sich sein Studio befand, also hatte er genug Zeit, alle verräterischen Dinge zu beseitigen. Nicht er selbst, sondern seine Kumpane.«

»Ja, das ist der springende Punkt«, sinnierte Donatella. »Wir haben immer noch nicht herausgefunden, wer mit ihm unter einer Decke steckt.«

Obwohl es ein Wochentag war, hielten sich die drei Frauen in ihrem Haus auf, denn im College gab es ein paar freie Tage. Donatella saß am Computer und schrieb einen neuen Bericht an die Treuhänder in Boston. Auf dem Schreibtisch lagen die Notizen für die Vorlesungen in Kunstgeschichte. Sie trug ein seidenes T-Shirt mit einem tiefen Ausschnitt und einen kurzen Rock, und weil es in ihrem Zimmer angenehm warm war, hatte sie auf Schuhe verzichtet.

Obwohl sie schon gefrühstückt hatte, war sie noch nicht geduscht. Sie wollte Sandros Geruch noch etwas länger einatmen. Sie musste sich auf ihren Bericht konzentrieren, aber es gelang ihr nicht. Sandro hatte sie in der letzten Nacht noch intensiver geliebt als sonst. Und noch öfter. Donatella wusste, dass die dunklen Ringe unter den Augen nichts anderes als Schlafmangel bedeuteten. Sie wollte gerade mit einer Hand unter den engen Rock greifen, als das Telefon sie aus ihrem Tagtraum riss.

Sobald sich Francesca meldete, rief Salvatore aufgeregt: »Temple-Clarke ist getötet worden. Sein Auto ist in die Luft gesprengt worden!«

Francesca musste schlucken. »Salvatore! Was sagst du da? Wie konnte das passieren?«

Sie hörte ein paar Minuten angespannt zu, dann legte sie auf. Ihre Freundinnen waren in die Küche gekommen und fanden sie blass und wie versteinert vor.

»Es war eine Bombe«, sagte sie. »Jemand hat TC in die Luft gesprengt. Ihn und Claudio. Salvatore will, dass wir sofort zu ihm auf die Station kommen.«

»Um Himmels willen!«, rief Kiki. »Sie glauben doch nicht, dass wir etwas damit zu tun haben?«

»Nein. Alle, die in den Fall verwickelt sind, müssen eine Aussage zu Protokoll geben.«

Bei der Polizei mussten die Frauen angeben, wo sie zur Tatzeit gewesen waren und welche Verbindung sie zu Temple-Clarke hatten. Man nahm ihre Fingerabdrücke, »um sie bei Bedarf eliminieren zu können«, wie man ihnen sagte. Dann sah sich Salvatore hundert Fragen ausgesetzt. Sandro war nirgendwo zu sehen.

»Wie ihr wisst«, begann der *capitano,* »haben wir Temple-Clarke am Morgen auf freien Fuß setzen müssen. Er fuhr mit seinem BMW von unserem Parkplatz. Wir folgten ihm zu einem kleinen Haus am Stadtrand, wo er Claudio Pozzi einlud …«

»Das ist der Beweis dafür, dass die beiden miteinander zu tun hatten«, warf Kiki ein.

Salvatore nickte. »Wir überlegten noch, ob wir Pozzi sofort verhaften sollten – schließlich wurde er wegen des Angriffs auf Donatella gesucht -, aber dann entschieden wir uns, dem BMW zu folgen. Er fuhr über die Route 69 auf Montevarchi zu, und an der Abzweigung nach Pergine Valdarno explodierte das Auto. Vor uns stieg ein gewaltiger Feuerball auf. Sandro sagt, dass keine anderen Fahrzeuge in der Nähe waren. Wir sind sicher, dass es eine Bombe war.«

»Wo ist Sandro jetzt?«, fragte Donatella.

»Am Ort des Geschehens.«

»Himmel«, stöhnte Donatella. »Ich habe den Mann nicht gemocht, ich habe ihn verachtet, aber das ist ein brutales Ende, das ich auch Claudio nicht wünsche, obwohl er mich so hinterhältig angegriffen hat.« Sie schüttelte den Kopf. »Wer kann ein Interesse daran haben, Temple-Clarke und Claudio auf diese Weise zu beseitigen?«

»Das ist die große Frage«, murmelte Salvatore. »Die eine Theorie geht davon aus, dass die Leute in Rom dahinter stecken könnten. Wir haben die Firma, die ihr in den Blianzen des Colleges entdeckt habt, in Rom besuchen wollen, aber sie existiert nicht. Es gibt nur eine Postanschrift, ein kleines Büro, und alle zwei oder drei Tage kommt jemand und holt die Post ab. Die Kollegen in Rom versuchen, diesen Jemand zu stellen, aber bisher hatten sie noch keinen Erfolg. Wir wissen aber, dass Adresse und Name des Mannes, der das Postfach gemietet hat, falsch sind.«

»Das klingt nicht nach Amateuren«, meinte Francesca. »Eher nach organisierter Kriminalität.«

Salvatore nickte. »Mafia? Kann sein. Wir haben keine konkreten Spuren, die darauf hinweisen, aber es ist richtig, dass wir es nicht mit Amateuren zu tun haben. Ich schätze, das werden uns auch die Techniker bestätigen, wenn sie die Bombe untersucht haben. Vielleicht ist so eine Konstruktion ja schon bei anderen Anschlägen verwendet worden.«

»Glaubst du, man hat Temple-Clarke getötet, weil jemand fürchtete, er könnte zuviel ausplaudern?«, fragte Kiki. »Wurde er abserviert, bevor er andere Namen preisgeben konnte? Hat er irgendwas gestanden?«

Salvatore schüttelte den Kopf. »Nichts.«

Ein Polizist steckte den Kopf durch die Tür. »*Scusi, il mio capitano, mal il tenente Tirabosco è arrivato.*«

Salvatore nickte. »Ich muss gehen«, sagte er zu den Frauen. »Ich will hören, was Sandro zu sagen hat. Ich schlage vor, dass ihr nach Hause fahrt und dort bleibt.« Er wandte sich an Francesca. »Ich melde mich, sobald ich kann. Bis später.«

Francesca umarmte ihren Geliebten und gab ihm einen Kuss. »Pass gut auf dich auf«, sagte sie.

La Posa Piena
(Die ganze Enthüllung)

Einige Tage später saßen Donatella und Kiki schon am frühen Morgen im Computerraum des Colleges und betrachteten die Fotos, die Kiki gespeichert hatte. Sie hofften, irgendwo einen Anhaltspunkt zu finden, einen Fingerzeig, der sie auf die Spur der Komplizen des unrühmlichen Direktors brachte. Aus Rom war eine Mordkommission eingetroffen, die den tödlichen Anschlag auf Temple-Clarke und Claudio Pozzi untersuchte, ein sicheres Anzeichen dafür, dass man auch in Rom glaubte, es könnte sich um organisierte Kriminalität handeln.

Donatella blickte über Kikis Schulter und sah zum hundertsten Mal auf den erigierten Penis des Mannes. »Ich glaube, wir verschwenden unsere Zeit«, sagte sie enttäuscht. »Wenn ich diesen Schwanz noch einmal sehe, werden meine Augen ganz glasig.«

»Welchen Schwanz? Worüber redet ihr?« Jennifer Wrenn stand plötzlich neben ihnen.

»Du bist früh dran«, sagte Kiki überrascht, »ich habe dich noch nie so früh im College gesehen.«

»Ich habe mit diesem Kotzbrocken Ian Ramsey Schluss gemacht«, sagte die Fußballspielerin. »Und um den Mistkerl zu vergessen, will ich mich in die Arbeit stürzen.« Ihre blauen Augen weiteten sich, als sie Donatellas Anwesenheit bemerkte. »Oh, Himmel, entschuldigen Sie, Doktor di' Bianchi, ich habe nicht gewusst, dass Sie da sind. Ich habe Sie für eine Studentin gehalten.«

»Das nehme ich als Kompliment, Jennifer«, sagte Donatella lachend. »Ich habe eine neue Modeberaterin«, erklärte sie und fuhr durch die Spikes von Kikis roten Haaren. »Sie will, dass ich wieder so aussehe wie vor zehn Jahren.«

»Es liegt nicht nur an den Kleidern«, meinte Jennifer. »Es geht mich ja nichts an, aber Sie kommen mir wie eine andere Frau vor als die, die vor ein paar Wochen hier eingetroffen ist.« Jennifer senkte den Blick, und dabei sah sie das Bild auf dem Monitor. »Himmel!«, rief sie. »Darüber habt ihr eben geredet? Gibt es eine Pornoklasse? Kann ich die belegen?«

Kiki lachte. »Nein, Jen, du musst deine Erwartungen wieder nach unten schrauben. Das sind Fotos von Temple-Clarke. Sie gehören zum Beweismaterial, das wir nach Boston schicken. Der Kerl ist zwar jetzt tot, aber wir wollen trotzdem wissen, was er hier alles angerichtet hat.«

»Ist das wirklich Temple-Clarke?«, fragte Jennifer. »Sind die Bilder erst kürzlich aufgenommen worden?«

»Wir glauben ja«, erwiderte Kiki. »In den letzten Wochen.«

»Aber das kann er nicht sein«, rief Jennifer.

»Warum nicht?«

»Er kriegt keinen mehr hoch. Er ist impotent.«

»Was?« Donatella zuckte zusammen. »Wirklich?«

Jennifer sah sich um, aber um diese frühe Zeit war sonst niemand da. »Also, ich möchte nicht, dass sich das im College herumspricht. Ist das denn überhaupt wichtig?«

»Sehr wichtig«, sagte Donatella. »Sie müssen es mir erzählen.«

»Nun«, begann Jennifer, »ich bin vergangenes Jahr von der Uni in Kansas nach Siena gegangen, aber dort gefiel es mir nicht, deshalb wollte ich nach Arezzo. Ich musste mich bei Temple-Clarke vorstellen, aber das lief nicht so gut. Ich muss gestehen, damals waren meine Arbeiten auch noch nicht so gut wie heute. Er schlug Privatstunden vor, um meine Leistungen auf den Standard des Colleges zu bringen.« Sie verdrehte die Augen. »Es war nicht meine größte Stunde«, sagte sie reumütig und fügte hinzu: »Es war der älteste Trick in der Kiste, etwa so wie ›Komm mit hoch, ich zeige dir meine Zeichnungen‹.«

Kiki lachte, und Donatella fragte nervös: »Sie wollen sagen, dass er Sie verführt hat?«

»Ja, muss ich leider sagen. Vielleicht liegt es daran, dass ich eine Schwäche für den englischen Akzent habe. Deshalb habe ich mich ja auch in dieses Arschloch Ramsey verknallt.«

Du bist nicht allein, dachte Donatella. »Lassen wir Ramsey zunächst mal aus dem Spiel«, sagte sie. »Temple-Clarke hat Sie ins Bett gezogen, erfüllte dort aber seine Aufgabe nicht? Habe ich das richtig aufgefasst?«

»Ja, so war es. Er hat gegrapscht, aber sein Schniedel lag wie ein englisches Frühstückswürstchen da, ganz egal, was ich mit ihm angestellt habe.«

»Hör auf zu kichern, Kiki«, sagte Donatella. »Erzählen Sie weiter, Jennifer.«

»Da gibt es nicht mehr viel zu erzählen. Er schämte sich und gestand, impotent zu sein. Ich musste schwören, das niemandem zu erzählen. Das fiel mir leicht, schließlich wollte ich die ganze Episode vergessen. Aber jetzt spielt es wohl keine Rolle mehr«, fügte sie traurig hinzu.

Donatella schüttelte den Kopf. »Es spielt eine größere Rolle denn je. Wenn diese Fotos nicht TC zeigen, dann heißt das, jemand hat uns mit Absicht auf eine falsche Spur geführt. Die Frage ist – wer ist dieser Jemand?«

Jennifer starrte auf das Foto auf dem Bildschirm, auf dem das mysteriöse Glied in den jungen Mann eindringen wollte. »Ihr haltet mich vielleicht für verrückt«, sagte sie, »aber das Gerät kommt mir bekannt vor.«

»Es kommt dir bekannt vor?« Kikis Mund stand offen.

»Ich glaube ja. Ich habe ihn oft genug im Mund gehabt und erkenne das kleine Grübchen auf der Eichel. Seht ihr? Da ist eine kleine Delle.«

»Verdammt«, entfuhr es Donatella. »Sie meinen, das ist Ian Ramsey? Auf Ian Ramseys Körper wurde Temple-Clarkes Kopf gesetzt? Warum ist uns das nicht aufgefallen?«

»Ich habe ihn nie nackt gesehen«, verteidigte sich Kiki. »Du hast ihn gesehen, als du ...« Sie verschluckte den Rest.

»Das war nur ...« Donatella brach auch ihren Satz ab.

Jennifer sah die Professorin schräg von der Seite an. »Sie haben auch mit ihm geschlafen? Davon hat er mir nie was gesagt. Oh, was für ein Bastard!«

Donatella errötete. »Nein, Jennifer, Sie ziehen die falschen Schlüsse. Ich habe nicht mit Ian Ramsey geschlafen. Ich bin keine Rivalin für Sie.«

»Aber was hatte das zu bedeuten, was Sie eben gesagt haben?«

»Das führt jetzt zu weit, aber Sie können mir glauben. Thema beendet.« Donatella kehrte die Vorgesetzte heraus, um die ihr unangenehme Enthüllung ihrer voyeuristischen Erlebnisse zu vermeiden.

»Ja, gut«, sagte Jennifer leicht verdattert und schaute wieder auf den Bildschirm. »Er steht auf anal«, murmelte sie. »Er ist schon ein toller Liebhaber.«

Kiki war verwirrt. »Gerade noch hast du Ramsey mit allen Schimpfworten belegt, die einem einfallen«, sagte sie. »Bist du sicher, dass du mit dem Mann abgeschlossen hast?«

»Ja, ganz sicher«, antwortete Jennifer. »Heute früh haben wir einen entsetzlichen Streit gehabt. Da war ein Anruf für ihn, und er ging aus dem Schlafzimmer in die Küche, um mit dem Anrufer zu reden. Da war mein Argwohn schon geweckt. Ich dachte, es wäre eine andere Frau, deshalb habe ich vom Schlafzimmer aus mitgehört. Es war tatsächlich eine Frau, eine Italienerin. Ich habe nicht alles verstanden, aber es ging darum, dass er oder sie oder sie beide dringend nach Rom mussten. Als ich ihn darauf ansprach, rastete er aus. Ich hätte kein Recht, seine Privatgespräche abzuhören. Er hätte der Frau meine Nummer gegeben, weil es um eine wichtige Sache ginge. Er wurde wirklich gemein. Diese Seite hatte ich bisher noch nicht an ihm gesehen.«

Sie sah Kiki an. »Erinnerst du dich, dass ich dich vor ein paar Tagen gefragt habe, ob dir was an Ramsey aufgefallen sei?«

»Ja, sicher.«

»Nun, seither ist alles nur noch schlimmer geworden. Er ist ein anderer Mensch als der, den ich kennen gelernt habe. Er jagt mir Angst ein. Als er in der Nacht davongerannt ist, habe ich gefürchtet, er könnte mich schlagen.«

»Hat er es getan?«, fragte Donatella.

»Nein, aber ich habe mir ein langes Messer aus der Küche geholt – für alle Fälle«, antwortete Jennifer. »Als er das gesehen hat, ist er gegangen. Ich kann mich wehren.«

Kiki und Donatella tauschten einen Blick. »Wenn ich mit meiner Vermutung richtig liege, ist er erheblich gefährlicher, als Sie ahnen.«

Kiki fragte: »Denkst du das, was ich denke?«

»Dass wir uns die ganze Zeit geirrt haben? Dass es nicht Temple-Clarke war, sondern Ian Ramsey, der hier die Strippen gezogen hat?«

Kiki nickte. »Ja. Aber Temple-Clarke muss mit von der Partie gewesen sein.«

Jennifer Wrenn stand nur da und hob die Schultern. Die Professorin erbarmte sich ihrer. »Wir gehen in mein Büro, da kann ich Ihnen einen kurzen Abriss über das geben, was wir bisher herausgefunden haben.«

»Ich rufe Francesca und Gianfranco an«, sagte Kiki. »Sie sollten das auch hören.«

Eine halbe Stunde später waren sie alle in Donatellas Büro versammelt und sahen die Professorin erwartungsvoll an.

»Okay«, sagte sie. »Ich versuche mal darzulegen, wie die Mosaiksteinchen zusammenpassen könnten. Wir wissen, dass Temple-Clarke und Ramsey seit einigen Jahren in der Toskana leben und sich noch länger kennen. Ramsey erwies sich als der dominante Partner, der aber zuließ, dass Temple-Clarke nach außen hin den starken Mann spielte. Gemeinsam haben sie die Fälschungen antiker Skulpturen begonnen, und eine Firma in Rom hat sie für das Duo vertrieben. Wer diese Firma ist und wie Ramsey mit ihnen in Kontakt geriet, wissen wir noch nicht, aber ich persönlich bezweifle, dass sie mit der Mafia in Verbindung steht. Dafür scheint mir das Geschäft nicht groß genug zu sein.«

Francesca zuckte die Achseln. »Da bin ich nicht so sicher. Die sind doch bei jeder Schweinerei dabei.«

»Mag sein«, fuhr Donatella fort, »aber dieser Punkt ist im Moment nicht so wichtig. Die beiden Engländer haben eine Marktnische entdeckt und wahrscheinlich eine Menge Geld damit verdient.«

»Erzählen Sie weiter«, drängte Jennifer. »Ich bin fasziniert von dieser Geschichte. Und ich habe mit diesem Kerl gevögelt.«

»Wie wir schon vermutet haben, waren die Produkte nicht so perfekt, dass ein Fachmann darauf hereingefallen wäre, aber für den gehobenen Mittelstand, der eine Antiquität aus seinem Urlaubsland schmuggeln will und bereit ist, dafür einen stolzen Preis zu zahlen, sind die Skulpturen gut genug.«

»Temple-Clarke und Ramsey haben gemeinsam das Geld in ihre illegale Firma investiert, das sie dem College gestohlen haben«, ergänzte Kiki. »Dadurch erhöhte sich der Profit der beiden noch.«

»Was haben Anna und der unbekannte Junge auf den Fotos mit der Geschichte zu tun?«, fragte Francesca. »Und vor allem Claudio Pozzi?«

»Ich glaube, die Teenager waren nur Gehilfen im Studio«, antwortete Donatella. »Wenn wir nur wüssten, wo sich dieses Studio befindet, könnten wir vielleicht erfahren, was dort alles ablief. Wir wissen, dass es sich nicht im Haus oder auf dem Grundstück von Temple-Clarke befindet. Als ich vor ein paar Tagen mit Sandro dort war, gab es keinen einzigen Raum, der dem Studio auf dem Foto ähnelt. Es muss irgendwo noch ein anderes Studio geben.«

Ihre Zuhörer nickten.

»Aber wir wissen jetzt auch, dass die jungen Leute nicht zur sexuellen Befriedigung Temple-

Clarkes gedient haben. Wir sind eher davon überzeugt – dank Jennifers zweifelsfreier Identifizierung –, dass Ramsey auf den Fotos zu sehen ist. Ich glaube, sie waren in erster Linie zu Ramseys Lustgewinn da. Anna hat uns belogen, als sie sagte, dass Temple-Clarke sie missbraucht. Warum sie gelogen hat, weiß ich noch nicht. Um Ramsey zu schützen? Er hat sie ganz sicher missbraucht. Wir haben ihre Blutergüsse gesehen. Er muss sie eingeschüchtert haben, dass sie ihn trotz der Misshandlungen noch schützen will.«

»Aber wo ist sie jetzt?«, fragte Francesca.

»Gute Frage«, murmelte Kiki.

»Ich mag sie nicht, und ich habe ihr nie über den Weg getraut, aber ich bin besorgt um sie«, fügte Francesca hinzu.

»Du hast dir die Fotos noch einmal angesehen, Fran«, sagte Kiki. »Du bist in dieser kleinen selektiven Gruppe außer Jen die einzige Frau, die Sex mit Ramsey hatte. Kannst du noch was zur Erhellung beitragen?«

Die Italienerin schüttelte den Kopf. »Wir haben nur einmal Sex gehabt, und das war ein Quickie. Ich auf allen vieren, er von hinten. Es hat nur ein paar Minuten gedauert.« Francesca hob die Schultern. »Manchmal bin ich ziemlich naiv im Umgang mit Männern.«

Kiki drückte die Hand der Freundin. »Leben heißt lernen«, sagte sie lächelnd.

»Ja, aber bei mir geht das ganz langsam.«

Gianfranco wurde rot. Kiki lächelte ihren Freund an. »Ist das Gerede über Sex zuviel für dich?«

»Nein, ich höre gern zu. Umgeben von vier schönen Frauen, die alle über Sex reden – he, das passiert mir nicht alle Tage.«

Kiki warf einen Blick auf den Schritt des jungen Mannes. Die Beule war nicht zu übersehen. Jennifer folgte dem Blick, und das fiel Kiki auf. »Hände weg, Jen«, sagte sie grinsend. »Der Junge gehört mir allein.«

Jennifer lachte verlegen. »Ich habe doch nur geguckt.«

»Es gibt noch einige Dinge, die wir ordnen müssen«, sagte Donatella ein wenig lauter als sonst, um die Aufmerksamkeit auf sich zu lenken. »Mit Claudio Pozzi ist es etwas komplizierter. Er könnte der Kurier zur Firma in Rom gewesen sein. Ich habe die ganze Zeit geglaubt, es wäre purer Zufall gewesen, dass Kiki ihn aufgelesen hat, aber inzwischen bin ich davon überzeugt, dass Ramsey ihn auf sie angesetzt hat.« Sie wandte sich an Kiki. »Denk mal darüber nach. Wer waren die Anführerinnen der Studentenproteste? Du und Jennifer. Ramsey begann eine Beziehung mit Jennifer und setzt Claudio auf dich an. Dadurch hat er euch beide unter Kontrolle, und wahrscheinlich hat er Temple-Clarke angewiesen, mich auszuschalten. Aber es lief nicht wie geplant. Temple-Clarke hat mich durch die Verwüstung meines Zimmers nicht abschrecken können, und Kiki hat Claudio den Laufpass gegeben.«

Francesca rief aufgeregt: »Donatella, war denn unser Unfall auch nur so eine Abschreckungsaktion?«

»Ich glaube ja. Und als das nicht gewirkt hat, haben sie den Überfall auf mich ausgeführt. Ich glaube noch immer, dass Temple-Clarke der zweite Mann neben Claudio war, aber es hätte auch Ramsey sein können. Sie sind etwa gleich groß und gleich schlank, und mir ist aufgefallen, dass sich auch Ramsey am Tag danach die Augen gerieben hat.«

»Und wer hat die Bombe ins Auto gelegt?«, fragte Gianfranco.

»Falls Ramsey nicht gesteht, werden wir es vielleicht nie erfahren«, sagte Donatella. »Es könnte auch Sandro gewesen sein. Erinnert ihr euch, wie er wütend aus dem Haus gerannt ist, um sich Temple-Clarle vorzuknöpfen? Er hat ein Motiv, und er hatte die Gelegenheit.«

»Er hat gedroht, ihn zu erschießen, und nicht, ihn in die Luft zu sprengen«, wandte Kiki ein.

»Stimmt. Aber er hätte seine Pläne ändern können. Die meisten Polizisten können mit Sprengstoff umgehen, es gehört zu ihrer Anti-Terror-Ausbildung.«

»Haben die Techniker irgendwas über die Bombe herausgefunden?«, wollte Kiki wissen.

Donatella schüttelte den Kopf. »Sie haben nur gesagt, dass es keine Konstruktion ist, wie sie die Mafia in den letzten Jahren verwendet hat.«

»Es gibt aber keinen Hinweis darauf, dass Ramsey was von Bomben versteht, oder?« Kiki atmete tief ein. »Das spräche gegen Sandro.«

»Ja, richtig«, bestätigte die Professorin. »Aber wir wissen auch, dass man Anweisungen zum Bau einfacher Bomben im Internet finden kann.

Ramsey hatte ein stärkeres Motiv als Sandro. Er hatte sich die ganze Zeit hinter Temple-Clarke versteckt. Wenn er befürchten musste, dass TC auspackte, würde es für Ramsey gefährlich. Also hat er ihn sofort nach seiner Freilassung ausgeschaltet. Dass Claudio mit im Auto saß, war ein zusätzlicher Bonus.«

»Wenn es wirklich Ramsey war, muss man noch größere Angst um Anna und den Jungen haben«, murmelte Kiki.

»Ich weiß«, sagte Donatella. »Ich habe große Angst, dass wir bald in den Nachrichten hören, dass irgendwo die Leichen von zwei Jugendlichen gefunden worden sind.«

»Oh, nein«, rief Jennifer. »Dann hätte er ja schon vier Leute umgebracht.«

»Noch wissen wir nicht, ob er überhaupt jemanden getötet hat«, mahnte Donatella. »Das sind alles nur Annahmen. Kann doch sein, dass die jungen Leute einfach abgehauen sind, und es könnte tatsächlich sein, dass Sandro die Bombe gelegt hat.«

Francesca blickte von Jennifer zu Donatella. »Schau an, schau an. Eine von euch hat also mit einem Mörder geschlafen. Das müsste doch verbinden, so ein gemeinsames Schicksal.«

Die beiden Frauen runzelten die Stirn. »Kein angenehmer Gedanke«, murmelte Donatella.

Es entstand ein kurzes, verlegenes Schweigen, dann sagte Francesca: »Also, was geschieht jetzt? Sollen wir Salvatore anrufen, damit er die Sache in die Hand nimmt?«

Donatella zögerte ein wenig. »Was können wir

den *carabinieri* denn sagen? Wir glauben, dieser Ramsey ist ein Verbrecher, aber um sicher zu sein, müssen wir uns sein bestes Stück im erigierten Zustand aus der Nähe ansehen? Sie werden uns für verrückt erklären.«

»Das sage ich auch«, meinte Gianfranco. »Aber ich helfe euch gern, wenn ihr mich braucht.«

»Ich auch«, sagte Jennifer grimmig.

»Also gut«, sagte Donatella. »Wir fünf gegen einen. Wenn wir ihn überraschen können, sollten wir eine gute Chance gegen ihn haben.«

»Aber wie können wir das?«, fragte Kiki.

»Ich habe eine Idee«, begann Donatella. »Ramsey hat mich bedrängt, ihm den Posten des Direktors zu beschaffen. Er findet, er hätte sich diese Aufgabe verdient. Ich habe ihn einige Male abblitzen lassen, aber ich könnte ihm zu erkennen geben, dass ich mir die Sache noch einmal überlegen will, wenn er gewisse Bedingungen erfüllt.«

»Du willst ihm sagen, er kriegt den Job, wenn er dich vögelt?« Francesca redete nicht lange um den heißen Brei herum.

»Direkt wie immer«, sagte Donatella grinsend. »Ja, so in etwa habe ich es mir vorgestellt. Hört zu, welchen Plan ich habe.«

Am nächsten Tag klopfte ein zufrieden lächelnder Ian Ramsey an die Haustür in Bucine. Donatella, mit T-Shirt und Minirock bekleidet, führte ihn ins Wohnzimmer. Man hörte nur ihre Schritte, sonst war es still im Haus.

»Ist niemand sonst zu Hause?«, fragte Ramsey.

»Nein«, antwortete Donatella. »Ich dachte, unsere ... nun, unsere Verhandlung sollte besser ganz privat geführt werden. Finden Sie das nicht auch?«

»Absolut.« Ramsey ließ sich in einem Sessel nieder. »Sie sind dran, *Dottoressa*. In Ihrer Nachricht hieß es, Sie wollten mir einen Vorschlag wegen des Direktorpostens machen. Ich bin daran interessiert. In letzter Zeit haben sich viele Dinge im College getan. Ich kann immer noch nicht glauben, was mit Stewart geschehen ist. Aber das Leben geht weiter.«

Donatella bemühte sich um Gelassenheit. »Ich habe mir Ihre Qualifikation angesehen«, begann sie. »Nach meinen Gesprächen mit den Treuhändern sind wir unabhängig voneinander zu der Ansicht gelangt, dass es im Interesse des Colleges liegt, wenn sich so wenig wie möglich verändert.«

Ramsey senkte den Kopf. Stille Zustimmung.

»Natürlich geht das nur dann, wenn sich ein einheimischer Kandidat oder eine Kandidatin anbietet«, fügte sie hinzu.

»Und drängt sich jemand auf?«, fragte Ramsey gespannt.

»Könnte sein«, sagte Donatella. »Aber vorher muss es noch ein intensives Bewerbungsgespräch geben, erst danach kann ich entscheiden, welche Stellungnahme ich abgebe.«

Ramsey hob eine Augenbraue.

Donatella schlug die Beine übereinander und sorgte dafür, dass Ramsey unter ihren Rock schauen konnte. Da sie kein Höschen trug, würde er einen Moment lang alles sehen können. Trotz ihrer Verachtung für den Engländer spürte sie ein leises Kribbeln.

Das Glitzern in Ramseys Augen bestätigte ihr, dass er ihre Blöße bemerkt hatte. Er grinste siegessicher.

»Mir gefällt Ihre Methode des Bewerbungsgesprächs.«

»Sie wird noch besser«, sagte Donatella, weil sie ihm die Ironie nicht allein überlassen wollte.

»Ich kann es kaum erwarten.«

»Ist auch nicht nötig.« Donatella blieb vor ihm stehen. »Ich biete Ihnen einen Handel an. Ich hatte von Anfang an eine Schwäche für Sie. Ich will mit Ihnen schlafen. Die Lust, die Sie mir verschaffen, wird entscheidend für meine Empfehlung nach Boston sein.«

Sie spreizte die Beine leicht, hob den Rock und zeigte ihm das nackte Dreieck auf der Höhe seines Gesichts.

Ramsey hatte eine volle Erektion, die seine Hose deutlich ausbeulte. Er öffnete den Reißverschluss und ließ sie ans Licht. »Ich dachte sofort, dass du ein heißes Luder bist«, ächzte er.

Donatella ließ sich vor ihm auf die Knie nieder und fuhr mit einer Hand über Eichel und Schaft. Das Grübchen auf der Spitze war tatsächlich eine Eigenheit seines Penis. »Oh, ja«, gurrte sie, »so habe ich es mir vorgestellt.«

»Setz dich drauf, Professorin, dann besorge ich dir den Ritt deines Lebens.«

Donatella öffnete den Gurt und zog seine Hose

bis zu den Füßen hinunter, während sie den Schaft in der Hand behielt.

Im nächsten Moment stürzten Gianfranco und die drei Frauen ins Zimmer. Ramsey stieß Donatella von sich und schoss aus dem Sessel hoch, aber als er seine Füße bewegen wollte, kippte er vornüber, weil ihm die Hose um die Füße schlotterte.

Kiki packte Ramsey im Nacken, hob seinen Kopf und schlug ihm die Faust auf den Nasenrücken. Ramsey schrie auf, und Kiki schlug noch einmal zu.

Gianfranco fesselte die Gelenke des glücklosen Engländers mit Nylonschnüren. Francesca stand neben ihm, eine Dose mit Pfefferspray in der Hand, und man sah ihr an, wie gern sie sie benutzt hätte. Jennifer hatte sich mit einem Messer aus der Küche bewaffnet und wartete auf ihre Chance. Inzwischen war Ramsey vertäut, die Hose unten, der Penis schlaff auf dem Oberschenkel.

»Ihr verdammten Luder!«, brüllte er. »Was soll dieser Scheiß? Jennifer, lege das Messer weg. Ich habe das nicht so gemeint, was ich gestern Morgen gesagt habe.«

Seine frühere Geliebte stand neben dem Sessel und fuhr mit der Klinge über die Innenseiten seiner Schenkel. Ramsey zuckte. »Verdammt«, flüsterte er leise.

»Nehmen Sie das Messer weg«, befahl Donatella. »Sie könnten ihn damit verletzen.«

»Genau das habe ich auch beabsichtigt«, schrie Jennifer. »Du mieses Stück! Ich sollte dir deinen verdammten Schwanz abschneiden.« Sie nahm den verschrumpelten Penis in eine Hand und setzte das Messer an. Ramsey schrie auf.

«Nicht abschneiden!«, rief Kiki. »Bist du verrückt? Wir brauchen ihn als Beweis!«

»Keine Sorge«, sagte Jennifer, »ich will ihn zuerst zum Stehen bringen, dann hat er mehr davon.« Sie nahm die Hand mit dem Messer aus der Gefahrenzone und beugte sich über Ramsey. »Komm schon, Ian«, schmeichelte sie. »Du weißt doch, dass ich ihn hart haben will, oder?« Sie schleckte ihn mit der Zunge ab.

Ramsey schloss die Augen. »Hau ab, du verrückte Zicke«, schluchzte er, aber Jennifers Technik siegte über seine Selbstbeherrschung.

»Sehr gut, Jennifer«, lobte Donatella, eine Kamera in der Hand. »Geh jetzt mit dem Kopf aus dem Bild.«

Ein paar Blitze bannten Ramseys Erektion mit der Delle in der Eichel auf den Film. Nach dem vierten Schnappschuss sagte sie grinsend: »Das dürfte genügen.«

Sie bugsierten Ramsey auf die Couch, und Donatella zog sich einen Stuhl heran. »Zeit für das Bewerbungsgespräch, das Sie kaum erwarten konnten, Professor Ramsey. Ich habe ein paar Fragen an Sie.«

Ramsey starrte sie voller Trotz an.

»Haben Sie die Fotos manipuliert, die Sie mir zugespielt haben?«

»Welche Fotos?«

»Das wissen Sie genau. Die Fotos mit Temple–Clarkes Kopf auf Ihrem Körper.«

»Ja.«

»Warum?«

»Ich wollte dafür sorgen, dass der Kerl überführt wird, denn Sie kamen doch mit Ihrer so gründlichen Untersuchung nicht weiter. Da wollte ich Ihnen unter die Arme greifen.«

Donatella dachte darüber nach. Das könnte so gewesen sein. »Wer hat sie vor meine Tür gelegt?«

»Ich.«

»Sie? Nicht Anna?«

»Anna wer?«

»Sie kennen sie. Anna Gentileschi.«

»Nie von ihr gehört.«

»Wo ist sie?«

»Ich kenne sie nicht.«

»Wer ist der Junge?«

»Welcher Junge?«

»Der Sie auf dem einen Foto mit dem Mund bedient.«

»Ein Freund.«

»Er sehr junger Freund.«

»Er ist volljährig. Wollen Sie mein moralisches Gewissen sein?«

»Wo ist er?«

»Er ist nicht mehr in der Stadt.«

»Wohin ist er gegangen?«

»Das hat er mir nicht gesagt.«

»Und das soll ich Ihnen glauben?«

»Sie können glauben, was Sie wollen, verdammt.«

Donatella ließ sich nicht aus der Ruhe bringen. »Kennen Sie Claudio?«

»Wer ist das?«

»Claudio Pozzi. Er hat mit Temple-Clarke zusammen gearbeitet.«

»Nein.«

»Sie haben ihn nie kennen gelernt?«

»Nein.«

»Was wissen Sie über die Fälschungen?«

»Welche Fälschungen?«

»Die Sie mit Temple-Clarke gefertigt und an die römische Firma verkauft haben.«

»Ich kenne keine römische Firma.«

Donatella stand abrupt auf und bedachte Ramsey mit einem verächtlichen Blick. »Das hat keinen Zweck«, sagte sie. »Ruf Salvatore an«, sagte sie zu Francesca. »Sage ihm, wir hätten einen Gefangenen. Die *carabinieri* sollen sich mit dem Kerl abgeben.«

Bevor ihre Freundin zum Telefon gehen konnte, klingelte der Apparat. Donatella hob den Hörer rasch ab. »*Pronto?*«

»Donatella, hier ist Salvatore.«

»Oh, Salvatore, ich wollte gerade …«

Sie wurde unterbrochen. »Hör zu, Donatella, es ist sehr wichtig. Wir haben die Wohnung gefunden, in der Anna mit einem Jungen namens Leo gewohnt hat, er ist vermutlich der Junge auf den Fotos. Und rate mal, wem die Wohnung gehört.«

»Ian Ramsey?«

Stille am anderen Ende. »Woher weißt du das?«, fragte er dann, völlig perplex. »Wir haben unendlich lange gebraucht, bis wir das herausgefunden haben, weil eine Scheinfirma die Wohnung gemietet hat.«

»Ich habe es nicht gewusst, ich habe es mir aber gedacht«, gestand Donatella. »Wir haben Ramsey hier. Wir wissen, dass er auf den Fotos zu sehen ist, er hat Temple-Clarkes Kopf auf seinen Körper gesetzt.«

Salvatore klang besorgt. »Ramsey ist bei euch?«

»Keine Sorge, Salvatore, wir sind alle hier, und wir haben ihn ganz schön verschnürt. Er kommt nicht weit.«

Trotzdem blieb Salvatores Stimme gepresst, als er mahnte: »Geht nicht weg. Und lasst Ramsey unbedingt verschnürt. Ich komme sofort.« Nach einer kurzen Atempause sagte er: »Wir haben Anna gefunden. Sandro hat sie bei einem Onkel in Mailand aufgespürt. Sie ist unverletzt, aber sie hat entsetzliche Angst. Sie hat Sandro gesagt, Ramsey hätte sie misshandelt. Er ist ein gemeiner, brutaler Typ, dieser *bastardo Inglese*. Passt gut auf euch auf.«

Die beiden carabinieri *ließen* den Motor ihres Autos laufen und stürmten ins Haus. Sie banden Ramseys Fesseln los, damit er sich anziehen konnte.

»Kannst du mir erklären, was hier abgelaufen ist?«, fragte Salvatore die amerikanische Professorin streng. »Warum ist er halb nackt?«

Donatella war nicht danach, den ganzen Fall zu erläutern und zu rekonstruieren, wie sie auf Ramsey gestoßen waren. »Hat das nicht Zeit?«, fragte sie. »Wenigstens, bis ihr ihn sicher in der

Zelle habt? Dann können wir in aller Ruhe darüber reden. Es ist eine ziemlich komplizierte Story.«

»Also gut«, sagte Salvatore widerwillig. »Gehen wir«, wies er Sandro an. »Lege ihm die Handschellen an.«

In diesem Moment brach Ramsey seitlich durch und griff das Messer, das Jennifer auf den Tisch gelegt hatte, und noch bevor ihn jemand aufhalten konnte, stürzte er zur Tür und packte Kiki, die ihm im Weg stand. Er hielt sie vor seinen Körper gepresst.

Sandro hatte die Automatic schon im Anschlag, aber er konnte nicht schießen. Ramsey hielt die Messerspitze an Kikis Kehle.

»Sehr tapfer, *tenente*«, sagte Ramsey. »Wenn Sie schießen, schneide ich dieser kleinen Schlampe die Kehle durch. Tut mir Leid, dass sich das wie in einem alten Western anhört, Leute, aber legt eure Waffen vorsichtig auf den Boden und schiebt sie mit dem Fuß zu mir. Ja, so ist es gut. Sehr gut.«

»Lassen Sie Kiki frei, Professor Ramsey«, sagte eine leise Stimme. »Nehmen Sie mich als Geisel.«

Alle Köpfe drehten sich zu Gianfranco, der sich langsam näherte, die Arme über dem Kopf.

»Bleib zurück, Junge!«, rief Salvatore.

»Nein, ich meine das ernst. Lassen Sie Kiki los und nehmen Sie mich als Geisel.«

»Nein, Gianfran …« Kikis Ausruf wurde abrupt beendet, weil Ramsey ihre Kehle zudrückte.

»Hübscher Versuch, Junge«, sagte Ramsey spöttisch. »*Molto galante*. Jetzt zurück. Alle!«

Widerwillig ging Gianfranco wieder ein paar Schritte zurück, den Blick seiner schokoladenfarbenen Augen starr auf das Gesicht der Freundin und auf die Messerspitze gerichtet, die dicht neben der pulsierenden Schlagader die Haut ritzte. Ramsey bückte sich, um die beiden Automatics aufzuheben, deshalb musste er den Griff um Kikis Leib lockern.

Sie nahm ihre Chance wahr, wand sich aus seinem Griff und rammte den Ellenbogen in Ramseys Magen. Der Lehrer stieß einen gurgelnden Laut aus und ließ das Messer fallen, aber die beiden Feuerwaffen hielt er in den Händen. Kikis Griff nach dem Messer kam er mit einem Schlag in ihr Gesicht zuvor.

»Ich sollte dich auf der Stelle umlegen«, zischte er, noch außer Atem von Kikis Ellbogenstoß.

»Dann werde ich Sie töten«, sagte Gianfranco mit tödlicher Ruhe. »Sie würden nicht lebend aus diesem Zimmer kommen. Wir sind zu viele für Sie.«

»Der Junge hat Recht, Ramsey«, sagte Sandro. »Und wenn er es nicht tut, werde ich es übernehmen. Sie haben meine Nichte misshandelt und Schande über meine Familie gebracht. Es wäre mir ein Vergnügen, Ihr Genick zu brechen.«

Ramsey schritt rückwärts zur Tür, eine Automatic in jeder Hand. »Du da«, fauchte er Donatella an. »Komm mit und öffne die Haustür.« Dann sah er die anderen der Reihe nach an. »Wenn jemand in den Flur tritt, schieße ich dieser Hexe das Gehirn weg, kapiert?«

Donatella ging auf unsicheren Beinen durch

den Flur und öffnete die Tür. Das Polizeiauto stand mit laufendem Motor direkt vor der Tür.

»Ah, das Taxi ist schon da«, sagte Ramsey und sprang die Treppe hinunter. Donatella drückte schnell die Tür zu und rutschte im Flur an der Wand entlang auf den Boden. Drei Schüsse sirrten durch die Luft und schlugen dort ein, wo sie eben noch gestanden hatte.

Die Polizisten rannten durch den Flur und rissen die Haustür auf. Ramsey hatte sich auf dem Platz gedreht und feuerte jetzt auf die Polizisten, die sich blitzschnell zu Donatella auf den Boden warfen.

»Verdammt«, fluchte Salvatore. »Das wird unangenehm für uns. Bist du verletzt, Donatella?« Er half der zitternden Professorin auf die Füße.

»Nein«, sagte sie leise. »Ihr auch nicht?«

Gli Amici e gli Amanti
(Freunde und Liebhaber)

Die nächsten zwei Wochen verliefen in einer verrückten, vernebelten Benommenheit. Donatella arbeitete wie ein Wirbelwind, um das *Collegio Toscana* vor dem Kollaps zu bewahren. Einige der Fakultätsmitglieder waren von den tragischen Ereignissen so geschockt, dass sie ihre Vorlesungen nur wie in Trance hinter sich brachten. Donatella unterstützte jene, von denen sie glaubte, dass sie es wert waren, und die anderen beurlaubte sie mit sofortiger Wirkung – bei Bezahlung bis zum Ende des Sommersemesters.

»Es ist besser, wenn sie sofort gehen, statt miese Stimmung zu verbreiten«, erklärte die amtierende Direktorin ihren beiden Assistentinnen Kiki Lee und Jennifer Wrenn. Am Ende eines hektischen Tages saßen sie bei einem Glas Chianti zusammen. »Seid ihr sicher, dass ihr die Erstsemestler in Fotografie und Malerei übernehmen könnt?«, fragte Donatella.

Die beiden jungen Frauen nickten, stolz auf die Verantwortung, die Donatella ihnen übertragen hatte.

»Was ist mit dir?«, fragte Kiki, die ihr Aussehen allein dadurch schon verändert hatte, dass sie ein Kleid trug. Es schmiegte sich um die zierliche Figur. »Du hast den Unterricht im Modellzeichnen und in Kunstgeschichte übernommen, und nebenbei überwachst du noch verschiedene Objekte.«

»Es macht mir Spaß«, sagte Donatella, nippte am Wein und ließ den Kopf rotieren, um ihre Nackenmuskeln zu entspannen. An diesem Tag trug die Professorin ein Wickelkleid aus Seide, das jeder Kurve ihres Körpers folgte. Der Farbton des Espressos entsprach der Farbe ihrer Haare, die ihr locker über die Schultern fielen. »Alles okay«, sagte sie. »Hektisch zwar, aber ich glaube, die Studenten erhalten eine bessere Ausbildung als vorher. Weiß der Himmel, warum so viele Nichtskönner hier angestellt werden konnten.« Sie schlug die Beine übereinander. »Manchmal glaube ich, Ramsey und Temple-Clarke haben nur Schwachköpfe eingestellt, die nicht begriffen, wie sehr sie das College und die Studenten ausgebeutet haben.«

Die jüngeren Frauen nickten zustimmend. »Das sehen wir auch so«, sagte Jennifer. »Einige von ihnen waren lausige Lehrer. Haben Sie Neuigkeiten über Ramsey? Hat Salvatore sich gemeldet?«

Donatella schüttelte den Kopf. »Keine Neuigkeiten seit gestern, vorgestern oder vorvorgestern.« Sie schenkte Wein nach. »Salvatore ist wütend. Man gibt ihm die Schuld. Dabei waren es die Polizisten an der Straßensperre bei

Capannole. Sie wussten, dass sie einen Polizei-
wagen abfangen sollten, aber Ramsey trug
Sandros Mütze, die er auf dem Rücksitz abgelegt
hatte, und außerdem hatte er Sirene und Warn-
licht eingeschaltet. Deshalb begriffen die Polizisten zu spät, dass Ramsey kein echter Kollege
war.«

Kiki war verzweifelt. Sie und Francesca hatten
in den letzten Tagen einige Male Salvatores
Klagen und Verwünschungen gehört. Ramseys
Fluchtwagen war bei San Gimignano gefunden
worden, aber der flüchtige Engländer war wie
vom Erdboden verschluckt. »Hast du von Sandro
gehört, seit er versetzt worden ist?«, fragte sie.

»Einmal. Ihm gefällt es nicht in Sizilien. Er
sagt, es sei der Hinterhof der Toscana. Die Verset-
zung war zwar mit einer Beförderung verbunden, aber er ist sicher, das es eine Strafaktion war,
weil er Ramsey hat entkommen lassen.« Donatella lächelte. »Ich glaube, Sizilien wird ihm erst
gefallen, wenn er eine heiße sizilianische Frau im
Bett hat.«

Donatella fügte nicht hinzu, dass sie Sandro
immer noch verdächtigte, die Autobombe gelegt
zu haben. Und dass er vielleicht nur deshalb so
schnell versetzt worden war, um seine Beteili-
gung zu vertuschen.

»Ist alles vorbei mit ihm?«, fragte Jennifer.

Donatella nickte. »Ja. Es war großartig, so
lange es lief, aber ich bin über das Ende nicht
traurig. Sandro und ich waren nicht emotional
eng verbunden – wir hatten nur Lust aufeinan-
der. Früher oder später hätte es sich totgelaufen.«

»Gibt es einen Neuen am Horizont?«, fragte Jennifer.

»Nur Marcellino«, rief Kiki feixend. »Ich habe gehört, dass er seine Preise erhöht hat.«

Mit ernstem Gesicht sagte Donatella: »Das ist typisch für die freie Marktwirtschaft. Ein einfacher Blowjob reicht nicht mehr für eine Autoleihe pro Woche.«

»Was verlangt er denn jetzt?«, fragte Jennifer.

»Rate mal.«

»Oh, er will alles?«

Donatella lächelte. »Er ist kein schlechter Kerl. Er sorgt für einen süßen Jungen. Seine Frau ist mit einem Rennfahrer durchgebrannt.« Donatella erzählte nicht, dass sie vergangenen Samstag mit Francesca zur Werkstatt gefahren war und viel Spaß gehabt hatte. Es war ihr bewusst, dass sie ihre Lebensweise bald ändern musste. Sie erwartete, dass Boston ihr in den nächsten Tagen die Ernennung schickte – sie würde die neue Direktorin des *Collegio Toscana* sein.

»Und nicht nur samstags«, hörte sie Kiki sagen. »Jetzt auch mittwochs, wenn ich mich nicht irre.«

Donatella hob abwehrend die Hände. »Ich wollte unsere Transportmöglichkeiten verbessern. Der alte Peugeot ist sehr klapprig. Ich habe ein Auge auf einen gebrauchten Rover geworfen. Marcellino und ich diskutieren noch über den Preis.«

Kiki lachte, und dann wurde das Gespräch durch Francesca unterbrochen, die eine Luftpostsendung in der Hand hielt. »Das ist gerade für dich eingetroffen, Donatella«, sagte sie und ließ sich in einen Sessel sinken. »Von McGraw-Hill in New York. Sieht sehr bedeutend aus. Puh, gebt mir ein Glas Wein. Ich bin geschafft. Das war eine verdammt unbequeme Pose, die du von mir verlangt hast, Donatella.«

»Ich fand, es war eine sexy Pose«, verteidigte sich die Professorin. »Die meisten Studenten waren auch dieser Meinung.« Sie öffnete den Umschlag.

»Was ist das?«, fragte Kiki.

»Ein Vertrag«, antwortete Donatella, während sie die Seiten überflog. »Mein Verlag will ein neues Buch über Caravaggio. Seine Bilder in Rom sollen im Mittelpunkt stehen.«

»Ja und?«

»Sie bieten mir einen Vorschuss von zehntausend Dollar. Ist das nicht wunderbar?«

»Und wann wollen sie das Manuskript?«, fragte Kiki.

»Im nächsten Sommer. Das heißt, ich kann den Herbst in Rom verleben. Ich kenne alle Bilder von ihm, also wird die Recherche nicht lange dauern. Ich werde die Geschichte seiner Bilder erzählen. Ein wunderbarer Auftrag.« Sie strahlte die jungen Frauen an.

Zwei Wochen später blickten Donatella, Kiki und Francesca von ihrer Terrasse des kleinen Hauses über Bucine. In der Küche erledigten Salvatore und Gianfranco den Abwasch nach einem sehr guten Abendessen.

Die Semesterferien hatten begonnen, die

Studenten genossen ihre freie Zeit, und einige neue Professoren trafen ein. Donatella hatte die Bewerbungsgespräche mit ihnen geführt und war guter Dinge, dass die neuen Lehrkräfte dazu beitrugen, den Standard des Colleges zu heben.

Diesen Erfolg feierten sie an diesem Abend. Donatella nahm die Hände ihrer Assistentinnen und drückte sie. Das Trio schaute gespannt zu, wie Fledermäuse zum Licht flogen. Zur Freude der Professorin schienen sich die Freundinnen auf feste Beziehungen einzulassen. Kiki und Gianfranco benahmen sich wie ein frisch verliebtes Ehepaar, und selbst Francesca schien sich mit Salvatore der Monogamie verschrieben zu haben.

»Ich werde euch vermissen, wenn ich in Rom bin«, sagte sie.

»Das wird uns genauso gehen«, sagte Kiki. »Ohne dich wird hier nichts mehr so sein, wie es war.« Sie sah Donatella an, und ihre grünen Augen blinzelten. »Du bist was ganz Besonderes für Fran und mich. Ich weiß nicht, wie ich es anders sagen soll – wir lieben dich. Es geht tiefer als Sex. Du hast unser Leben verändert.«

Donatella wandte den Kopf zur Seite, damit die Freundinnen die Tränen nicht sehen konnten. »Ich liebe euch auch, Kiki und Francesca.« Sie griff wieder die Hände der jungen Frauen und drückte sie kräftig. »Ich habe euch ganz viel zu verdanken. Und ihr seid es, die *mein* Leben verändert habt. Ich fühle mich gefestigter denn je. Als ich hier eintraf, war ich nur ein halber Mensch, erfolgreich in meinem Beruf, aber unentwickelt als Frau.« Sie lachte. »Wisst ihr, wenn Ian Ramsey heute Abend hier auftauchte, würde ich mit ihm fertig. Die Tricks der Selbstverteidigung, die du mir beigebracht hast, Kiki, stärken auch mein Selbstbewusstsein. Ja, ich wünsche mir sogar, ich würde ihm begegnen, dann könnte er was erleben!«

»Grg«, röchelte Francesca. »Sprich seinen Namen nicht aus. Er ist das Böse in Person. Verdirb uns nicht den schönen Abend.«

»Du hast Recht«, räumte Donatella ein. »Es war ein schöner Abend.«

»Er ist noch nicht beendet«, sagte Kiki geheimnisvoll.

»Lasst uns ins Haus gehen«, schlug Francesca vor. »Es wird allmählich kühl.«

Im Haus war alles still. Von Gianfranco und Salvatore war nichts zu sehen.

»Wir haben ein Abschiedsgeschenk für dich«, sagte Kiki.

Donatella wehrte ab. »Nein, das muss doch nicht sein. Ich bin doch nur ein paar Wochen weg.« Die Professorin sah sich um und konnte nichts erkennen, was wie ein Geschenk aussah.

»Trotzdem«, sagte Kiki. »Komm, wir gehen ins Schlafzimmer.«

Donatella stellte sich irgendwas Erotisches als Geschenk vor, vielleicht ein besonders eigenwillig geformter Vibrator für ihre einsamen Nächte in ihrem Hotel in Rom. Auf den Anblick, der sich ihr im Schlafzimmer bot, war sie nicht vorbereitet.

Gianfranco della Parigi lag in seiner ganzen

Pracht auf ihrem Bett und spielte mit seiner langen, dicken Erektion. Der junge Mann lächelte die amerikanische Professorin scheu an, die in der Tür stehen geblieben war.

Donatella stand wie gebannt da und starrte auf den schönen Penis des jungen Italieners. Sie hatte schon viel darüber von Kiki gehört, aber jetzt sah sie ihn in voller, fleischlicher Realität vor sich. Sie wandte sich ihrer Freundin zu. »Oh, nein, das geht doch nicht, ich kann doch nicht … Ich meine, du und er …«

»Er möchte dein Geschenk sein, Donatella«, sagte Kiki mit einem sexy Grinsen. »Zieh dich aus und genieße ihn die ganze Nacht, wenn du willst.« Sie rechnete mit Donatellas Einwand und fuhr fort: »Gianfranco und ich haben lange darüber geredet. Ich kann gut damit leben, und für ihn erfüllt sich ein Traum. Er fantasiert von dir, seit er dich das erste Mal gesehen hat, als er aus Versehen in dein Büro gestürmt ist. Glaube mir, du erweist ihm und mir einen Gefallen.«

»Nun ja«, sagte Donatella, »wenn du mich so nett darum bittest …« Sie streifte sich schon die Sandalen ab. »Aber was machst du?«

»Für sie wird gesorgt«, sagte Francesca. »Sie kommt mit mir. Für Salvatore erfüllt sich auch ein Traum.«

»Dann gewinnen also alle«, murmelte Donatella und sah zu Gianfranco, dessen dunkle Augen feucht glänzten.

»Ich gewinne am meisten«, sagte er. »Ich hätte nie für möglich gehalten, eine Nacht mit der *Dottoressa* zu verbringen.« Er sah auf Kiki. »Aber ich habe auch nie gedacht, ich hätte eine Chance beim schönsten Mädchen der Toskana.«

Kiki trat ans Bett und küsste Gianfranco. Dann umarmte sie Donatella. »Ich liebe euch beide, deshalb weiß ich auch, dass ihr eine wunderbare Nacht haben werdet.« Sie winkte den beiden zu, dann schob sie Francesca aus dem Zimmer und zog hinter sich die Tür zu.

Donatella zog sich rasch aus, legte sich neben Gianfranco aufs Bett, nahm seine Hand und führte sie zu ihren Brüsten. Seine Finger streichelten über die weiße Haut und drückten die aufgerichteten Nippel.

»Das wollte ich schon an jenem Nachmittag in meinem Büro spüren«, raunte Donatella.

»Und ich hätte es so gern getan.«

»Mit Kiki hast du das große Los gezogen, Gianfranco.«

»Ja, ich weiß. Aber jetzt habe ich wieder einen Volltreffer gelandet«, sagte er, beugte sich über sie und nahm nacheinander ihre Nippel in den Mund.

Epilog

Auf einem Balkon hoch über der Stadt sah der Mann hinunter auf die Lichter von Rom. Seine hellbraunen Haare waren jetzt etwas dunkler und viel kürzer geschnitten. Seit sechs Monaten hatte er sich nicht mehr rasiert; der Vollbart verbarg mehr als die Hälfte seines Gesichts, und Kontaktlinsen hatten seine hellbraunen Augen zu dunklen verwandelt.

Er wusste, dass er seine Spuren gut verwischt hatte. Trotz der intensiven Suche der Polizei war sie ihm nicht einmal nahe gekommen. Nachdem er das Auto abgestellt hatte, waren es Freunde, frühere Geliebte sowie Geschäftspartner gewesen, die ihm geholfen hatten, eine neue Identität anzunehmen. Die neuen Papiere hatten fast seine ganzen Ersparnisse aufgefressen, aber er konnte sich wenigstens sicher fühlen.

Bis heute.

An diesem Abend spielte sich ein Tumult in seinem Kopf ab. Er erinnerte sich an den Tag, an dem er zuerst von der Ankunft der amerikanischen Professorin erfahren hatte, die seine fein organisierte Welt zerschmettert hatte. Am frühen Nachmittag, während er in der Kirche von San

Luigi die Francesi saß und das große Meisterwerk von Caravaggio betrachtete, erkannte er die Frau, die nie ganz aus seinen Gedanken verschwunden war, seit er aus Arezzo geflohen war. Er hatte versucht, ihr zu folgen, als sie die Kirche verlassen hatte, aber bald hatte er sie im Strom der Touristen aus den Augen verloren.

Oder hatte sie ihn verloren? Hatte sie ihn erkannt? Wusste sie, dass er sich in Rom versteckt hielt? Spielte sie mit ihm? Wollte sie ihn etwa an einen Ort locken, von dem er nicht entkommen konnte? Warum war sie ausgerechnet in diese Kirche gegangen? Beobachtete sie ihn jetzt? Oder hatte sie die Polizei informiert? Er trat vom Balkon zurück.

Er sah wieder ihren sinnlichen Körper vor sich, erlebte noch einmal die köstlichen Minuten jenes letzten schrecklichen Tages, als sie sich vor ihn gekniet und die Hose geöffnet hatte. Er tat es ihr jetzt nach und rieb sich langsam. Ein Teil von ihm lüsterte nach ihr, ein anderer Teil hasste sie. Nach all diesen Monaten war diese di' Bianchi Hexe wieder da.

War er der Jäger oder der Gejagte? Morgen würde er mit der Suche beginnen. Er würde sie aus den Schatten beobachten und gleichzeitig darauf achten, dass er nicht von hinten überrascht wurde.

ENDE

*»Unvorstellbar sexy und köstlich
unanständig.«* FORUM MAGAZINE

Kerri Sharp
SEX IM BÜRO
Erotische Geschichten
320 Seiten
ISBN 978-3-404-15919-2

Sie haben es schon immer geahnt, aber hier lesen Sie, auf welche
Weise man sich Arbeit versüßen kann. Ob im Wolkenkratzer in
Manhattan, in der monotonen Fabrik oder in der Security am
Flughafen – die besten Autorinnen zu beiden Seiten des Atlantiks
zeigen, dass Sex mit Kollegen zwar sündhaft, aber umso verlo-
ckender ist.

Bastei Lübbe Taschenbuch

Ein neuer erotischer Roman der
erfolgreichen Autorin von DIE REBELLEN

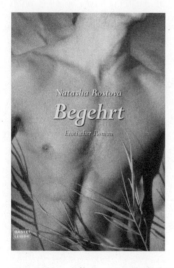

Natasha Rostova
BEGEHRT
Erotischer Roman
272 Seiten
ISBN 978-3-404-15918-5

Anna Maxwell ist ein zierliches Mädchen mit einem Hang zu muskulösen Männern. Als sie beschuldigt wird, Geld aus der Firma ihres Vaters gestohlen zu haben, will sie ihre Unschuld beweisen und taucht unter. Kopfgeldjäger Derek Rowland setzt sich auf ihre Spur und muss feststellen, dass Annas Sturheit so stark ist wie ihre Libido. Dereks Kollegin Freddie ahnt Böses und will helfen – ein unfreiwilliges Trio Infernale.

Bastei Lübbe Taschenbuch

Eine englische Lady im Paris der 1890er Jahre – der Beginn einer Reise in die Welt der Lüste

Vivienne LaFay
DIE VERFÜHRERIN
Erotischer Roman
272 Seiten
ISBN 978-3-404-15917-8

Lady Emma kann ihrem Gatten Lord Longmore nicht den ersehnten Erben schenken und entscheidet sich für ein abenteuerliches Leben. Ausgestattet mit einer üppigen Apanage, will sie ihre kulturellen Interessen auf dem Kontinent vertiefen. Ihre erste Station ist Paris. Begleitet von einem Schwarm charmanter Verehrer, wird jede weitere Etappe zu einer grandiosen Tour d'amusement.

Bastei Lübbe Taschenbuch

Eine Frau in heikler Mission –
ein spannendes, erotisches Debüt

Maya Hess
PARADIES DER
BEGIERDE
Erotischer Roman
256 Seiten
ISBN 978-3-404-15837-9

Ein verfallenes Landhaus an der Küste der Isle of Man ist kein ide-aler Ort für eine junge Frau im Winter. Aber Ailey Callister ist eine Frau auf einer Mission – sie will den Mann finden, der sie um ihr Erbe betrogen hat. Sie kämpft gegen die Elemente, um ihre sexuelle Befreiung und gegen die Geister der Vergangenheit, bis sie die wahre Identität von Ethan Konrade erfahren hat, dem neuen Besitzer der Whisky-Brennerei, die eigentlich ihr gehören sollte.

Bastei Lübbe Taschenbuch

Eine neue aufregende Stimme der
erotischen Literatur

Daria Charon
DIE NICHTE
DER MARQUISE
Erotischer Roman
304 Seiten
ISBN 978-3-404-15822-5

Die Marquise de Solange sucht in der Provinz nach hübschen Mädchen, die sie mit nach Paris nimmt und als ihre Nichten ausgibt. Auch die Bauerntochter Marie Callière gelangt auf diese Weise in die französische Hauptstadt und erringt das Wohlwollen von Ludwig XIV, der sie zu einer seiner Geliebten macht. Marie träumt davon, den Platz der gegenwärtigen königlichen Maitresse La Valliere einzunehmen, deren Stern im Sinken begriffen ist. Doch dann trifft der Edelmann Tristan de Rossac in Versailles ein. Ein Mann, der vor nichts und niemandem Respekt hat, auch nicht vor dem Eigentum des Königs ...

Bastei Lübbe Taschenbuch